U0947801

花开花落只为遇见你

伊达公主◎著

遇见一个人，用尽一生好运，
爱上一个人，耗光所有力气。
幸好，最后的最后，我们没有失散。

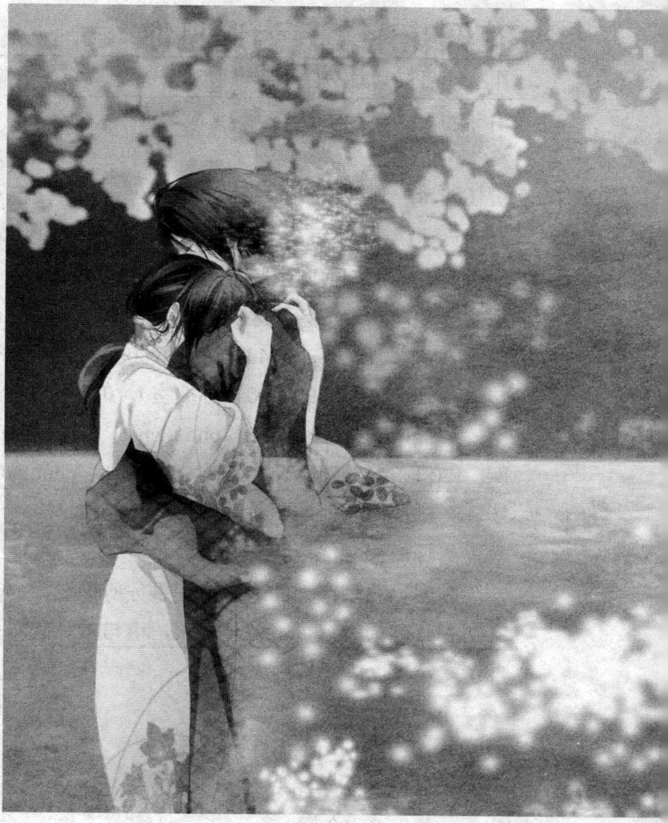

图书在版编目（CIP）数据

花开花落，只为遇见你 / 伊达公主 著. –北京：中国文联出版社，2015.8

ISBN 978-7-5190-0257-2

Ⅰ. ①花… Ⅱ. ①伊… Ⅲ. ①长篇小说－中国－当代

Ⅳ. ①I247.5

中国版本图书馆CIP数据核字(2015)第214858号

花开花落，只为遇见你

作　　者：伊达公主

出 版 人：朱　庆

终 审 人：奚耀华　　复 审 人：姚莲瑞

责任编辑：陈若伟　　责任校对：陈　烨

封面设计：张子墨　　责任印制：陈　晨

出版发行：中国文联出版社

地　　址：北京市朝阳区农展馆南里 10 号，100125

电　　话：010-65389144（咨询），65067803（发行），65389150（邮购）

传　　真：010-65933115（总编室），010-65033859（发行部）

网　　址：http://www.clapnet.cn

E - mail：clap@clapnet.cn　　chenrw@clapnet.cn

印　　刷：河北信德印刷有限公司

装　　订：河北信德印刷有限公司

法律顾问：北京市天驰洪范律师事务所徐波律师

本书如有破损、缺页、装订错误，请与本社联系调换

开　　本：880×1230mm　　1/32

字　　数：233千字　　印　张：10.5

版　　次：2015 年 10 月第 1 版　　印　次：2024 年 3 月第 2 次印刷

书　　号：ISBN 978-7-5190-0257-2

定　　价：46.00 元

有些缘分从一开始便是注定好的，哪怕隔千重山水，只要相爱，就一定能再相逢，就像花落了会再开，就像我守候着，等你来。

目　录

幸福·白夜

幸福·黑天

幸福·凌乱

幸福·尾声

幸福·白夜

第一章　苦涩初恋

C 城的秋天总是无声无息地带着鬼魅的笑脸，伸出手，找不到它，但它的笑声，就在你的身边，逃不了，忘不掉。

踏走在秋叶中，如水墨画一般的秋景勾勒出宛如天成的凄凉，唐甯就这样心事重重地进入这个城市最昂贵的会所小区，大气与金光在秋意浓中，反而显得突兀与孤独。电梯里，冷眼瞧着电梯镜子里的自己，黑色的紧身包臀裙，白色毛绒短外套，高跟靴子，略施粉黛婷婷而立。柳柳说的对，自己已经很久没有这样打扮过自己了，也好久没有这样欣赏过自己了。叹息一声，浓得化不开的叹息。

“铛!”

12 层已经到了，随着缓缓打开的电梯门，一个略显青涩却轻浮的声音扑面而来。

“我说我爸的二奶胆子大到竟然敢来家里了，原来是我诱人的甜老师啊！唐老师，您可真是比传闻中还要厉害啊!”电梯外，灯光下，双眼竣，谁说不是好儿郎？

“方一霖，要不是你临时改时间，我此刻还陪着我的闺蜜去相亲，你就是这样报答我的?”唐甯不紧不慢地从电梯里出来，在外面做兼职这些日子，多少问题学生她没有遇见过？见招拆招，生存之道。

方一霖突然冷笑了起来，怀抱双手，弓下颀长的身子，低着头，那张朝气蓬勃而又散发中着戏谑的脸紧紧贴着唐甯，“甜老师，是您去相亲吧？相亲有啥意思，不如我做你的男友，如何?”

说实话，老天对方一霖太过垂怜了，殷实的家庭背景，天使一般的面孔，漫画中走出来的花样美男子，说的就是他吧。无奈地低头轻笑，唐甯径直越过方一霖，朝着大门走去，“不好意思，方同学，我喜欢男人味十足的那款，你，男生女相，太妖艳，不是我的菜。我劝你还是不要无谓耽误时间的好，你知道我的时间，是按照分钟算钱的。”

习惯了用自己的颜值去打败那些女人的防线，没有想到再次栽倒在这个女人手里，叉着腰的方一霖只能撇头冷笑。

因为不是第一次来方一霖的家了，和管家打过照面后唐甯进入了书房。她很喜欢这间书房的设计，进门就是两排象牙白的书柜，满满的全是各色各样的书籍，每次踏入其中，都可以闻到深深的书卷芬芳，如同百年老酒一般，醉人，醉心，醉情。

斜靠在门外的方一霖，不适时宜地打开了通明的灯盏，“你跟我们家的作家一样，每次到这个房间，就跟见到情人一样，很浪。”

无视方一霖的无礼，现在的孩子，骄纵傲慢，往往能在言语上“一鸣惊人”，但是对于唐甯来说，算不得伤害，孩子，毕竟是孩子。

一直走到书柜的尽头，是无痕迹的落地窗，横在落地窗与书柜之间的是奶白色的榻榻米，脱掉鞋，唐甯爬上榻榻米，坐在暖垫上，将文具放在方形小桌上，有条不紊地翻开书，哗啦啦地翻书声夹杂着她低低地回答：“若书籍真是情人，嫁给他，又何妨?”

方一霖白了她一眼，真是受不了这个喜怒无常，说话文绉绉的老师。他将双手揣入裤包里，吊儿郎当地走了过来，一个纵跃，跳上了榻榻米，大力地朝前甩掉拖鞋。

一只落到书柜边，一只落到唐甯的肩膀上。

吃痛的唐甯闷哼一声，抬起头，眼光里全是凌厉之色，“玩够没?”

皮笑肉不笑，方一霖坐了下来，伸手去拾起自己的拖鞋，“学习前的运动，甜老师不介意吧?”

唐甯自顾自地指着书，“方一霖，全国高三学生都在很努力的备考，当所有人都努力的时候，你不介意吗?”

耸耸肩，单手撑着脸，因为手很大，方一霖的半张脸向上拉扯着，像足了一只狐狸，目不转睛地盯着唐甯看。

“今天咱们继续讲基础部分的专题，选择题……”

“甜老师我们继续上次的谈话吧，你到底有没有男朋友呢?”

“其实唯物和唯心我们经常见，但是一旦涉及到主观和客观……”

“甜老师你那么年轻，肯定不是在职的吧？我们学校里的女老师一个个都是灭绝师太哦，你是学生吧？这万恶的辅导机构啊，收了我那么多的钱，竟然找了个学生党……”

唐甯深深叹息后，抬起冷若冰霜的眼睛，却面带微笑地指着习题册，“真题，试一试？学生党。”

方一霖饶有兴趣地两眼放光，眉头一抖，阳光一般的脸上绽放着邪邪的笑容，“八道题，我全对。你正面回答我四个问题，敢不敢赌?”

“你输了呢?”

“输了这两个小时我绝对乖乖的，绝对不会再骚扰你。”

落地窗很美，只是今日的风景不美，秋风肆虐，树枝瑟瑟发抖的影子迷乱了唐甯的思索，她点了点头。

八道真题选择题，一个没有错，这次，轮到唐甯对这小子感兴趣了。

“啧啧。看来今天老师你运气不好呢？我记得甜老师你第一次上课的时候说过，你对学生只有坦诚和信任，不知道你会不会老实回答呢?”尾巴翘上天来形容此刻的方一霖，再贴切不过。

唐甯嘴角抽搐了一下，“问吧。”

方一霖笑地越发的诡异了，他的双手撑在书桌上，俊朗的面容埋入左手的手臂，眼睛却直勾勾地盯着唐甯，“老师初夜是在什么时候?”

果然是这种类型的问题，孩子不过是孩子，唐甯冷冷一笑，“高三，毕业晚会。”

“哈哈!”方一霖开始眉开眼笑起来，笑地前后晃动，不断地拍手，最后还娴熟地吹起了口哨，“真是老土啊！想不到甜老师的读书时代，也充满刺激嘛，哈哈!”

“笑够没？第二个。”

方一霖很努力地止住笑，用手推了推自己高高的鼻尖，身体尽量往前倾，饶有趣味地问道：“破处的人，是谁?”

啪啪。啪啪。

窗外开始飘雨了，天雾蒙蒙的，如同一张大大的渔网，把这世界上所有的弱者都困住，鱼死，网也不会破。莫名地压抑让唐甯的眼神开始迷离起来，仿佛她就是那一只脱离了队伍，缺氧的小鱼。

“是一个我很爱很爱，不，是我曾经很爱很爱的男人。我的初恋，我花了两年时间暗恋，一年时间追求，两年时间相处的男人。是一个占满我高中回忆，一个让我现在想起来，心，都会很痛很痛的男人。”

不知是窗外秋风细雨作祟，还是唐甯说的这段话带着魔力，本想着起哄的方一霖竟然忘记了嘲笑，有片刻的寂静。

“我想听关于你们的故事。”方一霖低沉的声音打破了这似梦似幻的安静。唐甯的眼神缓缓收回来，瞧着眼前有着星光一样眼睛的大男孩，苦笑了一下，“如果这是你的第三个问题，绝对可以。但是，故事太长，每次上课，你只有十分钟听。”

方一霖如着魔般点了点头，却一瞬间惊讶自己的配合，有点尴尬地清了清喉咙，故意转移视线说，“我也不是特别想听你的狗屁情史，只是太无聊了。第四个问题，等我想到了再问你。”

那一刻，唐甯突然感觉有什么不对劲，她也说不上到底哪里不对劲，只是，这样的气氛，太适合回忆，虚幻地快被催眠。

那一刻，方一霖第一次感受到了什么叫做蛊惑人心，他一直都搞不明白为什么那个阴霾的下午，他会对一位家教的情史感兴趣，而且，无理由地相信，那是一个可以改变自己的故事。

很多年以后，方一霖突然找到了答案，是那两行泪么？

“一个我现在想起来，心，都会很痛的男人。”唐甯说这段话的时候，眼眸中溢出的两行，清泪。

柳柳：

你的来信我收到了，我激动了一个晚上。

轻轻地你走了，可是你的信，却来了。这是连接我们情感的桥梁，是我们友情的象征对不对?

从信中可以看出你对城市的生活很适应对不对? 你读的高中那么牛，让只能在小镇继续读高中的我情以何堪? 逗你的，你能走出去，见见世面，多少人羡慕着呢。

我妈的身子还是老样子，我已经很少和她斗嘴了，但是我真的不喜欢她和那个张叔叔在一起，我的直觉，那个眼袋很重的老男人不是好人。我爸还是没有任何消息，要不我哪天实在受不了，也学学千里走单骑，不，是千里寻父。哈哈，你笑了对吧?

你问我高中生活有没有什么新鲜的事情，你觉得呢? 咱们小镇就这一所高中，咱们初中三年都在这里读的，一草一木，熟悉极了。不外乎就是有那些让人眼花缭乱的各科老师，和一会儿就混熟的新同学。

不过，最近学校举行冬季运动会，我参加了 800 米跑步，惊讶吧? 主要我们班女生太少了，我这种重量级的选手都滥竽充数了。原本我以为自己坚持不了，但是我还是咬牙坚持了，当时我的 MP3 放的是 JAY 的歌，说出来你都不相信，当我跑向终点的时候，我整个人都快缺氧而死了，但是耳朵里却清晰地听到这些歌词:

你锁眉哭红颜唤不回
纵然青史已经成灰
我爱不灭
繁华如三千东流水
我只取一瓢爱了解
只恋你化身的蝶

没错，这是《发如雪》的歌词，那个时候终点有很多摇旗呐喊的各班同学，我就这样在这歌词下，跑向了终点，顺势倒到了一个人的怀中。茉莉，你知道吗，茉莉味道，那个人的校服有茉莉的味道，我整个人晕头晕脑的，只听到那个人说话的声音好好听，细细的，却很低，他问我，“同学，你没事吧?”

一包纸巾，一瓶水，递给了我。柳柳，你是不是此刻都快尖叫了？这么狗血的事情也发生在我身上了，你猜的没错，是个男生。而且是个超级大帅哥，世界上怎么会有穿校服都那么好看的男生呢？他额头好高，眉毛好浓，他的笑容，我真的忘不了。

柳柳，从来没有任何一位男性如他那样关心我，我的心，突然紧了一下，是有什么神奇的事情，会发生吗?

永远爱你的　甯甯

第二章　你不懂我的心痛

关于爱情，关于暗恋，都是人天生的本能情感感知。当情绪到达一定的沸点时，会做出一些非理智行为，疯癫痴狂。

“你知不知道5班的唐甯在追求12班的班帅顾云栖？”

“你的消息也太落伍了，已经追求一个月了好不？”

“唐甯也真是胆子大，敢啃这个硬馒头！顾云栖可是出了名的低调男，他们班上多少女生喜欢他，哪能轮到唐甯？”

“这你就不懂了，唐甯脸皮厚啊，一下课就跑到12班门口瞅顾云栖，晚上还跟着顾云栖回家她才回家，情书啊什么的都快塞满顾云栖的书桌了。我要是她，早就放弃了。”

“什么女追男隔层纱，看着就好笑，顾云栖一见到她就蹙眉。确实是嘛，性格完全相反的两个人，怎么看怎么不配。”

“说白了，唐甯就是差点相貌和身材，你说要是咱们校花追求顾云栖，那不是手到擒来的事情？”

女生厕所里你一句我一言，好像有些话必须在臭烘烘的地方说，才显得字字珠玑。

“这么老套的故事，老师，我真的不想听了。”方一霖打了打哈欠，头斜靠在支撑的左手上，睡眼惺忪。

唐甯喝了一口咖啡，眼神飘忽不定，“你确定以后都不听了吗?”

方一霖转动着眸子，每次和这个老师相处都是紧张的博弈，“我说说而已嘛，虽然无聊，比你上课有趣多了。对了，老师你资质不差啊，高中的时候追个男人也追不到?还成为那些三八的笑柄，你还只能在厕所里偷哭，老师，你真的很让我失望唉。”

唐甯不紧不慢地拿出自己的手机，点看“QQ 空间” APP，打开私密照片一栏，将自己高中的照片点出来，拿到方一霖的面前晃悠，不到三秒立即收回。

“哈哈，哈哈!”方一霖的瞌睡虫瞬间都跑掉了，他不停地拍打着桌子，笑地整张脸都快揉成一片了，不停地按着肚子，上气不接下气。瞧方一霖的样子，果真是个孩子，唐甯也跟着冷笑了起来。“我真不行了，老师，你真得不能怪别人说你，你确定你没有从韩国整容回来?”

唐甯突兀的站起身来，冷冷地盯着方一霖，凛冽的气势倒是让方一霖止住了嘲笑。唐甯抬起左手，一下子闪了一下，吓住了方一霖。只见她提起热水壶，缓缓坐下，往自己的马克杯倒了一些热水。热气的氤氳环绕着唐甯那张冷若冰霜的脸，“大少爷，不是说有人生下来就会坚强，你现在看到的强者，是被逼出来的。”

学生时代的唐甯确实不美，繁重的课业压力，给了她一副厚厚的眼镜，还有内分泌失调后虚胖的身子。但是她性格开朗，爱笑爱闹，是个容易亲近的女孩子。但是在追求顾云栖的那条路上，她吃了很多苦头，她没有办法控制自己不断滋长的爱慕。

所以当顾云栖在自行车停车区唤住她的时候，她快不能呼吸了。

顾云栖喜欢穿蓝色 T 恤，个子高高的他，总是衬托的如偶像剧的男主角，阳光明媚。他推着他的红色山地车缓缓走到唐甯跟前，当时的天空中夹杂着春天的花香，刺鼻的味道是蛊惑的力量。

“我希望你不要再来影响我的生活和学习，你真的，很烦。”

比这句话更让人觉得寒冷的是顾云栖不动声色的轮廓，至始至终都没有正眼瞧唐甯一眼，他的声音还是那么好听，低沉中带着柔和，却依然说出了让唐甯难过的话语。

“顾云栖，你是有喜欢的人吗?”

“……没有。”

“那我喜欢你，我唐甯喜欢你，你知道吗?”

“……知道。”

“那你，喜欢我吗?”

“不喜欢。”

爱有一种魔力，会让原本骄傲的人变得很低微很低微，低到尘土中，低到脏水里，自己都瞧不起自己。

唐甯喝掉最后一口咖啡，冷眼瞧着眼神变得柔和的方一霖，讪讪一笑，“时代变了，现在的小孩说喜欢你啊爱你啊这些话跟说我饿了一样简单，可是不管时代怎么变，真心喜欢一个人的感觉是不会骗人的，正如真心被摔碎一样，永远都那么痛。这就是初恋的感觉，疼痛都觉得好美。”

方一霖如着了魔一般，视线开始变得模糊不堪，初恋的感觉？初恋，有感觉吗？在他懂事开始，就有女孩子说喜欢他，从小学，中学，高中，多少个女朋友了，都说喜欢自己，都和自己疯过玩过，为什么自己就没有那种初恋的感觉呢？

“你别迷惘了，感情的滋味，如果回忆都不能涌上心头，就是没有。”唐甯翻开教参，盯着手机上的时间，刚刚十分钟。用十分钟的过去换取一小时五十分钟的太平，这笔买卖很划得来。

如泄气的皮球，方一霖立即整个人垮在桌子上，换做沉睡样子，“我说老师，你说话能别那么文艺好吗？真的很矫情，能像个正常人一样说话么?”

“我们现在把货币，价值，交换价值再复习一下，进行下一个章节市场规律的学习复习。”

“老师!”

“概念我就不重复了，真题十个选择题，你必须对七个。”

“老师!”

又过了一个礼拜，阴天，总是让人有睡懒觉的冲动。

方一霖做了一个奇怪的梦，梦里面的环境确实是他现在的学校没有错，但是他好像不是自己，而变成了另外一个人。看着既陌生又熟悉的一切，他的心快要跳出来了。转眼一看，一个女孩，穿着白色的毛呢大衣，好像在等待着自己。他蹑手蹑脚地靠近那个女孩，那女孩的头发很长，随着风在飞舞，跳到他的下巴，他的双手，他的面颊。

那女孩子渐渐转过头，总算可以看到她的样子了，她的样子是……

“喂，方同学，你再不起来我真的就走了哦。”

“方一霖!”

“臭小子!”

好吵，真的好吵。

方一霖睁开眼睛，却只看到一双大大的瞳孔，眼睫毛没有自己长，可是那瞳孔的颜色，是棕色的，猫，跟猫一样的颜色。

方一霖一鼓作气吻了上去，吻在了唐甯的嘴唇上。唐甯继续张大着眼睛，脑子突然麻木了一下，一股子甜甜的味道附到自己的嘴唇上。她立即推开了方一霖，后退几步，不知道该说什么好。

伸伸懒腰，方一霖从太妃椅上爬起来，披上一件外套，走到落地窗前，打了个哈欠，“又下雨了啊？”

唐甯差点没有被气死，这个臭小孩，占了自己的便宜，竟然跟没有发生什么事情一样！她深深呼吸，走到方一霖面前，“方同学，你知不知道你的课是下午一点半？我坐在这里足足等了你两个小时好吗？”

方一霖跑进了自己的房间，穿着拖鞋三两步踏上床，推开立柜，一件一件仔细挑选，他慵懒地继续打着哈欠，“我不是让管家给你们机构打了电话嘛，今天我请假，老师你太想我了啊，专门跑来看我睡觉。还一直偷瞧着我睡觉，刚刚是对老师的惩罚，下不为例哦。”

此刻唐甯的气焰立即消退下去了，“我，我不知道。”

“为什么会不知道？一个电话就通知你了啊。”方一霖脱下自己的外套，然后把短袖衬衣也脱掉，露出他的上半身。唐甯脸红地立即走了出去，“我手机，我手机被偷了一个星期了，还没有，还没有买新的。”

“恩？”方一霖穿着套头的白色毛衣站了出来，歪着脑袋，直勾勾瞅着唐甯的表情，“老师，你的表情真的很可爱哎，这是第一次，我感觉到老师是个女人哎！你们不是收了我很多学费嘛，买个手机，算不了什么吧？”

说实话，方一霖的身材底子真的很好，高高瘦瘦的，那么普通的一件白色毛衣，被他穿的松垮垮的，反倒是另外一番味道。唐甯甩甩头，她刚刚是在欣赏自己学生的身材么？“你给我听好了，你的学费大部分都是机构吃了，我每个小时不到一百块的劳务费，我有钱就不会去做家教了！”

打开冰箱，方一霖随手拿出两瓶酸奶，甩了一瓶给唐甯，差点打到唐甯的头，哈哈一笑说，“老师你今天很啰嗦唉。既然知道我今天不上课，你还待在这里干什么？今天我事情有点多，没闲工夫听你俗套的初恋故事哦。”

长长呼出一口气，唐甯确实有点失控了，应该是那个吻吧，自己有点慌乱了。拿起自己的外套，穿在身上，准备离开这个可恶的小孩。

“你为什么要穿白色？”方一霖突然语气都变了，很严肃起来。唐甯翻了个白眼，转过头，“有谁规定我不能穿白色的毛呢衣服呢？方少爷？”

一口将手中的酸奶喝干，随手就丢进垃圾桶，然后朝着唐甯缓缓走去。

今天这个家伙，真的很奇怪。唐甯警觉的脚步微微移动，却发现自己竟然移动到了角落里。明显比唐甯大一个多头的方一霖低下头，盯着唐甯瞧着。

又来了？

唐甯这次想好了，如果方一霖再像方才那样不守规矩，她一定不会客气的。

只是让她意外的是，方一霖低下头，左手一抬，只是把自己的扎头绳抓了下来，她的青丝如瀑布一样散落开来，连空气中，都有她头发中带着的香味和暧昧。

“是你吗？”

方一霖痴痴地盯着唐甯瞧，唐甯被方一霖的突变吓的不轻。

“孩子，你没事吧？我不是你妈。”

有那么一瞬间，方一霖的眼神又暗淡了下去，然后邪邪地一笑，“老师你没有我妈妈漂亮。”

神经病！

唐甯实在是搞不懂方一霖今天又是玩的哪出牌，只知道本能的，应该早点离开这个地方。

“老师，今天晚上你有空没有？”

“有没有与你有关系吗？”正在玄关处换鞋的唐甯又恢复到冰冷的状态。

“老师我给你买个手机吧，作为条件，你陪我去一个地方，恰好我找的同伴爽约了。”

“啥？”

说实话，直到和方一霖走到 KTV 的大厅，唐甯都有一种恍然隔世的感觉。犹记得，在高二快要结束的时候，她也是这样，和本班的同学一起去唱歌。那个时候，班上总有一群不爱学习能玩能乐的小群体，她偶尔会在放假的时候跟着放松一下。

那天好像也是阴阴的天气，包厢里班上的麦霸依然点了杰伦的歌，一个人嘶声裂肺的唱着。几个小姐妹依然抱团讲着八卦，另外的几个男同学围坐着抽烟喝酒。猛的，唐甯从包厢里跑了出去，一路跑出了唱歌的地方，不自觉的跑到了顾云栖的楼下。

她也只是红肿着眼睛，痴痴地瞧着二楼的灯光，幻想着顾云栖能够恰好看见她。她等了许久，等的腿都软了，一个人蜷缩在角落里，嘤嘤哭泣。

“你在这里干嘛？”

抬起头，刚好瞧见手里拎着大小包东西的顾云栖。

“顾同学，我……”当时唐甯有一种冲动，真的很想很想投入顾云栖的怀抱中，向他倾诉所有。

好像有什么预感似的，顾云栖很自觉的往后退了几步，然后头也不回地上楼了。唐甯就只能这样痴痴地瞧着早已经没有身影的地方，是呀，凭什么呢？凭什么顾云栖会过来给自己拥抱呢？一年了，从顾云栖同意和自己成为朋友，自己每天晚上都会给他发短信，有时候他根本不回，有时哪怕回了也只是“呵呵”两字，可是就是这两个字，也能让唐甯高兴好几天。拿出自己的手机，里面短信的容量已经超标了，每天她都会删除，存下她认为有价值的和顾云栖交流的短信。

在那一刻，唐甯真的想完结这场没有自尊的暗恋。删掉所有的信息吧，删掉所有的牵挂和妄想。正当唐甯含着泪准备按下删除键时，她收到了新的短信。

“我在前面的小路等你。”是顾云栖。

一切发生的太快了，顾云栖一向爱理不理的态度已经让唐甯绝望了，但是突然发这么长的短信，又让唐甯呆住了。

第三章　初吻

“我说方少爷，每次都是让大家等你，太不厚道了。”

刚进入包厢，就被突如其来的一包香烟给砸到了，本来是砸方一霖的，却不巧砸到唐甯的头上。方一霖揉揉唐甯的额头，拉着她的手进到了嘈杂的包厢里。正在唱歌的年轻人也停下了，大家都瞅着方一霖和唐甯。

唐甯觉得有点口渴，想甩开方一霖的手，怎料对方毕竟也是十八岁的少年了，力气比唐甯大太多。方一霖小声地对着唐甯的耳边絮语道：“想要手机，就要好好表现哦，老师。”

唐甯突然有点好笑了，其实比起方一霖说的手机，她更想知道方一霖的另外一半生活，她，是太闲了吗？

“方少爷，你真的换口味了？”打破沉静的还是那个丢香烟的小伙子，一头黄色的扫帚头，在昏暗的灯光下，也遮蔽不了他年轻的模样。

方一霖一把搂住唐甯，“现在的美女都一个样子，我偶尔换换口味，不行吗？”唐甯的表情要多难看就有多难看，今天这小子为什么总吃自己豆腐，反常得让人意外。

“方少爷，你难道忘记菲菲了吗？菲菲为了你，都快自杀了你知道吗？”突然蹦出一个染了红头发的姑娘，拍着玻璃桌面大声叱呵道。

菲菲？

唐甯突然明白怎么回事了，原来方一霖这个小子拿自己当挡箭牌，果然，谁的青春不荒唐呢？想到方一霖竟然随随便便玩女孩子，唐甯自然也不会轻易放过他。“菲菲，就是你提过的那个菲菲吗？你不是说你和她只是随便玩玩吗？你根本就没有把她放在心上不是吗？是那姑娘一直死缠烂打不是吗？怎么，一切都是骗我的？”

很明显，方一霖也没有想到唐甯会突然来这一招，他的脸色突然变了样子，是很少见到的紧张和不安，唐甯心中暗暗觉得很爽快！

“哗啦！”一声，一大瓶啤酒直接朝着方一霖的头顶处淋了下来，一点也不剩。

唐甯楞了一下，瞧着眼前的女孩子。乌黑的长发披散在双肩，厚重的刘海下，是一张干净的面容，不知道是不是灯光的原因，总觉得这个女孩子脸色很苍白。

“方一霖，你不是人！难道你忘记你是怎么追求我的吗？”

菲菲！

万万没有料到，那个和方一霖有千丝万缕关系的菲菲，就在这个房间里。

方一霖很镇静的冷笑了一下，站起身，左手擦了一下脸上的啤酒，右手立即就扇了一巴掌过去，“我说了很多次，我们玩完了！”

或许是自己的生活节奏太慢了，这一连串发生的事情，让唐甯有点理不过来。只感觉到在霓虹灯下，方一霖的头发飞溅出一道弧线，洒在了唐甯的脸上。

“方一霖，你怎么打女人?”

“菲菲!”

“方一霖，你会后悔的!”

周遭说话的声音有很多，但是最后一句，带足了力量，也带足了怨恨。全身都在颤抖的菲菲，那么瘦弱，眼神中却透露着倔强的光芒，让人不寒而栗，总觉得这个姑娘，和这个包厢里的其他姑娘，很不一样。

有着熟悉的，坚强力量。

紧接着就是菲菲摔门而走的落寞背影，大概跟着有两三个女孩也跟着离开了。本来有十多个人的包厢，顿时安静下来。

那黄头发的少年叹叹气，“方少爷，何必呢?今天是菲菲的生日，你不来就算了，何必把这件事搞得这样僵?”

菲菲生日?

唐甯现在真的很想给方一霖一巴掌，他故意的，一切都是故意和有预谋的!可是，方一霖却什么话都没有说，他的表情始终淡淡的，拿起话筒，点了首煽情的英文歌，一个人落寞的坐在吧台上，一个音符一个音符的跳动着。

看醉了。唐甯突然有一种感觉，此刻的方一霖很可能是最真实的他，他的英文歌唱的很嘶哑，已经超越了他这个年纪该有的力量和风霜，有一种让人着魔的魅力。

像谁呢?顾云栖。

“你说吧?你哭的跟个小孩子一样，在我家楼下，不知道的还以为我把你怎么了。”这是顾云栖的特点，表面上看起来很亲切友好，但是一深入会发现他很冷酷和孤僻，但是时不时他会说出一些轻松的话语，让你的烦恼瞬间就不见了。人就是这样吧，越是难以揣测，越会引起别人的好奇和兴趣。

唐甯紧张地在路灯下停住脚步，或许是冬天了吧，自己的脸颊已经干了，好像自己根本没有哭过一样，是因为顾云栖在身边吗？“今天，今天我们班的几个同学一起去唱歌。”

“嗯。”

“我和我们班的麦霸争不过，就一个人坐在靠窗的角落里，瞧着夜色中的县城。”

“嗯。”

“然后就有一个男同学过来跟我聊了几句。”

“嗯。”

“不知道怎么的……他……他突然，亲了我一下。”

“嗯？”

唐甯立即慌了，委屈的泪水又要开始泛滥了，“我真的不知道会发生这样的事情，我跟那个男生平时也只是朋友的关系，我……”

忽然，温暖的大手触摸到了唐甯红红的脸颊，高高的顾云栖低着头，在路灯的照耀下，头发周围都仿佛有一层金光，透露着无限的神秘。“他亲你哪里了？”

“……”

唐甯突然不知道该说什么好了，脑子里一片空白。

“他，亲的是这里吗？”

顾云栖低下头，一点一点的，他的味道越来越熟悉，他冰冷的嘴唇，就这样，贴在了唐甯的双唇上，她都忘记了闭眼，忘记了思考，忘记了一切的一切。

初吻，是给了自己喜欢的人，真好。

又下雨了，这个城市，一旦进入秋冬季节，仿佛就会被雨帘笼罩住，带着几分伤感和唯美，特别是在这样的夜晚。

“你应该跟我说明一下情况的。”

一路上，唐甯和方一霖从 KTV 出来，气氛无比尴尬，一路无语，没有雨伞，两个人一前一后走着，满腹心事。

“老师，你不过是家教老师而已，不用拿出教导主任的样子好不?”方一霖突然停住脚步，转过头，邪邪一笑。依然还是那个难缠的学生，那个让人头痛，总是无所畏惧的大少爷，但是在昏暗的路灯下，他的笑，第一次，有了苦涩的味道。

唐甯一把拉住方一霖，用一种很怜悯的眼神瞧着他，这个孩子，跟以前自己读书的时候一样，还只是个孩子，“你到底在意什么？你和菲菲，到底是怎么一回事，你在乎她的，既然你们相互喜欢，为什么，为什么不好好在一起呢?”

一把推开唐甯，方一霖一脸的怒气，“你以为你是谁啊？巫婆还是上帝啊?”

方一霖确实怒了，他用的力气很大，将唐甯整个人都推了出去，后背直挺挺地撞到了一大块软软的东西上。

“我靠！长不长眼睛啊?”混杂着酒味和咆哮声，唐甯一个踉跄没有站稳，顺势倒了下去，只感觉脚踝很痛。“对不起！对不起！我不是故意的!”接连着道歉，唐甯想站起来都没有力气，幸好一个支撑，让自己勉强站起来了。

是方一霖。

他将自己挡在身后，对着那醉汉怒吼着：“你他妈说谁没有长眼睛?”

“我他妈说的就是你！小兔崽子！小淫妇！还没断奶就出来鬼混，不要脸的下贱胚子!”那醉汉一连骂了好几句，边骂边拿着酒瓶使劲灌下去。

因为站在方一霖的身后，唐甯看不见他的样子，但是她自己也皱眉头了，只怪这话说的太难听，实在是不堪入耳。一般有理智的女人都会想着小事化了，唐甯自诩是这样理智的女人。她拉了拉方一霖的手臂，“算了，咱们不跟他计较!”

“哼！知道你祖宗的厉害了吧！小贱人，快带着这个小杂种跑吧，躲在他妈的小角落里去做见不得人的事！淫娃荡妇!”

方一霖已经忍无可忍了，“我艹！你完全是自找的!”

刚把左脚迈出去，唐甯比他已经快了一步，一摇一摇地走上前，指着那狰狞的醉汉怒吼道：“你说谁是淫娃？谁是杂种?”

“我他妈说的是……”话还没有说完，“砰”的一声，本来在醉汉手中的酒瓶直接砸在了醉汉的头上，瓶颈在唐甯的手中摇晃着，“你给本姑娘听好了，我们是你姑奶奶和你大爷!”

“哎呀哎呀！兄弟们，快来啊！哥被小娘们爆头了!”

唐甯瞧着后巷确实有几个人影在晃动，冲动后的她转过头瞧着方一霖，“咋办?”

方一霖被方才的唐甯吓的不轻，眼下看她手足无措的样子，鲜明的对比让他笑出了声，抓着她的手，“咋办？跑呗!”

就这样，牵着方一霖的手，两个人在马路上跑了起来。本来应该是诗情画意的画面，被唐甯的左脚破坏了，“不行啊，我脚痛，我跑不起来!”

方一霖朝后探望了一下，果然有四五个大汉冲着他们跑了过来，心中暗叫不好，“所以没有本事干嘛逞强？读那么多书有屁用啊？快上来!”

本想和方一霖争执读书有没有用的事实时，只见方一霖就这样趴下了，将他的后背对着自己，他打算背自己？有点局促的唐甯觉得不像是学生和老师的模式，“这个……”

“上不上？再晚点就是你的头被爆了!”在方一霖的催促下，唐甯竟然如听话的宠物般跳上了方一霖的后背。

两个人，一前一后，在追赶声中，穿越在城市的午夜，细雨，无声。

唐甯紧紧勒住方一霖的脖子，心里跳动不安，这个夜晚，太不寻常了，是她高中以后，第一次如此刺激和疯狂，而且，对象竟然是自己最难缠的学生，这是上演麻辣教师的节奏吗?自己今天晚上都做了什么啊，冒充学生的女朋友，气走了学生的前任，和一群小鬼头在包厢里划拳喝酒，还和学生吵架，和醉汉对骂，狼狈逃走，而且是在学生的背上，奇妙的夜晚。

“真的很奇妙！我每天晚上睡前都会回忆起那天晚上发生的事情，柳柳，他吻我了唉，真的太不可思议了，他，深情的如同一位王子，我就是那个灰姑娘，原来接吻的感觉是这样的，真的太让人兴奋了!”在电话亭里，只有 17 岁的唐甯说话的表情也是激动的，嘴角永远是那么的上扬，活蹦乱跳的。

“知道，知道了，我的姑奶奶。这一个星期你每天都给我打电话汇报，说的内容又都是一样的，我都能背下来了。知道你总算是如愿以偿，成为你王子的王妃了!”

电话那头一阵沉默，尹柳柳放下嘴边的汤匙，“怎么了？又出了什么岔子?”

唐甯立即安静下来，“没有，只是，只是我不知道，我算不算真的成为了他的女朋友。”

这下彻底搞不清楚状况的尹柳柳彻底放下了自己的晚餐，走到寝室的阳台，“算不算？都接吻了还不算？我不懂了。”

“不是，他确实有吻我。但是，除了这个以外，跟以前他若即若离的感觉又一样了，我每天给他发讯息他也爱理不理的，就算是在学校里撞见了，他扭头就走。我，我现在也怀疑那个奇妙的夜晚，到底真不真实？”

尹柳柳叹了口气，“我说这个顾云栖可不是一般的难攻啊！真是个不折不扣的闷骚，换成我，早就被气死了，最讨厌这种让我费脑子猜来猜去的男人了。我们寝室的姐妹，人家和男朋友正式在一起后，一个月才牵手，一学期了才接吻，你们都接吻了还……”

谁说不是呢，在唐甯的内心，怎会没有询问过自己千万遍呢？在她所了解和接触的爱情种类中，顾云栖的表现是最古怪最让人不知所措的一类。他如同江南夏天的天气，总是潮湿阴绵，给人沉闷和绝望的气息，但是不时也会出现骄阳，让人感受到温暖和希望。而唐甯自己，哪怕出现了阴霾的心情时，也只能靠那点阳光回忆支撑，只因为，她爱的那个人，是自己选择的。

或许是姐妹之间的直觉，尹柳柳感受到了唐甯的不对劲，“好了好了，是我不对，我是个局外人，根本不懂你的苦和你的乐，我只是单纯的希望你在这场爱情里，好过点，别学琼瑶里的女主角，哭的死去活来的。”

本来已经含泪的双眼立即破涕为笑，“谁哭的死去活来啊？我才不像你，动不动就哭，我瞪你一眼你都会躲去厕所哭，你才是琼瑶小说里的不二人选！”

“哪里有？你才是，你是嫉妒我长得瘦，你喝白开水也会发胖！”

“尹柳柳，你活的不耐烦了，我哪里胖了？我只是有肉而已！”

“好吧，你是有肉的胖子，我是有骨的瘦子！”

两个人，你一句我一句，就这样，消磨着学生时代下午五点半到六点半的时间，虽然两个人离的很远，但是，朋友，永远都不会离你而去，默契，一直在你身边。

时间，不是考验友情的长度，而是深度。

“老师，你到底多少斤啊?”

“你知不知道询问女人的年龄和体重等于是踩中女人的地雷吗?”

“老师，你肉真的很多啊!”

“谁让你瘦得跟竹竿一样，拜托你们这种有钱人的大少爷好好吃饭好不?”

“老师，你快勒死我了，我不能呼吸了!”

“乱说，不能呼吸的人还能说话?”

“老师，你屁股真的很大唉，我的双手都快抓不住了!”

“那叫性感! 你不知道抓大腿啊!”

“老师，还没有到你家啊?”

“左拐第二个楼就是，7 楼，没有电梯!”

“老师。”

“恩?”

“今天晚上，你很可爱，一点都不像老师，像个少女!”

一把抓住方一霖的耳朵，“你的意思是平时你把我当成老太婆咯?”

“痛痛痛，除了我妈，没有人敢揪我耳朵!”

“谁让你把我好好的星期六美好夜晚弄的一团糟!”

“老师，你轻点好不! 老师!”

嘴上带着笑容，唐甯安心地趴在方一霖的后背上，这个小子，嘴巴里总没有一句大实话，却在这个糟糕的奇妙的夜晚，让师生的感情，浓厚了几分。或许，再接近他一段时间，能够找到他的病因，改造他，不是没有可能的。

到家后，打开门，柳柳没有在家，她提过今晚会在她姑妈家过夜的。打开房间的灯，瞥了一眼瘫坐在门外的方一霖，“好了，我已经到家了，你的任务完成了，你走吧!”

累的上气不接下气的方一霖吞了吞口水，左手扬起来又放下，“你说啥?”

“我说，你快点打车回家吧，方大少爷!”

方一霖干脆一屁股坐在门口，大长腿拍击着唐甯家的大门，“原来读圣贤书的都是小人！老师，我刚刚可是背着你差不多跑了半个小时唉！要不是我是我们学校的运动天才，早就累死了！我好歹也救过你一命吧？你就这样对待救命恩人?”

已经换好鞋的唐甯有点好笑地瞅着门口的无赖学生，双手一叉腰，“那你还想怎样？请你这个大少爷到寒舍光顾一下?”

“老师，十二点了，你好歹也收留我一下吧，再说，我这个样子回家，我家那个啰嗦的管家会念叨一整天的!”

“收留你这种问题学生？没门!”说完唐甯就把门给关上了。

方一霖叹叹气，果然女人都是没有良心的!

“唐老师！唐老师你不要把我拒之门外啊！我好歹也是你的学生啊！我是交了学费的啊！老师对学生不闻不问啊!”

在方一霖鬼哭狼嚎下，唐甯不得不再次开门，“如果你不老实！我会把你赶出去的！我的乖学生!”

“嘿嘿，好的。”方一霖呲牙一笑，纯真的，让人暂时忘记了他是那个讨厌的大魔头。一切都洗漱后，到自己的房间，发现那小子已经和衣而睡了，原本前一刻还在埋怨唐甯家没有他家厨房大的大少爷，睡得跟只小狗一样香甜。

果然是累坏了，唐甯为他盖好被子，关灯，关好门。自己往柳柳的房间走去，重重地躺在床上，侧着头，看着窗外的夜景。

夜，喧嚣么?

不，静了。

第四章　那些玩笑

阳光，很刺眼，很明媚，如同爱情给人的躁动与兴奋，还有疯狂。

一个枕头狠狠地砸在熟睡中的方一霖，站在卧室门口的唐甯身着一身运动装，好气地盯着睡得迷迷糊糊的方一霖，“妈，我现在不喝奶!”

确定方一霖说的是什么后，唐甯差点没有笑出声来，“我说少爷，你到底几岁啊？还喝奶?”

方一霖直立起身子，两眼无神，头发乱糟糟的，睡眼惺忪地揉揉眼睛，“我这是在哪里？妈！我又被绑架了!”

心理学上说，人情感最脆弱的时候是生病和起床，以前天不怕地不怕的小鬼头竟然已经叫了两次“妈”了，说起来，到方家当家教快要三个月了，除了管家和几个帮佣，从未看见方家的男主人和女主人。记得当初接到这个单子的时候，教育机构那边是这样反馈的：方一霖，叛逆有钱的大少爷，不把人放在眼里，已经气走了无数个家教老师，父母因为在办离婚手续，对孩子也是睁只眼闭只眼。

本来是想好好嘲笑一下这个找妈妈的小少爷，但是内心最柔软的地方被完全唤醒了。父母离异，对自己不闻不问，怎么，和自己有点类似呢？这个孩子，应该很想念妈妈吧，很渴望被重视，所以，他是那么的叛逆，用偏激的行为引起周遭的注意，是因为极度缺乏安全感吗？

在唐甯发愣走神的空档，方一霖已经迎着眼光伸了一个大大的懒腰，他左右晃动着脖子，走到唐甯的跟前，双手叉腰，“你的床是狗窝吗？我昨晚一直做噩梦！还有，你的房间太小了，东西那么多，我都没有办法呼吸了！”

瞧着眼前欠抽的男生，唐甯方才竟然有片刻的可怜他？缺乏安全感？狗屁！

深深地呼吸一口气后，唐甯一瘸一拐地走到方一霖的身后，使出全身的力气，将方一霖直接推到了客厅的大门口，“你就是传说中的狗！没有良心的狗！再会！”

把门死死的关上，不管那小子在外面怎么敲打，唐甯安心地吃着自己做的早餐，自己竟然好心地给那小子也做了一份，活该没人爱！悠哉悠哉地喝着咖啡的唐甯享受着周日暖暖的阳光，沐浴在雨后天晴的冬日里，被难搞学生破坏的心情，仿佛也修复好了。

又是一阵敲门的声音，这个小子还真是，还真是脸皮厚呢！没好气地打开门，“你到底有完没完，你到底要不要脸？”

满脸错愕的尹柳柳如同做错事的小孩子一般，可怜兮兮地用右手摸着自己的脸颊，“我不就是忘记带钥匙了嘛，怎么说我没有脸呢？”

“啊？我不是说你，哎哟，原来是亲爱的回来了！”尴尬好笑的唐甯立即拥抱着她的好闺蜜，“想死我了，才一个晚上不见，我咋就那么的想你呢？”

尹柳柳撇撇嘴，“你呀，一般是做了亏心事才会突然变得那么的殷勤。”尹柳柳将左手的一个大袋子放下后，脱下浅蓝色的外套，取下正红色的围巾，站在换鞋处，流畅的动作突然静止了。“咦？”

“咦啥？快来吃早餐，想着你要回来，特意做了两份！嘿嘿。”唐甯做回餐桌上，双手握住暖暖的咖啡杯子。

尹柳柳转过身，手中拎着一双荧光绿的耐克男式鞋。“我说唐小姐，你能够给我坦白一下，为什么我们家里会多出一双男人的鞋，而我的拖鞋，却不见了呢？”

唐甯差点没有把嘴中的咖啡吐出来！

多么让人精神振奋的早晨啊！

方一霖从出租车下来的时候，脸上也是火辣火辣的，一双桃红色的小猪拖鞋，就穿在自己颀长的双腿上，而且，因为自己刚醒来就被赶出了门，自己的大衣也没有拿，只穿了套头毛衣的他，很滑稽地出现在自家的小区中。

“妈妈，那个大哥哥好奇怪！”

“现在的孩子，品味还真是独到呢！”

方一霖整个人都身处极度的怨恨中，这个家教老师！

所以，他一路上都在集中精神咒骂唐甯，当电梯门打开，他径直到自己家门口时，也没有瞧见一直蹲在那里的菲菲。

“你一晚上都没有回来！”菲菲红肿着双眼，直勾勾地盯着眼前的大男孩。

方一霖后背一冷，吓了一跳，“你……你怎么会出现在这里？”

菲菲眼睛里含着泪，咬着自己已经惨白到不行的双唇，“你以为呢？方一霖，就跟你以前一整夜一整夜等在我家门口一样，我不过在你家门口等了你一夜罢了！”

她就是那样的一个女孩子，瘦瘦弱弱的身子，仿佛一阵风就可以把她吹倒，但她的倔强，她的执念，竟然强烈到让人害怕。

“菲菲，我说了，我们都结束了，你到底要我怎么样?”方一霖大大地叹了叹气，懊恼地一拳捶在自己家门上，满脸的疲惫。

菲菲全身都在颤抖，“我告诉过你的！要嘛不要招惹我，既然招惹了我，不是你想退出就能退出的!”

“你真的很烦啊！你知不知道，真的很烦！我都已经有新的女朋友了，我已经爱上别的女人了，求求你就别再来叨扰我了，好不?”方一霖忍不住大声地嘶吼起来，他遇见过无数的分手情景，菲菲是最特殊的一个例子。

菲菲一把抱住方一霖，她小小的身子，如同小兔子一样颤抖着，她哭喊着：“我不要，我也不相信！我们的过去，那么真实那么刻骨铭心！打死，打死我也不会相信你会爱上别的女孩子！是昨天那个老女人吗?我不相信，你会喜欢上她那样的女人!”

“我喜欢谁不重要，重要的是我不再喜欢你了，你不要再纠缠我了，好不?”方一霖一把推开菲菲，刚好推在了前来的唐甯身上，她双手拎着方一霖的运动鞋和大衣，气冲冲地跑过来，为了能接住菲菲，她只能丢掉手中的衣物。

绝望的菲菲瞪着唐甯，还有散落到地上的东西。再次用力地狠狠地咬着自己的嘴唇，“你，昨晚果然是和这个老女人在一起?”

说实话，唐甯也是抱住了菲菲后才意识到这是昨晚那个给她印象很深刻的女孩子，但是被人叫做老女人，她真的有点尴尬。“小妹妹，你误会了。”

“小妹妹？你还有脸叫我小妹妹？”

“唐甯，你干嘛跟她解释那么多？她就是个疯子！”

“对，我就是个疯子！方一霖，我的世界因为有了你的出现，就变得疯狂起来，现在，我人不像人，鬼不像鬼，但是你还没有看见我真正疯的时候！”

“你！”方一霖的手抬得高高的，被一瘸一拐地唐甯抓住，“你疯了？你要打女人？她只是个很爱你的小姑娘！你就算任性也有个度吧？”唐甯抓住全身颤抖的菲菲，不住地为她擦拭着眼泪，“姑娘，你别哭了。你不要误会，我不是这个臭小子的女朋友，我只是她的家教老师，我叫唐甯，昨天我不是故意来破坏你的生日……”

唐甯一把被方一霖抓住，他的嘴唇死死地吮吸着唐甯的嘴唇，不管她怎么挣扎，也无济于事。有那么十几秒后，方一霖才放过慌乱的唐甯，对着菲菲吼道：“我现在爱的人以后爱的人都是她，菲菲，你从我的世界消失吧！”

菲菲反而不哭泣了，她苍白的脸上挂着泪痕，她的双眸死死地盯着唐甯，最后轻笑了一下，“家教？师生恋？很好。”她娇小的身影就这样一点一点地走到电梯前，很明显，菲菲连按电梯的手都在颤抖，这么瘦弱的一个女孩子，她该是多么绝望啊。但是唐甯被方一霖死死地拽住，方一霖也死死地盯着菲菲的背影，低沉地说道：“让她走！老师，相信我，她离开了我，才会有新的生活！”

恍惚间，唐甯竟然听从了方一霖的安排，他说话的语调，凝重的眉头，还有，他紧张的侧脸，那不是任性，这个孩子，他是有心事的。

唐甯有一种感觉，菲菲也好，方一霖也好，就这样，闯进了自己波澜不惊的生活。

至少在接下来的五天里，唐甯的生活是波澜不惊的，她还是继续写写论文，看看书，听柳柳抱怨她自己实习生活的各种经历，各种疲惫。不，应该说还有一个惊喜，就是柳柳送了自己一部手机，“谁让我们两姊妹同病相怜呢？你的手机丢厕所，我的手机被上级充公，我干脆去买了一款情侣机，祛除一下晦气也好！”

这是柳柳甜甜的话。

柳柳总是这样，每次当自己陷入绝境的时候，她就跟个天使一样出现在自己面前。还记得，大学的时候自己的生活费不见了，唐甯根本不敢告诉负债累累的父母，打算每日都喝食堂免费汤充饥的计划也是被柳柳破坏的。每天中午和下午，尹柳柳都会打两份饭到寝室，和唐甯一起吃饭，并不宽裕的柳柳就这样帮助了唐甯一个月，她也总是说，没事没事。

感觉欠了柳柳很多很多，两个人的感情好的比情侣还腻歪，曾经有人开玩笑说，难怪她们两个人总是单身，怎么会有那么强大的第三者侵入到两个人的友谊中呢？

没有人，也不可能，光从友谊上来说的话。

所以，当唐甯又收到新手机时，她的感觉，很奇怪。

“老师，这可是最新款，不要一副很看不起的样子好不？”方一霖翘着二郎腿，挑衅地笑着。

而唐甯却叹叹气，“我已经有手机了。还有，方同学，我不是已经给机构打电话了吗？我腿还没有好，这周不去你家了。

你倒好，干脆来找我？”当初真的，真的不应该让方一霖知道自己的地址，为什么男人的方向感那么好，走一遍就记住了，当初她和柳柳搬到这个小区住的时候，一个星期她都不认识路。

方一霖干脆整个人都窝在唐甯小小客厅里的五指沙发里，邪邪一笑，“老师，马上就市区里的第一次诊断性考试了，浪费一个周末不给学生补课，你这样很不对哦。我想着你四肢不便，我亲自上门学习，你看我好歹也是个刻苦学习的榜样吧？”

鄙视地瞥了一眼眼前的混世魔王，“你哪里是想来学习的？你存心是想来找茬的！”

“哪里，我是想来听故事的！老师，你的感情生活真的太让我好奇了，你到底有没有追上那个高冷校草呢？不是说女追男隔层纱吗？搞得那么拖拖拉拉的，听了一个月了，还没有在一起，老师你的效率真的很慢唉！”

虽然不情愿，唐甯还是给方一霖倒了一杯咖啡，“你以为你是来茶馆听评书吗？说好的约定呢？十分钟的约定呢？”

不耐烦地弹了弹大衣上飞舞的毛屑，一副奸计得逞地表情，“放心，老师，我已经给那些机构的人打了电话，今天你所有时段的课，我都包了，这样，就可以听完故事了吧？”

“全包了？”听起来感觉有点别扭的话后，转念一想，如果是有钱人的孩子有什么不可以呢？“你以为你是承包商的儿子吗？”

“从某种意义上来说，我确实是承包商的儿子。”一脸无辜的瞧着唐甯，方一霖露出了他洁白的牙齿，笑地很天真，却不无邪。

跟这个孩子相处久了，忍气吞声和妥协，仿佛变成了家常便饭，除了叹息，还是叹息。“你不是老说我的故事老掉牙吗？那为什么还那么想听？”

“因为是关于老师你的故事啊，因为是老师的过去，所以，我想听。”邪邪一笑，方一霖绽放出了洁白的牙齿，甜甜的笑容，好像这次他说的是真心话。

给自己也倒了一杯咖啡，这样温暖的阳光，好像不适合说那个没有说完的，没有色彩的故事。

十八岁的自己，完全深陷在顾云栖的迷雾中，她活的再没有自己的颜色，她爱地很辛苦很辛苦。

顾云栖仿佛是天际的一朵云，明明那么近，却怎么也触摸不到。他到底在想什么，自己永远都不知道，如同自己的欲望。

当自己在默默喜欢顾云栖的时候，只要每天能偷偷看到顾云栖的影子就已经够了，每天都很满足；当顾云栖愿意和自己做朋友的时候，自己会在意他说的每一句话，每个态度，会琢磨会研究，是否能找到对方在意自己的踪迹；当自己向顾云栖表白的时候，会在意对方是不是有那么一点点喜欢自己，哪怕一点点，也就够了；当自己和顾云栖接吻后，自己会疑问，对方是否真的爱上了自己。

女人在爱情面前，卑微，却又好胜，在折磨人的猜测中，让自己的生活一片混乱，甚至，开始疯狂。

每个周六的晚上变成了顾云栖和唐甯约会的固定日子，也变成了唐甯越来越期待的日子。平日里的顾云栖不会理会唐甯，短信也不怎么回，见面了也如同陌生人，会让唐甯感觉到冷漠和冰冷，甚至，绝望。但是周六晚上的约会，让煎熬的一周有了回报和意义。

“你们一般都去干嘛啊？让我猜猜，唱歌？看电影？”

“没有，我跟他在一起两年里，他从来没有带我去看电影或者唱歌。”

“那去哪儿?”

“去坟墓。”

“老师，你太会开玩笑了，你们以为你们是古墓派的吗?”

其实，自己现在回想，当时的自己，真的很傻，从来没有想过，为什么顾云栖总带自己去人烟稀少的地方幽会，而老家的烈士陵园成为了首选。当时的自己，还是太天真了，如同一个小孩子，因为给了一颗糖果，到哪里也无所谓。

家乡的夜空，总是很晴朗，对，夜晚也可以用晴朗来形容，可以看见层次分明的云层，如宝石般闪耀的星星，永远都距离很近的月亮，还有，安静的夜晚中徐徐吹拂的风声，美得太容易让人沉醉。

“他带你去埋死人的地方，难道是为了想占老师你的便宜吗?”方一霖突然收住了挂在脸上的微笑，眼神锐利地直勾勾盯着一脸平静的唐甯看，唐甯重重地呼出一口气，自嘲得笑了笑，“或许是吧。也或许，他只是一个喜欢低调的人。他，会给我讲一些冷笑话，给我普及一些文科生不知道的常识，跟平常的冷若冰霜判若两人。奇怪的是，明明周遭是埋了无数死人的地方，我竟然，一点也不害怕。”

“因为有他在吗?”

方一霖如同成熟大人的一句话，差点惹出唐甯的热泪，她勉强地笑了笑，道:“因为，他始终都会牵住我的手，很安心。”

年少时的爱情，设想的很多，现实却往往不如人意，反而有一种让人难以忘怀的矛盾美。唐甯对那段时间的爱情，印象最深刻的便是顾云栖从未放开过她的手，还有缱绻的深吻，就够了。

一滴眼泪从眼角滑落下来，唐甯却笑了。不知道为什么，说出来后，才发现自己的初恋也是很美好的。不管结局如何，至少给她带来过渴望，快乐和依靠。

“老师，我饿了。”方一霖却很不配合地叫嚣着，将唐甯酝酿的气氛，瞬间打破了。“大少爷，中午你吃了那么多，才四点，你又饿了？”

“谁叫你炒菜舍不得放油，又全是素菜，我当然饿啊！”方一霖拍着桌子，使劲地做着鬼脸，奇怪的是，他做鬼脸竟然也很好看。

唐甯不得不打开自己家的小冰箱，把柳柳昨天买的草莓蛋糕拿出来，小心翼翼地用刀叉切分开，“我和我家姐妹最喜欢的就是草莓蛋糕了，别说我对你不好啊，这可是最佳礼……”话还未说完，唐甯直感觉后脑勺有一个重力，自己的头直接插入蛋糕中，耳边只听见“刺啦”的声音。

“方一霖！”

“哈哈！老师你太好骗了！哈哈！”

“你个臭小子，给我站住！”双眼冒着怒火的唐甯想也没有想就抓了两把奶油，朝着方一霖走去，无奈自己的左脚还没有好，哪里跑得过方一霖，演变成了方一霖在前面大笑和挑衅，而满脸都是奶油的唐甯张牙舞爪的狂吼。

“方一霖，你给我站住！”

“我就不！哈哈！老师你来追我啊！”

“你休想逃！”

“哎呀，老师打学生了！欺负学生了！摸学生的脸了！哎呀！”

这一句高过一句的玩笑话，充斥在整个房间里，也通过不隔音的大门，传到了门前少女的耳朵中。

提着水果的菲菲如同木头人，一字一句，听得清楚，很受震动。她最后闭上双眼，不管现实多么让她痛苦，看来，方一霖这次，是认真的。

从七楼的楼道上走下来，瘦弱身子的女孩子径直将水果丢到垃圾桶里，嘴边是不易察觉的微笑，拿着手中的名片，上面的两个字赫然灼伤了她的眼，她的心。

“唐甯。”

菲菲将那名片一点一点的撕碎，丢在天空中，带着阴森的怒气。

我不会让你侵入到我的世界中，抢走任何属于我的东西。

第五章　闺蜜

柳柳回来了，哭了，唐甯听得很清楚。

“柳柳？”一瘸一拐的唐甯敲打着柳柳的房间门，“你，你还好吗？”

没有回应。

她太了解柳柳了，每次有什么心酸只会一个人往肚子里吞，然后独自哭泣。“柳柳，我今天才去买了草莓蛋糕，你睡醒了就出来吃两口吧。”

站在门外，唐甯没有想过要离开，她知道，柳柳不告诉自己她的委屈，但是只要自己静静地站在门外等候，陪着她，就很好。

女孩子之间就是这样默契，真正懂你的朋友，不会一直询问你哭泣的原因，只是安静地陪着你哭泣。

这间窄窄的小房子，是她和柳柳上研究生后，一起合租的，有两个人共同的回忆和快乐。现在快要毕业了，柳柳忙着实习，自己忙着写论文，但是彼此的呼吸，都是那么的清晰和熟悉。和好闺蜜住在一起，是那个时候的自己，最大最大的心愿吧。

柳柳，你曾经给过我的坚强，我，还留着。

“他真的提出了那样的要求吗?”元旦，在外地读书的柳柳总算回家了，她们两个好姐妹自然又黏在了一起，元旦夜唐甯干脆住在了柳柳家。柳柳的爸爸是再婚的，是个很严肃却很英俊的男人，柳柳的继母是个年轻漂亮的女人，不怎么和善，柳叶眉下总是让人有不寒而栗的紧张感，还有柳柳的小弟弟。

初中那会儿，柳柳突然在上课的间隙请假去厕所，一去就是好久。恰好也去厕所的唐甯找到了在厕所里哭泣的柳柳，她哭的那么伤心那么绝望。那个时候的唐甯和柳柳并不熟悉，柳柳是班里成绩优秀乖巧可爱的女孩子，而唐甯始终是中下层那个容易让人遗忘的阶层。但是唐甯却很默契地陪在柳柳身边，一句话都没有问，就这样陪着。

直到下课后蜂拥到女厕所的学生们到来，尹柳柳才离开。

第二节课的数学课上，唐甯收到了一张小小的纸条，是尹柳柳写的：“我的继母有了我爸爸的孩子，我不再是爸爸唯一的孩子了。”

“别担心，你是唯一的，任何人都取代不了。另外，我父母也离婚了，我一点也不喜欢我的继父，他老打我母亲。”

缘分有时候是个很神奇的东西，就是因为这个契机，两个人竟然成为了好朋友，相互安慰怜惜的好朋友。

可是，当尹柳柳的继母生下孩子那天，柳柳还是失控了。怎么会忘记呢？那个夜晚，在医院里，夏天的风那么大，仿佛要把医院里的门都吹破，柳柳趴在唐甯的大腿上痛哭，她哭泣的样子，让唐甯也跟着垂泪。

自己好歹是幸福的，母亲只有自己唯一的孩子。柳柳，却不得不面对和她仅有一半血液渊源的弟弟，“什么都没有了。我爸爸被那个女人抢走了，现在，我的父爱也要和别人平分一半了!”

从小没有任何烦恼的柳柳，那恐怕是她哭的最厉害的一次，唐甯一度认为，柳柳会这样哭晕过去。她只能抓着她的手，轻声地一遍又一遍地说道：“没事的，一切都会没事的。我们，始终要好好活下去。哪怕没有人爱我们，我们也要好好爱自己。”

或许对于父母离异的小孩子来说，爱，从小就是个奢侈品，所以，才会举步维艰，处处小心，如履薄冰地经营他们以后的情感人生。

“你爸爸他们今天晚上真的不回来吗?”已经躺在柳柳床上的唐甯又突兀地问起，柳柳瞪了唐甯一眼，“你到底要问多少遍？跟你说了他们今天不回家过夜！你是想转移话题吗？我现在很严肃的问你，顾云栖到底是个什么意思?”

“什么意思？我也想知道，他到底是个什么意思。”唐甯深深地呼吸一口气，清澈的眼睛里蒙上了一层雾气。

顾云栖，没有承认自己是他的女朋友，冷若冰霜地回避有关自己的一切。但是却总是在无人处，牵手拥抱接吻，如同在谈地下恋情一样，让人感觉满满的委屈。

“我问你，他真的有几次侵犯了你吗?”尹柳柳小声得对着唐甯的耳朵说着，哪怕家里明明只有她们两个人，但是从小就被教育成“谈性色变”的惯性，没有办法更改。

脸红了一大半的唐甯用被子盖着头，“你可不可以不要用那种眼神盯着我？感觉我是犯人的样子。”柳柳不依不饶地拉开唐甯的被子，“我问你，你们到底进行到哪个阶段了?”

被问地面红耳赤的唐甯只能叹息一声，“情到浓时，就是性。我和他经常去那种没有人烟的地方，有几次，是有点激动。”

“激动？你可不能激动啊，难道你……“

“没有没有！”头跟拨浪鼓一样不停地摇摆，“每次，我都，阻止了。”

柳柳才放心地重重躺在床上，“顾云栖平时看起来那么正人君子，想不到，也是个……”

唐甯和尹柳柳两个少女，自然而然地免不了对“性”的讨论。

关于“性”的认识，在小学的时候就有了吧。小学的时候，总会被问及是否喜欢班上的某某，只要和任何一个同班异性稍微亲近一下，会被全部同学一起起哄搞笑，然后好像莫名其妙的特别在意那个绯闻男友。初中呢，总会特别在意班上成绩优秀的异性，而且，上课的时候，总会开小差，觉得有人在一直默默地观察着自己，所以特别的在意自己的一举一动，因为总会有一个自己编织出来的暗恋者在自己周遭。

高中，就不同了，关于性，多少也能从其他同学的口中得知了。

比如在唐甯和尹柳柳的谈话内容中，最多的就是以下几类：

首先，是性特征的问题。往往关注点是在班上的女同学，谁的胸好看，谁是没有穿胸罩的，谁是男生们背后讨论的大胸妹；然后就是关于性的问题，柳柳的家是医学世家，她得到的知识都是从父母的书籍报刊中得知，而唐甯则是从当时的少女杂志得知。

但是，除去“性”，衍生了很多让人兴奋又好奇的问题。听说女孩子没有了初夜走路是外八字之类的谣言，成为了唐甯和尹柳柳经常谈及的焦点，会猜测，猜测那些有男女朋友的情侣们，已经偷吃了禁果。

“他有摸你的胸吗?”

“有。”

“他下面，你会感觉到有反应吗?”

“会。”

“你们现在这个状态很危险。”

“我知道。每次我回到家，感觉自己做错了事情一样，整晚都睡不着，柳柳，我该怎么办?”

再翻一个身，柳柳的鼻尖几乎可以靠近到了唐甯，她的眼睛，有着少有的严肃。印象中，柳柳都是被领导者，被唐甯领着走的那一个。第一次，柳柳发现，自己除了跟随者，也是陪伴者。“你老实告诉我，你，愿意把自己最珍贵的第一次，给顾云栖吗?”

很严肃，十八岁的年纪，已经不再如初中那会儿闻“性”色变，她有认认真真地考虑过这些话题，认认真真地思考过。

“我愿意的，我不知道我以后和顾云栖能够走到哪一步，但现在，我很爱他，我愿意把我最珍贵的东西，献给他。哪怕我的人生会因此而有遗憾。”

说这句话的时候，尹柳柳永远都忘记不了那个画面。外面的烟花不断地涌上夜晚的天空，绽放，绽放。绽放的色彩映在唐甯的脸上，她的目光，她的意愿，她的决心，竟然，虔诚地让尹柳柳觉得肃穆。

尹柳柳常常在想，自己的性格，很多时候都是受唐甯的影响，特别是对待爱情的执拗，当她回忆起自己大学那段情感时，之所以有那么大的勇气和信心，正是因为唐甯说这段话的场景吧，有的时候，一句话，一个片段，真的会影响一个人，好久好久。

打开门，唐甯还是站在门前，她把耳边的碎发一挠，甜甜一笑，“睡醒了吗？我们吃蛋糕吧？跨年，看演唱会，吃草莓蛋糕，我们的传统节日，不是吗？”

唐甯很宠溺地瞧着眼角还挂着泪痕的柳柳，她不问，却用她的行动表达了她的在乎与陪伴。鼻子一酸，尹柳柳从身后抱住唐甯，“我又办砸事情了，第一个星期，手机被没收，第二个星期害的整组人都扣分，第三个星期，水漫整个公司地下室……我……为什么，那么笨呢？甯甯，我，我真的很没有用对不？我一直都没有你们那么优秀和能干，除了读书，我什么事情都办不好。”

唐甯没有立即转过头，她拍了拍尹柳柳的双手，喃喃道：“谁也不是生来就会做事情的，如果你万事顺利，不就失去了这次实习的意义了吗？重要的不是出现了问题，而是我们怎么解决问题，避免问题。我知道，这些道理谁都懂，只是，我们如何转化为行动力。柳柳，重要的，是不要失去信心。”

太顺了也不好，偶尔跌倒，才会发现，自己的潜力是无穷大的。

柳柳没有说话，只是静静地抱住唐甯，有时候依靠就是那么拥有力量。末了，她才喃喃道：“草莓蛋糕是我最喜欢的那家吗？上次你和你的学生把我的草莓蛋糕给毁了，今天是不是也赔我一个。”

笑出了声，“是啊是啊，我买了两个，快去洗漱一下出来吃吧。”

打开冰箱，瞧着制作精良的草莓蛋糕，想起了那个午后。那个小子是故意的吗？在自己沉浸在悲伤的回忆中时，让自己瞬间忘记烦劳，恢复微笑。他，是天性使然还是别有用心？

其实，方一霖也有他的好处和优点。当时自己的脚伤还没有完全好，脸上和头发上全是奶油，在自己家小小的浴室无法自由清洗时……

“老师，我给你洗吧？”

“相信男人那张嘴，不如相信世界上有鬼，更何况，那个男人还是你？”

方一霖抱着手，很鄙视地歪着脑袋微笑后，不由分说地就拉着唐甯进了小小的厕所，端来了一张板凳，死死地把唐甯按住坐下。打开热水器，尝试温度后，将唐甯的头朝下按住，轻轻地将头发浸湿。

整个过程，唐甯如同一个扯线木偶，完全没有能力反抗。但是当方一霖很认真地给自己洗头发的时候，唐甯却有一种说不出来的情绪。他的手很大，果然是一米八高个子的手掌，他的手，也很柔和，轻轻地拨动着自己的发丝，如同，如同琴弦上的音符，有着音乐的律动，和自己，心跳的节奏。

他很轻柔，甚至，很小心。可以通过自己的发丝，感受到他的细致和体贴。更让唐甯觉得陌生的是，方一霖带着自己来到客厅的窗户前，阳光洒下自己的背影，他就站在自己的身后，方一霖手中的吹风机，不时吹出来的热风，摆动着自己的秀发，有种酥酥痒痒的感觉。

每个人都有一些不习惯，唐甯就不习惯去洗发店洗头发，只要有人触碰自己的头发，她就浑身不自在。第一次，她没有那种感觉。

好香，草莓蛋糕的奶香，和洗发水的味道，交织在一起，还有一种味道，一种混合在空气中很奇怪的香味，闻得到，能够直通人体的味蕾，感受到五官的刺激与振动，但是，却无法知晓到底是什么东西。

那，到底是什么味道呢？这个疑惑一直困扰了很久，直到很多年后，才有了答案，但是，那却是另外一个答案。

阳光下自己的背影，头发，方一霖的背影，在一点一点的移动，在融合，安静的空气分子让人有种说不清道不明的暧昧与陌生，第一次，她没有把方一霖当成学生，而是，一个值得托付的人。

哪怕托付的东西，只是自己的头发。

“在想什么?”尹柳柳碰了碰正在发愣的唐甯，“想的那么认真。”

“没有，我只是有时候会想，人真的很奇妙。明明是你熟悉的一种人，却会在不经意间给你带来想不到的意外和惊喜，那个时候的他，是真实的吗？会和印象中的他，融合在一起吗?”

完全傻眼的尹柳柳哭笑不得，“姐姐，我学的是文字学，不是哲学。你说的，可以打电话问一下知心姐姐。”

意识到自己确实有点语无伦次，自己到底想要表达什么呢?无奈笑笑地唐甯去拿杯子，却一不小心手滑掉到了地上，碎片溅了一地。

“乐极生悲。”尹柳柳笑了笑，立刻去取扫帚，“你不是还说最近时来运转嘛，论文进展顺利，头痛学生也变得好相处了，兼职的地方又给你转入一个大单子，你说那学生是个女孩子，学习成绩很优秀，是个很好带的对象。看来，有些人得意忘形了。”

拿着扫帚，自顾自说的尹柳柳发现唐甯竟然蹲在那里发呆。唐甯死死地盯着自己的手指，上面不断有鲜血溢出来，如同一朵又一朵流动的花蕊，让人感受到极致的痛快和恐怖，“柳柳，我突然有个很强烈的预感，我的好运，到头了。”

第六章　深刻的元旦

在唐甯的心目中，是很感谢节日的。她不排斥洋节日，只要是节日，她认为都给人们带去了一些希望和快乐的借口。人，不管是任何阶层的人，都会出现疲惫和倦怠的情况，但是，有希望，总是好的。

不管你懂不懂什么叫做真正的虔诚，但是当你在节日的时候认真地期盼，你已经虔诚了。虽然，元旦这个美好的，有着温暖阳光的节日，唐甯没有时间去期盼。

“你进步还是蛮大的。”认真地批改着方一霖的课后作业，唐甯不得不承认道。这个孩子，从最开始根本就不会完成作业，上课根本不听，和老师对着干，到现在……变化，真的很大。

方一霖趴在自己的透明桌子上，极其没有精神地摆动着自己桌上的时钟，“老师，在你的眼中，我们这些富家子弟都是白痴吧？除了惹是生非，干尽坏事，智商也是很让人着急的对吧？”

正在批改试卷的唐甯身子顿了顿，“我，我可没有这样说。”

“但是你这样认为了，不是吗？”方一霖转过头，枕着自己的手肘，从这个方向看，唐甯的侧面，挺好看的。

特别是她批改作业时，时不时蹙眉的样子，很让人赏心悦目。方一霖突然伸出他大大的手掌，一下摸上了唐甯的左脸，唐甯震惊地盯着方一霖，这个小子，到底又想干什么。

方一霖几乎用一种祈求地口吻喃喃道：“老师，你可不可以，真正地了解一下我，或许，我和别的富家子弟不一样呢。”

心，跳得很快。

方一霖恳求的眼神中，清澈地竟然可以看到自己的影子，自己慌张的表情，自己没有被抚摸的那半张脸上涌起的潮红。

他，真的很寂寞吧，寂寞到，请求别人了解他。

打了个寒颤，唐甯避开了方一霖温暖的大手，干咳两声，眼神躲避着。“听好了，方同学，你以后有任何请求直接表达就行了，最好不要动手动脚的，我可是你的老师!”

“老师，你是在害羞吗？我记得最开始的时候，我搂着你你都不会脸红地。”果然！看到方一霖那副奸计得逞邪邪一笑的样子，唐甯便知道自己果然一刻都不能放松对这个孩子的提防。“你想太多了，是你家空调开太大了！我呢，是不会对你这种小弟弟感冒的!”收拾起自己的东西，“今天是元旦，辛苦的我还要赶到另外一个孩子家，所以，别再消遣我了，老师我也很累的。”

背上包包，刚走两步，就被方一霖唤住了，“老师!”

整个身体都没有办法动弹了，唐甯只能低声说道：“恩?”

“最后呢？我今天想知道，你，你最后还是把第一次给了顾云栖吗?”

身子再次抖动了一下，唐甯竟绽放出爽朗的微笑，“是啊，半推半就，女孩子面对这种事情的最佳表现形式，因为自己喜欢的人，想要呢。”

“老师!”

“恩?”

“那你后悔吗？后悔当初你的决定吗?”

“后悔。”唐甯依然背着方一霖，抬起头，从门口拐角的镜子里可以看到方一霖半张脸，跟凸透镜一样，他的脸，竟然带着几分夸张的情绪。“我后悔我的决定，但是，我没有后悔，我轰轰烈烈的爱过，我爱得没有遗憾。”

有什么东西，碎了。

带着叹息，很轻微，但是，唐甯听到了。

是气氛太安静了吗？唐甯抬起左脚，艰难地朝前走了几步，心也跟着释然了。

“老师!”

“恩?”

“不要把我当成小孩子看，好吗?”

“你觉得我把你当小孩子看的话，会告诉你这么多关于我自己的故事吗?”

“我的意思是，偶尔，偶尔也把我当成一个男人来看。”

背脊僵了僵，抱着外套的唐甯轻轻地转过身，甜甜一笑，“难道我会把你当成女孩子看吗？一霖。”

第一次，听见唐甯这样唤自己，她平日一般都唤方同学或者臭小子。方一霖竟然笑出了声，是意外，还是期待?

走在路上的时候，唐甯还是一直困惑方一霖的那个笑容，如同被定格一样，就那样深陷在自己的脑海中。是太纯真了吗?他那时的眼神和表情，竟然让人想到了幼儿园里的小孩子，天真烂漫。

所以，到新学生的门前，还是依然没有想明白，到底为什么，那个笑容挥洒不走。

这是一间很一般的居民楼，看大门的样子，已经有一些年代了。很惊讶这样的家庭竟然报那么昂贵的家教复习班，不过转念一想，可能又是两个拼命为孩子付出的父母吧，总有那么一些让人敬佩的父母为儿女奉献一切。

敲了敲门，空荡荡的回声在破旧的老式楼道里不寒而栗。唐甯吞了吞口水，拿起手机查看备忘录，上面确实写的是这个地址啊。“请问有人在吗？我是家教老师。”

多敲了几声，门竟然打开了，“咯吱”一声，伴随着一阵说不出的诡异微风，明明是暖冬，唐甯还是忍不住打了个寒颤。“请问有人在吗？黎姝枚同学？”

试探性的，唐甯的脚步一点一点地踏进了这个布满灰层的房间。这里几乎没有任何家具，只有客厅窗边挂着的白色窗帘被风吹地此起彼伏，不断跳跃着，夹杂着“嗡嗡”地回声。

站在门口的唐甯有点胆怯了，不会自己真的找错地方了吧，这个地方，阴森森的，透心的凉意让唐甯感觉不适，准备转身离开的时候，卧室里传来了一阵虚弱地声音，“唐老师，你好像迟到了。”

叹了叹气，唐甯嘲笑自已竟然如此胆小，机构那边怎么会把错误的地址发给自己呢？唐甯紧闭着牙齿呼吸一下，然后朝着卧室走去，“对不起同学，因为我从上个同学的家里赶来，所以迟到了五分钟。”

是一个很瘦弱的背影，披肩的长发后面是一阵更虚弱的声音，“老师，你上一个学生，是方一霖吗？”

唐甯的震动是非常巨大的，特别是那个女孩子转过头时的那张脸，那个让唐甯没有办法忘却的雪白的熟悉的脸。

“菲菲？怎么是你？”

“唐老师，你知不知道你在方一霖家多呆一会儿，我有多么开心吗？”菲菲的话中透露着邪气，那股子仇恨的意念随着她微微抬起的右胳膊，达到最大化。右手手腕上如同没有关好的老式破旧水龙头，一点一点地滑落着鲜艳的血迹，红地耀眼。

菲菲苍白的嘴唇上裂开了笑容，她带着蛊惑的微笑瞄了一眼自己的受伤手腕，抬起胳膊，添了一下血液，轻声说道：“我敢为方一霖死，老师，你敢吗？”

“菲菲!”

这个元旦，真得是惊讶大于惊喜。

电话一直在响，唐甯却没有任何心情去接，她坐在长长的医院板凳上，只觉得浑身都冰凉刺骨。天也很矫情地变了，原本温暖的阳光瞬间消失掉了，厚厚的云层下是淅淅沥沥的雨滴。

下班后看到简讯的尹柳柳总算在重病看护房找到了一直发呆的唐甯，“甯甯，怎么了？到底发生什么事情了？你全身都是血！甯甯？”

“那个姑娘，那个姑娘她割腕，她竟然在我面前割腕，我抱着她的时候，她在笑。柳柳，是一种胜利的微笑，她在嘲笑我，她，我，我真的不知道发生了什么事情。”印象中的唐甯，独立且成熟，没有任何事情能够摧垮她一般。可是，她鲜少有现在这般六神无主，慌慌张张的样子。

尹柳柳立即拉着唐甯浑身都在颤抖的身体，“好好好，咱们不知道发生了什么事情，那咱们就不去想了好不？来，我们去厕所洗洗，或许等会儿就知道发生了什么事情对不？”

唐甯如同没有意识的僵尸一般两眼无神，被尹柳柳拉着艰难地到了厕所，尹柳柳从未瞧见过这样癫狂的唐甯，她全身都在颤抖，眼睛里含着泪水，“来，我们洗干净，这只是个事故而已，意外，意外，跟我们没有关系！”

一直处于无限扩大的双眼突然凝聚到了一点上，血。

盥洗室里的水龙头冰冷地冲出来，红色，浓浓的红色如同水蛇在对着唐甯嘲笑，在跳跃，在缠绕。“啊！“唐甯尖叫一声后立即冲出了厕所，幸好尹柳柳站在离门比较近的地方，几步就拦下了唐甯，“甯甯！甯甯你不要吓我好不？”

“柳柳，是我逼她的！我，我那天晚上，菲菲生日的晚上，还有第二天，还有今天，我，我都做了些什么啊！”

“甯甯，你冷静一下，你只是一个家教老师。”

“你就是发现我女儿自杀的家教老师吗？”不知道何时出现了一位打扮时髦的美貌妇人，她的眼神，如同刀锯一般让人感到害怕，让人害怕的，还有她那副高傲的气质与美丽。

唐甯转过头，眼泪也瞬间止住了。“你是菲菲的妈妈吗？”

很明显，那美妇人整个人怔了怔，也不过是瞬间的事情，她立即恢复到不可一世的样子，“我问你，是你发现了我的女儿吗？你就是那个家教老师吗？”

唐甯点了点头。

“啪！”

很响亮的一个巴掌，唐甯的身子都摇晃了一下，让本来安静的重病看护楼瞬间凝固起来。尹柳柳立即扶住唐甯，“你这个人怎么这样？是她救了你女儿不是吗？”

或许是两方争执的话语太高，唐甯意识到周遭有很多人涌了上来，七嘴八舌的，还有一闪一闪的灯光。

“各位媒体记者请记住了，就是这位所谓的家教老师，在去给我女儿上课的路上迟到了五分钟，我女儿割脉自杀流血五分钟！如果她准点到达的话，我女儿根本就不会像现在这样还没有苏醒过来！”

“唐老师，你对黎太太的指责有任何回应吗？”

好吵。

“唐老师，请问你觉得你应不应该为这次的事件负责？”

好吵。

“唐老师，有消息称，您根本就不是在职的老师，不过是个在读学生，请问是不是因为你的冒牌身份导致了这次惨剧的发生？”

真的好吵。

“你们干什么！没有任何的真凭实据，为什么要这样说？我朋友是冤枉的，她是冤枉的！”在这一层又一层的吵闹声中，还可以听到最信任的朋友的维护，真好。

到了这一刻，唐甯才明白当初菲菲瞧见自己的时候，她那复仇般微笑的含义。菲菲，你赢了。

曾经，唐甯也想过去死，在十八岁那个年纪。

当她和顾云栖讨论到底要不要跨入那一步的时候，她真的想要用死来表达自己对顾云栖的爱。每次她很严肃地和他讨论请他尊重自己的选择时，他总是一副不以为然的样子，可是，可是只要两个人单独在一起的时候，真的，真的变得很棘手。

唐甯最后的顺从，让她有了解脱。她听过柳柳跟她讲了很多关于这方面的知识，但是，真正到来的时候，她整个人都快要掏空了，没有想象中的痛，没有比死还难受的感觉。

“你看，好奇怪，我们变成一体了。”

这是顾云栖在整个过程中的第一句话，唐甯当时觉得这句话是顾云栖最大的温暖和安慰。连成一体，的确啊，夏娃本来就是亚当身体中的一根肋骨而已，只有亚当和夏娃在一起后，人，才是完整的吧。

“可是，你为什么没有血。”

这是顾云栖整个过程中说的第二句话。

血？

对，有个东西，很重要，证明女人是第一次的处子之血。

当整个过程结束后，唐甯彻彻底底地检查过，真的没有找到，那个所谓的血迹。洗澡出来的顾云栖傻傻地瞧着一丝不挂的唐甯，“你不穿衣服会感冒的。”

唐甯一下子冲到顾云栖的怀中，“我不知道，不知道为什么我没有血，我，我真的是第一次。”

其实，唐甯之所以想强调自己第一次的事实，是因为她想证明，她愿意拿自己最珍视的东西来证明她的爱。

可是。

当时顾云栖的眼神，唐甯怎么也忘不掉，他黑色的眼眸中，竟然闪过了一丝笑意，一种说不上是信任还是放心的笑意，他拍了拍唐甯的头顶，“放心，我不在乎。”

他，到底在不在乎？他，到底信不信自己？

这两个问题，直到唐甯和顾云栖的爱情结束后，唐甯依然不知道。但是她隐隐觉得，那个微笑，如释重负的意味更浓。

因为这样，他才会那么不珍视自己吗？

当已经26岁的唐甯再回想到“为爱情牺牲”这个话题上，真的觉得当年的自己也好，现在的菲菲也罢，实在太傻。

一周了，她的电话一直都在不停地响，却始终没有她想要出现的那个电话号码。打开方一霖送给自己的手机，上面的通讯录上，只有一个电话号码，上面豁然是方一霖的头像。鼓起很大的勇气，打过去，还是无法接通。

自己在想什么呢？方一霖不过是个小孩子罢了，他这个时候应该躲得远远的吧。

尹柳柳敲了敲门，“甯甯，早饭好了。”

唐甯走出快要发霉的卧室，瞧着桌子上热腾腾地饭菜，对尹柳柳会心一笑，“亲爱的，你不用那么费心的。周一到周五，你去公司实习还时不时地打电话嘘寒问暖，现在好不容易到了周末，你应该出去玩的，不必在意我。”

尹柳柳给唐甯舀了一碗热气腾腾的瘦肉粥，没好气地说道：“你说的是人话吗？你这个样子，我能放心出去吗？”

是呀，自己这个样子。

菲菲的事件，被媒体每天争相报道，自己也算是上了头条了。这期间，辅导机构让自己暂时不要去上课，导师也发简讯来让自己闭关好好写论文，当舆论都在谴责因为迟到害学生自杀时，自己只能窝在家里，度日如年。

“真得搞不懂大家的关注点怎么会在你身上？我的世界观反正是颠倒了，大家不去在意那孩子为什么要自杀，而在意你迟到了害得孩子自杀？我每天看见那些报纸，都快要被气死了。”

“或许，我知道为什么。”唐甯轻声说道。

正在吃煎蛋的尹柳柳朝着唐甯瞄了一眼，唐甯今天整个人身体状况好很多了，“你真的知道？”

“恩，不过，我也脱不了干系。这个麻烦，是我自己去惹的，所以，我必须自己去解决。”看到尹柳柳欲言又止的样子后，唐甯立即补上，“你放心，我一定会小心的，我自有分寸。”

相信的，一直都相信的。

在尹柳柳的内心深处，那么的相信着唐甯的能力和优秀。

唐甯确实是走出来了，要知道那天事故发生的时候，她整个人只能用神志不清来形容。

“柳柳，我的厄运，还真是如期而至呢。”唐甯轻轻地荡开粥上的热腾，轻轻说道。

话题一换，让尹柳柳连连咳嗽，“什么?”

“那天，我说菲菲出事那天，我虽然整个人昏昏沉沉的。但是把我从那个记者堆积的医院带回来的，除了你，好像还有个男士吧？也就是说，送你来医院，然后一直在医院等待你的那位男士，是你的新对象吗?”唐甯好奇地盯着尹柳柳，尹柳柳连忙吞了吞口水，干咳两声，很明显始料未及。“你误会我了，那个，那个是我老板!”

“好好，所有出现在你身边的男士，不是你师弟就是你老师，现在还是老板。你不说也无妨，反正最近也没有看见你相亲，看你以后怎么圆谎。”

“我……”涨红着脸的尹柳柳快要气死了，不过，看到唐甯开着自己玩笑的样子，她之前的担心都多余了，她，又回来了。

不管，面对多么大的困难和挑衅，我们，都不会倒下的。

第七章　呼啸的冷风

本以为这个冬天会一直这样温暖下去，但是自从元旦的那场雨开始，便一直阴冷着。下雨，吹风，继续下雨，继续吹风。

冷，透骨的寒冷。

手中抱着热腾腾的咖啡，也觉得好冷。

“李老师对吧？我很奇怪，那么多记者想要拜访我都苦于没有地址，您是？”

对面坐着的穿着厚厚羽绒衣的三十岁上下的女人和蔼地点了点头，用标准的普通话说道：“我年轻时也在那个机构做过兼职，多少有点关系。更何况，我是来道歉的，不是来骚扰唐老师你的。”

说到道歉，唐甯的手微微抖动了一下，全世界的人仿佛在一夜之间都知道了自己逼死了一个青春少女，全世界都在向自己讨公道。但是，唐甯的内心，知道她需要一个道歉，只是很意外的，那个道歉不是菲菲的母亲，也不是方一霖，竟然是菲菲的班主任。唐甯不自然地苦笑了一下，“我，我只是个还没有毕业的学生，老师的称谓实在是担当不起，李老师您唤我名字即可。”

李老师有着深深的黑眼圈，一脸的憔悴代表了现在高中教师的基本风貌。她很友善地点了点头，有的时候，人身上真的有一种亲近的力量，让你不用怀疑她的善意。“其实，我想和你聊聊黎同学，我想她不是故意针对你的。”

每个人都有属于自己的十八岁，唐甯常常用“雨季”来形容那段岁月。高三的步伐，随着她和顾云栖感情升温而一点一点地靠近，高考如同一个魔咒般侵入到生活的每一个角落。

成绩，便是最好的证明。在一次又一次的模拟考试中，班上成绩平平的同学一个又一个超越了唐甯，让她透不过气。她知道，顾云栖的存在，确实影响了自己的成绩，尽管她做到了兼顾和平衡，但是时间是公平的。

顾云栖的成绩也下滑了，他提出两个人尽量少见面的提议，因为他认为这段感情阻碍了他的大学梦。他成绩是很优秀的，至少以前是。他不知道他提出这些要求和话语的时候，有多伤唐甯的内心，最可恶的是，她知道这是不争的事实，连辩解的理由都没有。她在自责和愧疚中，惶惶度日。

唐甯第一次想到了未来，她和顾云栖的未来。他们，该怎么办呢？至少在这段疯狂的感情中，唐甯还保持了一点点理智，她不能毁掉自己的未来之路。

在这一点上，菲菲比唐甯疯狂太多。

若不是从菲菲的班主任口中亲耳听到，唐甯完全不会相信那么偏执那么疯狂的菲菲，在高一的时候，是个乖巧上进内向的姑娘。成绩永远都是第一名的菲菲，家庭环境殷实的菲菲，无忧无虑的菲菲，不会和任何人做朋友的孤独的菲菲。

方一霖，和菲菲完全是来自两个世界。两条根本不会交织的平行线，打开了菲菲那紧闭的大门，从此，菲菲变成了另一个人。一个只为方一霖活着的姑娘。

唐甯站在沉睡的菲菲面前，看着她安静地面容，她苍白的容颜上，长长地睫毛是那么精致与美好。有谁会想到，品学兼优的乖乖女，会跟着方一霖，抽烟喝酒打架翘课，变成一个方一霖朋友中的小太妹。

这个孩子，没有后悔过吗？

“你来这里干什么？你还有脸来看我女儿？”推门而进的黎太太怒吼着，黎太太真的很漂亮，有这么风韵美貌的母亲，菲菲才会这般高贵冷艳吧。黎太太踩着高跟鞋，一把抓住唐甯的胳膊，“你走！我和我女儿都不想看见你！”

“是您不想看见我吧？”唐甯对上了这个美人的眸子，她的眼睛犀利地可以将人吞噬，却在对上唐甯的眼神后，有一种收缩的紧迫感。“你这个贱人！你说这种话是什么意思？”

“黎老师你以为我是那种甘愿背大黑锅不谙世事的在校学生吗？黎老师，我大学的时候还听过您的讲座，您的新闻专栏做的永远是那么好。您在新闻行业可是人人称赞的女强人，可是，被外界一致好评的黎老师，您的女儿竟然自杀了。在菲菲自杀的消息出来时，你想的不是菲菲的生死，而是怎样把焦点从你身上转开。很倒霉，我成了那个冤大头，这也解释了为什么那日会有那么多的记者存在，为什么关于我的身世会那么快被扒光。”唐甯觉得自己此刻像足了一个侦探，那种盯着别人心虚的眼神把真相一点一点扒开，这种感觉，真得很好。

冷笑了一声，黎太太干脆坐到了病房的沙发上，“就算你说的是真的，我借用你的过失转化关注点，但是我也没有冤枉你啊？如果不是你迟到了，我女儿会流血那么久吗？直到现在还没有醒来，你，敢说你没有错吗?”

“你当然知道我是被陷害的!”唐甯将眼神转移到昏睡的菲菲上，她真的好美，如同一位睡了好久好久的睡美人。唐甯轻轻坐下，为菲菲盖好被子，轻声说道:“你是知道这一切都是菲菲做的。不是吗?菲菲的妈妈，您是那么的成功，不可能住那么破旧的楼房。菲菲知道我第一个学生上课的地方，故意选了一个路程远的废旧空房，她知道，我一定会迟到的。这一点，作为新闻人的你，怎么可能没有意识到呢?”

“我女儿一天到晚想什么，我怎么会知道?”

“你知道的。一个第一次给你女儿上课的家教老师，怎么可能知道她的乳名是‘菲菲’呢?在医院里，你质问我那天，你听到了我这样唤她吧。你也很吃惊，随即明白这一切不过是精心设置好的，不是吗?”唐甯转过头，死死地盯着黎太太，她那张岁月没有留下痕迹的美丽脸庞上，写满了精明和无所畏惧。她和菲菲，毕竟是不一样的。

依然是冷笑，黎太太打开自己的皮包，抽出一根长长的女式香烟，自顾自地抽了起来，“那么，你准备怎么样?冒牌老师?你是要去给那些报刊杂志打电话吗?哭诉你的委屈?呵，笑死人了。”

唐甯站起身，将医院的窗帘拉下，最后再看了菲菲一眼，走到黎太太跟前，“我当然不会那么傻，这场意外本来就是我惹的，是我活该。再说，黎老师你最初的想法不过是抹掉菲菲是你女儿这个事实，你怎么可能让这个新闻越闹越大呢?换言之，我不用做什么，这件事都会平息的，对吧?”

翻了个大白眼，黎太太再次轻笑了起来，烟晕一圈又一圈地扩散出去，她美丽端庄的脸庞下，有一股让人不寒而栗的笑意。“现在的小姑娘都是伶牙俐齿啊？怪不得，怪不得他也换口味了，对你们这种天不怕地不怕自以为是的小妹妹有了兴趣。”

不懂，不懂黎太太莫名其妙的这句话，唐甯叹息一声，“我不追究，是因为我欠菲菲的。至于兴趣，黎老师，你还是把你的兴趣，转移到菲菲身上吧。菲菲真的是一个应该让人疼爱的姑娘。”

黎太太将手中的烟灭掉，站起身来，怒斥着：“你算个什么东西？我们家的事情，还轮不到你来管！”说着就要往唐甯脸上打去，唐甯死死地抓住黎太太的左手，冷冷说道：“就凭我跟菲菲一样，从小渴望父爱，母亲强势忽略自己的心情！黎老师，菲菲是你的女儿，您的女儿要自杀，您有关心过她为什么要自杀吗？”

黎太太整个人愣了愣，左手的力量也瞬间消失了，整个人傻傻地坐回到沙发上，一副失魂落魄的样子。“你，知道那孩子，那孩子为什么会变得那么快，会自杀吗？”

这一刻，唐甯才感觉到黎太太第一次作为一个母亲在和她说话，唐甯的眼眶湿润了，仿佛坐在自己面前的，就是自己的母亲。她也跟着笑了笑，“因为缺乏爱，我们都太渴望被爱，太在乎，所以，很疯狂。”

唐甯吸了口气，她为什么那么感伤呢？因为床上那个安静的姑娘如同自己当年的缩影吗？好痛，心，真的好痛。她留下还发愣的黎太太，轻轻地关上了房门。她不知道今天自己是不是管太多了，只是，她做了自己应该做的事情。

在唐甯关上门的一瞬间，菲菲的右眼睫毛里，滚动出一行热泪。

走在冰冷的医院过道里，唐甯深深呼吸着，却在转角处和急忙跑来的护士撞了个满怀，“对不起对不起!”自己果然魂不守舍，拾起地上的病例单，上面竟然看到了“黎姝枚”的名字，便认真地看了下去，在诊断结果处，唐甯的手，颤抖起来。

夜晚的风，更大了，虽然没有再下雨，可还是让人觉得寒冷。

电话响了很久，唐甯才意识到是自己的，是方一霖送给自己的那个电话，也是他打来的。慢了几秒，对方已经挂掉了。这个消失的人，总算要出现了吗?

“凌晨五点，金顶山，我在那里等着你。”

这是随后方一霖发来的短信，唐甯关上手机。那个小子，是准备去金顶山出家吗?是呀，他也不过是个孩子而已，他除了躲避，还能做什么呢?

可是，为什么是凌晨五点呢?

金顶山是市区郊外的一座比较高的山峰，因为风景迷人一直都是市民的最佳旅游胜地。但是，此刻正是寒冬，到那里的人应该寥寥无几吧?唐甯回到家中，换了一套比较厚的衣服，和柳柳说明了事情后，打了个车，连夜奔向金顶山。

果然，到那里都快要五点了。

司机师傅担忧地给唐甯留下了他的电话，让她有任何意外都可以给他打电话。唐甯满怀感激地下了车，朝着金顶山的凉亭走了过去。风好大，将她的秀发吹得看不见前面的道路。“方一霖，你出来，我到了。”

唐甯唤了几声，还是没有看见方一霖的影子。

只是，天亮了。

金顶山海拔比较高，日出的阳光洒在了唐甯苍白的脸上。接着，是”噼里啪啦”的怪声，紧接着是“咕噜咕噜”的声音。

一个什么东西朝着自己飞奔而来，唐甯本能的用双手抵抗着。紧闭的双眼等待几秒后，只感受到手上有个温热的东西。

“咕噜咕噜。”

是一只雪白的鸽子，它竟然停在了自己的手臂上。唐甯有点没有反应过来，那白鸽很温顺，低着头。

紧接着，第二只。第三只。好多只。

在太阳升起的那一瞬间，无数只白鸽朝着自己飞奔过来，最特别的地方是那群白鸽身上都系着各种各样的巧克力。

巧克力?

这个东西，是唐甯的禁区。因为和顾云栖在一起的那些年里，除了自己生日，顾云栖是不会主动送东西给唐甯的。特别是在情人节七夕节，唐甯很想很想能收到顾云栖的巧克力。为什么？因为那是证明啊，证明她是顾云栖女朋友啊。

顾云栖除了在幽静的地方与自己亲热，平日里都是拒人于千里之外的态度。每次唐甯提出自己的顾虑，他总是一副很明快的口吻说是她自己想太多了。而唐甯却认为只要收到一次巧克力，自己的身份好像就有了保障一样。

可惜，顾云栖一次也没有。他曾经在一次情人节的夜晚，对着满大街秀恩爱的情侣调侃道：“我觉得这些送玫瑰送巧克力的男人好傻。”

站在旁边的唐甯知道，这一辈子，她也不可能收到顾云栖的巧克力。

这个故事，她曾告诉过方一霖。

方一霖从远处的浓雾中缓缓走出来，满脸的微笑，手中拿着饲料袋，正是因为他朝着唐甯身上撒去，离开鸟笼的鸽子们才会整齐地跑向唐甯。他很满意此刻的风景，唐甯今天也刚好穿了一件白色的大衣，白色的鸽子，金黄色的阳光，满脸错愕的唐甯就如同一位从天而降的天使。

对，真的是一位天使，就是一直出现在他的梦中，总算看清模样的天使。

“唐甯，这一切，都是我为你准备的。唐甯，对，我要叫你唐甯，我不要你做我的老师，我要你做我的女朋友。”

很滑稽。

当时在一连串的反应后，唐甯只觉得很滑稽，特别是在方一霖说了那样的话后，她觉得好好笑，真的好好笑。

她拍掉自己身上的饲料颗粒，然后一步一步地走近这个被阳光怀抱的大男孩，“方一霖，你就是用这些桥段追上乖乖女菲菲的吗?”

和自己期待的答案不一样，方一霖也是一楞，“你乖乖说当我的女朋友就好了啊，为什么要提菲菲?”

“啪!”唐甯不由分说的朝着方一霖的脸上打去，特别的清脆有力。“这就是你让我了解你吗？方一霖，你让我清晰的认识你，我以前以为你只是不懂事的孩子，现在看来，你是个混蛋!我以后都不想再看见你。”

够了，闹剧真的够了。

这个地方的风太大了，唐甯一时没有办法缓和过来，她颤颤巍巍地朝着下坡路走去，却被一脸迷茫的方一霖抓住了手臂，方一霖不由分说，立即吻上了唐甯的嘴。不管唐甯怎样挣扎，方一霖依然死死地吮吸着唐甯的双唇。

天昏地转。一片空白。

在唐甯的世界里，只有一个男人吻过自己，那就是顾云栖。顾云栖每次亲吻自己，自己都如同一只小狗一样顺从和小心。但是这次，却完全不一样，对方的强势和坚决，竟然让唐甯的内心有种撕裂的疯狂。

“放开我!”唐甯好不容易，推开了方一霖，只觉得头晕，不停地喘气。方一霖擦了擦自己唇边的血迹，然后笑了笑，“你是喜欢我的，我感觉的到，你的唇，出卖了你。”

“方一霖，你够了！你现在是在菲菲昏迷的时候强吻我吗？你是在整个世界都在嫌弃我的时候，再来嘲笑我吗？方一霖，我对你真的太失望了。”

有一个很坚定的信念，就是必须离开这个地方，必须，马上，不然会很危险。

这次更加意外的是方一霖，他无辜地盯着唐甯瞧着，“菲菲生病了?”

“方一霖，你在装什么？要不是菲菲为了你自杀的事情，你会消失一个周吗?”

“菲菲，自杀?”方一霖朝后退了几步，左右环视了一下，最后再盯着眼前的唐甯，“我，我不知道，我真的不知道。那丫头，我不是跟她说清楚了嘛，我跟她都结束了!”

“你跟她没有办法结束，你不可能结束!”唐甯大声地吼叫着，然后盯着方一霖的眼睛，一字一句地说道：“菲菲怀孕了，两个月了。孩子，是你的对吧？方一霖，你，还想逃吗?”

整个人如同电击一般，方一霖张大嘴，整个人，傻掉了。

金顶山的风，好大，云层好厚，没有阳光洒向这座刚刚睡醒的城市。

第八章　疯狂的执念

年轻，其实可以疯狂，但是不能没有理智。唐甯常常在想，当初和顾云栖共赴爱河的时间里，激情也好，冲动也好，防范一些不必要的措施是必须有的。所以在每个月老朋友没有如期将至的那几日里，是很煎熬的，也是最提心吊胆的。但是顾云栖不会允许那种事情存在，他做事，总是小心翼翼，不会有任何闪失出现。

事实上，从高中到研究生，她接触了很多有性行为的情侣，自然都是自己熟知的姐妹们，很少会出现意外这种事情，所以有时候看见关于青春题材的小说和电影，充斥着怀孕和打胎的情节总是让唐甯觉得不真实，有那么具有代表性吗？

真是有的，当她看见菲菲的诊断书时，她不得不承认，有些事情，真的有万一。

回到家中的唐甯，一个人静静地想了很久，她一个人躺在床上，思绪万千。菲菲的倔强和执拗竟然有一种无形的力量，让唐甯自惭形秽的力量。她不是没有过，她也曾经愿意为所爱的人做一切疯狂的事情，只是，自己还没有做的时候，顾云栖已经断了她的念头。

他不喜欢惊喜，不喜欢任何他没有办法掌控的事情出现，包括自己。

毕业考试结束后，那个暑假，她几乎都是和顾云栖在一起的。他没有带她去任何地方旅游，只是在他那没有亲人的家里厮混。

不得不承认，那段时间，自己很快乐。她每天睁开眼睛，可以看到自己心爱的人就在自己的身边，与自己耳鬓厮磨。可是每当夜晚，当身边的男人已经熟睡的时候，她却觉得空荡荡的，一种抑制不住的伤感。

她感觉到身边的男人，陌生的让自己害怕。他到底在想什么呢？他们两个分别考上了不同的学校，两个城市。当初填志愿的时候，顾云栖死活都不告诉自己他的选择，他只说，你填好你自己的就好。

他竟然知道自己准备想尽一切办法和她待在一个学校，哪怕从本科选择到专科。他知道的，他什么都知道，他知道自己选择的学校，但是，他没有来。

这就是神秘的顾云栖，他什么都想得很透彻，让你没有任何选择的机会。

唐甯一点一点证实了自己爱得很卑贱，如果说经营一段感情是两个人同时画圆的话，自己是那么努力那么尽力地勾画着属于自己的那个半圆，但是转头去看，顾云栖还在原地，永远都不能呈现爱的圆圈。

在无数个夜晚，唐甯想到了退出这场情感，她周身充斥着强烈的不安全感，她爱的没有尊严，爱的好累，爱的没有了自我，爱的，没有未来。

舍得吗？

怎么会舍得？对方可是顾云栖啊，一个足足支撑了她高中时代的梦想啊，只要看到他那充满阳光的微笑，她就这样，深陷其中，明明知道是和飞蛾扑火一样的命运，但是，那又怎样呢？因为年轻，所以，没有什么害怕。

眼泪流了出来，唐甯总算知道为什么自己那么在意菲菲了，因为菲菲就是另一个自己，就是那段黑色恋爱旅程中的另一个自己。只是，自己远远做不到菲菲那样绝决。有那么一瞬间，唐甯突然释然了，放下了，放下了对顾云栖的埋怨和恨意。

凭什么自己要怪他呢？他有他的方式，自己有自己的考虑。自己毕竟没有菲菲爱的那么彻底和纯粹，既然没有做到自己的极限，又何必计较两个人付出的多少呢？

原来这段感情，一开始就是错误的。因为自己太在乎，太计较。在一段感情里，总是计较彼此付出的程度，那只有悲剧的结局。

要么爱得起，如菲菲一样；要么爱自己，如顾云栖一样。

泪流满面的唐甯瞧着镜子里的自己，觉得自己如同经历了一场洗礼，在镜子里边哭边笑。她真傻，初恋的魔咒深深地困扰了自己这么多年，因为怨，因为念，所以丢不掉，舍不去，魔障，始终未曾离开。

方一霖。

脑海中，出现了今日凌晨他的样子，他如同一个王子一样温柔，又如同一位君主一样霸道，更如一个孩子一样受伤。她太迟钝了，竟然没有发现那个孩子的小心思，只是，这和自己又有什么关系呢？

给家教中心打了一通电话，彻底辞掉了这份工作，冬天来了呢？马上就要放假了，安心写论文吧，新的开始，不是吗？

事情总是事与愿违，在第三日的清晨，下着小雨的清晨，撑着雨伞出门买菜的唐甯，遇见了一直在门口等待自己的熟悉身影。

在小区门口的公园里，虽然下着小雨，唐甯和程管家还是坐在石凳上，两个人都打着雨伞，静默不语。在印象中，到方家的第一天，就是程管家接待自己的，他是个没有多余表情永远严肃的精明男人。每次的照面也只是点头问好，所以唐甯根本想不到程管家会来找自己。

“唐老师，来打扰你，真的很冒昧，但是，请你体谅一下我担心少爷的心情。”最后，还是程管家首先说出了话。

因为两个人都打着伞，唐甯看不见程管家的样子，自己在粉色雨伞的保护下，脸色阴晴不定，自然，当她看见程管家的时候，就知道肯定是关于方一霖的。

“程管家，你开玩笑了，我已经不是方一霖同学的老师了，我和他，还有什么关系呢？”没有关系了，连方一霖送给自己的那个手机，自己昨日也丢到垃圾桶里了。她总是这样，决定和某个人划清界限后，不会给自己任何后悔的机会。

因为她太了解自己，会心软。

“我是看着少爷长大的，能左右少爷的人，世界上只有两个。一个是夫人，夫人是我见过最优雅最有气质最有才华的女人，也是少爷最爱最爱的人。老爷因为工作的原因，很少在家里，少爷的童年几乎是夫人一个人陪伴的。曾经，年纪小的少爷还被绑架了，是夫人不顾歹徒的凶恶救了少爷，也是那个意外，夫人的脸上，留下了歹徒的刀疤。”

不能听，唐甯，你不能听下去，不能听一切关于方一霖的过去。唐甯在心中一遍又一遍地催眠自己，她有一个预感，今天她听到的一切，会改变很多东西。

“我很佩服方夫人的伟大，但是，这和我又有什么关系呢?”唐甯轻轻地说着，尽量没有带着任何的感情和语气。

程管家只是停了一下，然后继续自顾自地说道：“自从夫人毁容后，家里开始变得很奇怪，夫人再也不疼爱小少爷了，把小少爷丢给了我照顾。一年后，当我把小少爷接回家的一天，夫人服安眠药自杀了，送去医院，洗了胃总算捡回一条命。夫人在医院住了三个月，出院后便收拾行李出国了，夫人说她的前半辈子是为家庭而活，后半辈子她要为自己而活，环游世界。”

认真地听着每一句话，脑海中勾勒出方一霖的母亲形象，虽是只言片语，但心中还是抑制不住感动和钦佩之情。豪门中的女人，如果不为自己而活，总是很凄惨的遭遇，更何况对于一个有思想有才华的女人呢?

程管家叹了叹气，他的气息在冷空气中荡出无限的氤氲。“变了，都变了。小少爷从此变得叛逆了，变得和老爷不亲了。可是我清楚，少爷越是那么的调皮，越是因为思念夫人。可是不管少爷变成什么样子，夫人除了每年寄来的贺卡和电话，再也没有回来过。所以，夫人是第一个改变少爷的，能左右少爷的人。”程管家把黑色的雨伞往上抬了抬，瞧着安静聆听的唐甯，“少爷消失了三天了，我联系不到夫人。只能找第二个能左右少爷的女人，唐老师，就是你啊。”

天气好冷，唐甯忍不住哆嗦了一下，打了个喷嚏。她知道今天她听到的一切，会悄然改变一些事情，一些事实。但是，在后面的半个小时里，唐甯如坐针毡，心里的起起伏伏，甚至超越了她的想象。

没有听完一切，唐甯丢掉粉色的雨伞，跑开了。程管家任由唐甯离开，站起身，深深地朝着唐甯离去的背影鞠躬，“唐老师，一切就拜托你了！”

尹柳柳刚好看到了程管家开车离开的样子，只是觉得这个男人很眼熟，也没有在意什么，径直走进了楼层。习惯性的拿出钥匙，却发现，门竟然是敞开着的。她狐疑地进了房间，打开灯，却发现唐甯在客厅找着什么东西。“吓死我了，我还以为家里人来小偷了！本来今天要举行的记者招待会取消了，所以，我今天休假回来陪你。”柳柳脱下外套，取下背包，却发现唐甯依然一句话都没有说。

“甯甯？”柳柳走过去，却发现唐甯坐在客厅里，在垃圾桶里翻找着什么，嘴里念着：“在哪里呢？我明明丢这里的啊？”

“亲爱的，你找什么重要的东西吗？我陪你一起找吧？”尹柳柳有点害怕，因为唐甯的表情，让她很担心。唐甯的脸上好久没有出现这种表情了。记忆中，只有当年少时关于顾云栖的一切时，她才会这样手足无措，这样濒临疯狂。“柳柳，我的手机，你看见我的手机了吗？我昨天明明丢在这个垃圾桶的呀？”

“手机？”尹柳柳一楞，随即明白是唐甯学生送给她的那款手机。“我没有看见。但是，昨天的垃圾我把它们打包好，今天上班的时候丢到楼下的垃圾箱里去了。或许……”

“你干嘛把它丢了啊？”唐甯朝着尹柳柳大吼一声，然后冲出了家门，动作快得让尹柳柳完全没有反应。好久，唐甯好久没有这样朝着自己大喊大叫了，她一直都担任一个大姐姐的形象，一直给自己的都是温柔的臂膀。她这样，证明她的心乱了。

柳柳立即拿上雨伞，锁上门，跑出楼梯，果然看见唐甯在小区的垃圾桶里翻找着垃圾。她跟上去，雨越发大了，垃圾桶的异味是那么刺鼻。但是唐甯却很认真地在大雨中翻找着，柳柳为唐甯遮住一部分的大雨，“甯甯，那个手机对你很重要吗？一定要找到吗？”

唐甯突然停下了手中的动作，转过头，褐色的眸子紧紧盯着尹柳柳，她的话，说的那么的清晰和有力，“很重要。”

尹柳柳丢掉雨伞，在在雨中一起帮着唐甯翻找着。唐甯有点惊讶，“柳柳你……”

“既然你说很重要，那我就陪你一起找，我们两个人，一定可以找到的！”尹柳柳在雨中的笑脸，给了唐甯更大的力量。

也幸亏阴雨天，让垃圾回收站的车中午才来，也让两个在雨中的姑娘找到了手机。回到家后，唐甯在尹柳柳洗澡的时候打开了手机。

“唐甯，我真的不知道菲菲的事情，我这一个周都没有在国内。”

“唐甯，你为什么不接我的电话呢，你不是答应过我，要真正了解我的吗？”

“唐甯，我真的不能和菲菲在一起，我对不起她，你原谅我好吗？”

“唐甯，我喜欢的是你，不要强迫我和菲菲在一起好吗？”

“唐甯，我想你。”

一条又一条的短信，深深地击中了唐甯的泪腺，她用左手臂支撑着自己的额头，哭出了声音，“傻瓜，方一霖，你是个傻瓜！你是全天下，最傻最傻的傻瓜！”

从浴室出来的时候，尹柳柳看着蹲在地上哭得一塌糊涂的唐甯，恍然隔世，如同好几年前她看到的唐甯，在寝室里，也是这样，对着手机哭成了泪人。

异地恋的唐甯是不幸福的，这是尹柳柳最真实的想法。每日给顾云栖发短信的唐甯，仿佛又回到了高中那个偷偷喜欢的状态，变得魂不守舍。顾云栖很忙，他的大学生活很丰富，因为他俊朗的外貌和冷酷的行事作风，让他很受欢迎，所以他根本没有时间和唐甯打电话发短信。

每每唐甯感觉顾云栖已经彻底忘记她的时候，顾云栖便会突然从另一个城市出现在唐甯面前。尹柳柳知道，那些周末的时光里，顾云栖没有带唐甯出去玩，只是在旅店过了两夜。尹柳柳不知道怎么形容唐甯和顾云栖，她没有意见，只能祝福，因为只要是唐甯的选择，她都支持。

可是，唐甯却支持不下去了。

顾云栖开始了长达两个月的冷暴力后，唐甯说她根本就不知道发生了什么事情顾云栖就不联系她了，不回短信，不接电话。两个月后，唐甯总算打通了顾云栖的电话，唐甯还是跟以前一样，不计较，不询问，自顾自地说着怎么庆祝顾云栖即将到来的生日。顾云栖，却一再的拒绝。

“他说，我们最好不要见面了。他说做朋友可以，其他的，就算了吧。”哭成泪人的唐甯瘫坐在地上，在尹柳柳的怀中，痴痴傻傻地说道。

尹柳柳当时真得很想很想去把顾云栖杀了，他怎么敢，他怎么能，在唐甯没有提出分手前，他那么冷静地离开了唐甯。

唐甯深深地呼吸，深深地绝望，深深地被伤害了。

如同现在一般，尹柳柳突然意识到，唐甯和她口中的那个学生，真的有什么了。所以，当洗完澡换了一身衣服的唐甯说要出门的时候，柳柳坚决要陪同。在出租车上，唐甯一直都没有说话，柳柳也没有问。

她知道，她已经感觉到了，所以，不用问。

出租车没有达到金顶山的时候司机就让唐甯和尹柳柳下山了，“两位小姐，真的对不起，这几天天气不好，路上泥泞，我真得不能开上去。

唐甯却留下了尹柳柳，“你回去，我找到他立即回家。”

“不，我要亲眼见到你没事。”尹柳柳少有的倔强和坚持，她很少对唐甯说“不”的，这次，却没有半点迟疑。

叹息一声，唐甯弯腰对着出租车说道：“师傅，你和我朋友就留在这里，等我下来好吗？费用，我不会少给一分的。”

那师傅虽说有点不情愿，不过最后还是允诺了。唐甯让柳柳坐好，她说她一定会平安回来的。

到山顶几乎要走一个小时，那一路上，唐甯都在思考，到底能不能找到方一霖？就算是找到了，然后呢？把他带回去，送到菲菲的身边吗？

唐甯心里很慌，觉得原来事情可以那么复杂和让人无法喘息。

金顶山的凉亭，果然有个男人坐在那里。

凉亭几乎快变成垃圾堆了，酒瓶，全是歪歪斜斜的酒瓶。

方一霖在看到唐甯的时候，竟然哭泣了起来。唐甯红着眼，朝着方一霖大声咒骂着：“方一霖，你疯了吗？你一个人躲在这里像个什么样子？如果你是个男人，就堂堂正正地站起来，像个男人去面对一切！”

站起身来，东倒西歪的方一霖一把抓过唐甯，将她拥在怀中，用力地抱着她。仿佛，要将她揉进自己的骨髓中，永远都不分开。“你来了。你总算是来了。你知不知道，我每天都在等你，晚上住在上面的旅馆，白天就在这里等你一天。我说，如果我把准备送给你的巧克力吃完了，你还没来，我就不等了。”

“然后呢？你吃完了吗？”任由方一霖抱着自己的唐甯，抑制不住的流泪，说话的声音也带着颤抖和勉强。

“吃完了。”方一霖在唐甯的左耳里轻声说道，说的那么的无辜与委屈，但是他又加重了力度，抱住唐甯，“可是，我还是想等你。”

很多很多年后，唐甯都无法忘记这个午后，这个大男孩，霸道地抱着自己，差点无法呼吸的自己，和听到的这句“我还是想等你”。

天知道，这句话彻底将唐甯的坚强和利盾融化。

“唐老师，少爷喜欢你，我怎么会看不出来？自从你出现后，他变得爱学习了，爱一个人想事情，会时不时地偷笑。他房间里的日历，永远在倒计时，倒计时与你相见的时间。唐老师，少爷喜欢你，很喜欢你。最初，我以为只是唐老师的气质和夫人有几分相似，但是后来我知道，少爷，离不开你了。”

“唐老师，夫人在一个月前打电话给少爷，让少爷去国外念书。这对于少爷来说，是多么好的机会。他却失眠了好几天，直到上你的课后，他做出了决定，拒绝了夫人的建议。”

“唐老师，少爷上个周去了瑞士，亲自向糕点师傅学习做巧克力，我知道，少爷是为了你而去的。唐老师，我只是一个下人，很多事情不该我管，我也不能去管。只是，您能劝劝少爷回家吗？他还只是一个十八岁的孩子。”

程管家的话如一阵又一阵的洪流，冲散了回忆，冲走了怨气。如同一个月前的下午，方一霖的视线突然从书本上转移，直勾勾地盯着唐甯，“老师，如果我不上你的课了，可不可以？”

唐甯没好气地朝着方一霖的脑袋上就是一拍，“休想摆脱我！你不上课，我给谁上课去？我到哪里要工资去？”

方一霖笑了，笑得那么纯真和满足。唐甯继续批改着方一霖做的题单，没有仔细听到方一霖接下来的话，“那我就听你讲一辈子的课吧。”

第九章　无言的邂逅

导师打电话来了，说论文不过关，让唐甯利用假期，好好准备。柳柳的实习生活好像真的一点一点步入正轨了，她最近总是随着公司出差办事，脸上也总会绽放出让人省心的笑容。

唐甯收拾好自己的行李，下午四点回家的车，她真的需要好好放松一下了。只是，在回家之前，她要去一个地方。

医院里，唐甯推开了菲菲的病房，却找不到她人。询问后，才在医院的休息区找到了菲菲，菲菲坐在长椅上，方一霖正一点一点地喂她吃东西。

菲菲真美。

每次看到菲菲的时候，唐甯都不得不真心地赞美着。菲菲将头发绑在一起，使得她的脸更小了，巴掌脸上满是笑容。因为菲菲的眼中，只有一直温柔微笑的方一霖。

看到方一霖的时候，唐甯的心，都揪在一起了。

那日，将他从金顶山上带到他的家里时，他足足发了一天烧。在那一天一夜里，唐甯片刻都没有离开方一霖。

她怎么会忘记，方一霖即使在发烧时也不停地呼喊着自己的名字。他的手，始终紧紧地抓着自己的手腕。如果说方一霖第一次对自己告白的时候，自己是将信将疑的，但是不过短短几天时间，自己真的感受到了满满的爱意。

对方，可是自己的学生啊。

唐甯在方一霖家中待的那一天，翻开了方一霖的相册，他小时候真的很顽皮，从小就长得很好看。只是，翻完了所有的相片，也找不到任何关于方一霖父母的身影，说白了，这孩子，也是个可怜的孩子。

当方一霖彻底醒来后，烧也退下了。

方一霖喝着唐甯亲自熬得粥，他知道，梦醒后，要面对的必须面对。

“一霖，你知道吗？我总觉得男生比女生成熟的晚，他们总比同龄的女生幼稚很多。可是每一个成熟的男人，都是被无数个女性教成熟的。菲菲，就是你命中注定来帮助你成熟的女人。”酝酿了很久的话，唐甯最后才喃喃说出口，手中的汤匙在粥里荡啊荡，如同内心的涟漪，平静不了。

方一霖自顾自地吃着东西，仿佛没有听到唐甯说什么，大口地吃着。

“菲菲为了你，真的付出了很多。人，不可以太自私，你是个男人，应该有担当有责任。以前你可以说好聚好散，但是你们现在有了孩子，那又是全新的篇章了。你懂吗？你懂我的意思吗？爱，不是任性，而是责任。”

方一霖还是没有说话，碗中的粥都快要被他喝完了。他不假思索地开始盛第二碗粥，眼皮始终都没有抬一下。

闭上眼，唐甯叹息一声，放下碗筷，拿起自己的包包，她，没有理由再待在这个地方了。

玄关处，依然可以看到镜子里方一霖吃饭的样子，他是真饿了吧，在那种地方过了三天，又是发烧又是梦魇，他整个人都消瘦了。

“我问你，如果没有菲菲，你会和我在一起吗？你会爱上我吗？”

在唐甯打开电子门的那一瞬间，方一霖才说出了醒来的第一句话。他说话的声音是那么低沉，那么委曲求全。

唐甯的动作顿了顿，还是将门关上了。

没有回答，根本不可能的事情，为什么要去设想呢？假如，假如的存在，只是更添伤悲罢了。

唐甯关上门后，靠在门上，闭上眼，任由眼泪流下来。

虽然隔着门，依然可以听到“乒乒乓乓”的碗筷摔碎声，还有方一霖的怒吼。

对不起，一霖，我们是注定不能相交的平行线，我不能再犯当年执念的错误了。

眼前的方一霖和菲菲，如同一张水彩画，耀眼光芒，让人看得忍不住想要掉泪。这才是最好的结局吧，每个人都要长大，都要学会面对。

菲菲还是看见了唐甯，她微笑着凝视着方一霖，“一霖，我想吃糖葫芦了。”

方一霖笑了笑，“好，我去买。”

直到方一霖走了后，菲菲才等到了唐甯。

“唐老师，对不起，那件事，是我陷害了你。”菲菲第一次用一种很平和的语气和唐甯说话，她的眼睛里有光，比起第一次在唱歌包厢见到的菲菲，此刻的菲菲恢复了元气一般，整个人都活了过来，脸色也红润了，真好。

唐甯摇摇头，“过去的，就不提了。你还好吗？”

菲菲点了点头，摸了摸自己的肚子，然后满脸的幸福，“我知道，是你让他来陪我的吧？唐老师，一霖很喜欢你吧，喜欢到你让他陪伴另一个女人他都愿意。”

“菲菲……”

“可是你知道吗？唐老师，我一点都不在乎。我不在乎一霖为什么会回到我的身边，我只知道，他现在，在我的身边。”

菲菲说这话的时候，虔诚已经远远超过了她这个年龄该有的样子。她的眼睛会说话，她的睫毛在呼吸，她，是为爱而生，为爱而疯的人。

其实想得太多是自寻烦恼，如果人人都如菲菲这样，目的性达到不去过多思考，也许人生也会简单很多。

“菲菲，我要走了。”

“老师你是要离开吗？”

“不是，我想回家待一段时间，马上过年了，我可能毕业答辩才回来吧。走之前，想来看看你，看看你过得好不好。”唐甯说完后，叹了叹气，握了握菲菲的手，“菲菲，不管你对我是什么样的态度，我真的，真的从来都把你当成我的妹妹，因为你太像以前的我了。我喜欢你，也佩服你，你值得幸福。”

唐甯站起身，拥抱了一下菲菲，她身上医院的味道，让人感觉很美好。

“唐老师，我想问你一个问题，你可以回答我吗？”菲菲拉了拉唐甯的手，低缓地说道。

唐甯痴痴凝视着菲菲，点了点头。

中国式过年，中国式回家。

回到家中，真正地过了一些清净的日子。和年迈的外婆散步，和妈妈讲学校的生活，认真地撰写自己的论文，一切，都很美好很充实。

人就是这样，只有受伤了，才知道有个温暖的地方叫做家。

巧遇顾云栖是意外中的意外。

两个人，就在熙熙攘攘的人行道上相遇了。

那个时候，过年的气息已经很浓厚了，满街的人们都在笑着闹着，张灯结彩的街道上可以嗅出节日的味道。

唐甯第一眼就认出了顾云栖，几年了，快六年了吧，第一次见到他。他还是高高的，酷酷的，岁月，没有过多雕刻他的痕迹。

他也认出了唐甯，因为他的眼神出卖了他。

当时，唐甯脑子里转得很快，她不知道怎么应对接下来的邂逅，是平常的上去打招呼寒暄还是掉头就走？

就在唐甯在纠结的空隙，顾云栖走过她的身边，渐行渐远了。

唐甯有片刻的失神，她还是想太多了。他可是顾云栖啊，那个只有在黑暗处才能复活过来的顾云栖，是不会在大白天出现的。

唐甯把这次邂逅当成最完美的结局，少年时代的执着和追求，仿佛就在这一瞬间打上了句号。初恋的故事，关于顾云栖的故事，就这样，永远结束了。

柳柳发来微信，她说她恋爱了，爱上了一个给她安全感的男人。真好，她们两个患难姐妹，总应该要幸福一个，不是吗？

回到自己的家乡，唐甯如同一个外来者一样，感触很大。比如她的同学们都结婚生子了，班上很多同学都事业有成了，高中的老师头发都花白了，而她还是孤单一个人。在三大姑七大婶的软磨硬泡下，她答应去相亲。

原本相亲总动员的柳柳已经找到了幸福，自己呢，变成了需要相亲的那个人。顾云栖也好，方一霖也好，都应该翻页，都应该成为过去。

舍弃不了过去，哪里拥有未来呢?

和三姑一起坐在咖啡厅里静静翻着杂志，想着自己的家乡变化真大。当初自己读书那会儿，早恋的孩子们只能在新华书店悄悄约会，现在，连咖啡厅都有了。

“对不起，我来晚了。”

唐甯抬起头，命运还真是爱开玩笑。

对方也是一愣，随即继续说道:“你好，我叫顾云栖。”

以前很喜欢的一部电影是《我的野蛮女友》，电影结局是男女主人公最后在相亲的时候再次邂逅，是个大团圆的结局。可是此刻，唐甯却想不出来，怪自己太粗心，没有把这件事放在心上，没有打听对方是什么人就贸然而来。

尴尬，非常的尴尬。

三姑瞧着也觉得不对劲，心想着年轻人害羞，便找了借口离开了。只剩下唐甯和顾云栖两个人，安静地喝着咖啡。

“那天，我不是故意要走的。”顾云栖先开口，他说话的声音一点都没有变，仿佛回到了高中时代的那个瞬间，他在运动场上接住了自己，轻声关怀。

唐甯干咳了几声，“没事，我没有放在心上，我以为，你不认识我了。”

六年完全没有联系，唐甯知道，顾云栖忘记自己的可能性很大，很大。

只是，唐甯意外的是，为什么顾云栖现在还没有结婚。

“你，过得好吗?”既来之则安之，有些话不客套，好像说不过去。

顾云栖朝后靠了靠，在沙发上放松了他紧绷的身子。洁白纤细的手缓缓地点燃了一根烟，他以前不抽烟的，但是，他现在抽得那么自在和随便。“毕业了回到家，我一个专科生找不到啥好工作，在家里啃老了几年，这几年才开始学做生意。日子，不好也不坏吧，反正都要活下去，不是吗。”

原来，和顾云栖这样远的距离。这样长达六年未曾见面，他才肯提及有关于他的一切，说得云淡风轻。

唐甯感觉很意外，一向自尊骄傲的顾云栖竟然可以将他这不容易的几年说得毫无保留，短短几句话，概括了多少不如意和伤心呢？是现实把他打磨成如今的模样吗？现实，你真的让人很惊讶。

唐甯给自己的咖啡加了一勺糖，这咖啡太苦了，苦得让人喝不下去。她动作很缓慢，“你，不问问我生活的好吗？”

顾云栖苦笑了一下，“不用问我也知道。你发展的很好，大学毕业，公费考上王牌大学的研究生，一直在外面自食其力地学习深造，你还是和以前那样优秀。”

唐甯手上的动作停了停，他怎么会知道当年她甩掉自己的时候，她便决定彻底放弃这段感情。分手这种事，如果是女孩子提出来，提一百次都分不掉的。但是只要换成男生提出来，就一次，便是铁石心肠。

当年的自己，在无尽的眼泪中给了自己最后的选择。既然爱的那么卑微，放手了，也要如同一位公主那样骄傲。任何关于顾云栖的联系方式，她都断绝了，甚至 QQ 也拉黑了。在以后的时光里，唐甯不知道顾云栖的一切，按理顾云栖也不会知道自己的一切。

随念一想，何必在意他通过什么方式呢，知道了又怎么样呢？能改变什么吗？又能说明什么？

一时间，没有说话，安静的可怕。咖啡厅里竟然很应景的放着陈奕迅的《好久不见》：

我来到你的城市
走过你来时的路
想像着没我的日子
你是怎样的孤独

拿着你给的照片
熟悉的那一条街
只是没了你的画面
我们回不到那天

你会不会忽然的出现
在街角的咖啡店
我会带着笑脸挥手寒暄
和你坐着聊聊天

我多么想和你见一面
看看你最近改变
不再去说从前只是寒暄
对你说一句只是说一句
好久不见

……

“我结过一次婚。”许久许久后，顾云栖才缓缓提到，唐甯才发现他已经抽第二根烟了，他抽烟太快了，一口接着一口地抽，烟头的红点时明时暗。在这个昏暗的有点小情调的咖啡厅里，唐甯的注意力，全在那烟头的红点上。

“毕业后没有多久我就结婚了。生活了一年，过得很不开心，就离婚了。现在想起来，曾经的自己还真是混蛋。”

唐甯听不懂了，不知道顾云栖给她分享这么多，到底想说明什么。他说他曾经很混蛋，指的是他那段失败的婚姻，还是指他没有好好珍惜自己的感情?

“你看到我这样，很开心吧?”顾云栖凝视着一直发呆的唐甯，她真的变了。以前在高中粘着自己，傻傻的，很天真的那个唐甯，那个只要自己瞪眼就会哭泣的唐甯，真的是眼前的唐甯吗?

她比以前漂亮好多，一双会说话的眼睛很迷人，更重要的是她的气质，完全不一样了。成熟与内敛的气息，安静的唐甯竟然让顾云栖有一种久违的欣赏。

唐甯深深地呼吸了一下，她抿了一口咖啡，“我记得以前我让你陪我喝咖啡，你说那种东西苦死了，有什么好喝的，你最喜欢喝的是雪碧。我还记得以前的你说不喜欢抽烟，说男人身上没有尼古丁的味道也很成熟。我还记得，你说过你不喜欢穿深色的衣服，深色给人太老气的感觉，可是你看，一切都变了，你以前不喜欢的东西，你都在做。这不就是人生吗?”抬起自己的眸子，唐甯缓慢地喃喃说道:“每个人的人生都有自己存在方式和形态，我没有资格指手画脚。”

唐甯说得很轻很随意，眼神却很坚定。

顾云栖眼里的慌乱，竟然收入她的眼底。他“呵呵”的笑出了声，“文化人说话，果然是一套一套的。唐甯，其实那天我不是不想叫住你，而是不敢。我觉得自己很失败。没有办法和你站在一起。”

“以前，我很傻，以为有爱就很伟大。因为我爱得比你多，所以，我配不上你。其实配得上配不上，谁说得算呢？”唐甯轻轻一笑，心中破碎的声音绽放开来，竟然生出了花蕾。

顾云栖没有再说话，他的眼神，没有办法和唐甯对视。“我送你回家吧，外面好像下雨了。”

唐甯点了点头。

在那些疯狂又放肆的夜晚里，唐甯曾偷偷地跟着顾云栖回家，那些原本甜蜜无邪的日子，为什么会演变成让人垂泪的回忆呢？

泥泞的路上，顾云栖和唐甯肩并肩走着。唐甯带了雨伞，但是没有拿出来，她和顾云栖两个人在大雨伞下，一直，都相对无言。

唐甯闻得到顾云栖身上淡淡地尼古丁味道，再也不是记忆中那淡淡的柠檬味道了。如果，今天没有和顾云栖歪打正着见面，记忆的美好或许还会支撑几年。现实中的顾云栖，撕碎了儿时的梦想。

快到家的时候，顾云栖突然抓住了唐甯的左手，将唐甯的手握得很紧很紧。这是以前那双经常握自己的手吗？不一样了，有什么东西不一样了。

唐甯尝试着放开，最后，还是没有办法挣脱开这双冰凉的大手。唐甯叹了叹气，“顾云栖，是你先不要我的。”

顾云栖愣了愣，如同一个泄气的皮球，慢慢地放开了唐甯的手腕。

“我其实，一直都很想要知道，你为什么要提分手。”

这个问题，如一个魔障般让唐甯没有办法跳过，没有办法无视。她曾经想过很多种理由，比如距离太远了，比如有了第三者，但是，她找不到一个正确答案。

顾云栖停下了脚步，对上了唐甯那双闪动着泪花的眼睛，“没有什么理由，只是那个时候，我不想和你在一起了。”

唐甯的脸，变得越来越难看，最后，演变成一个放松的笑容，“谢谢你，告诉了我真相。”

“你到底要磨叽到什么时候才回家?”

一句突然冒出的话让唐甯和顾云栖都吓了一跳，五步开外，唐甯的家门口，一个高大的男孩子，撑着一把雨伞，一脸不开心。

方一霖?

他怎么来了?

方一霖无奈地叹了叹气，不紧不慢地撑着雨伞，走到两个人的跟前，一把抓住唐甯到了他的身边，“没有带伞就给我打电话啊，我来接你回家啊。”

顾云栖一脸的莫名其妙，瞧着眼前的阳光男孩，“这是你弟弟?“

唐甯的眼中，全是方一霖一脸愠怒的样子，不管他为什么会出现，她都要感谢他的出现。“不，他是我的……”

“我是唐甯的男朋友，谢谢你送她回来。”方一霖伸出了左手，很绅士礼貌地与顾云栖握手。

顾云栖吃惊极了，他蹙眉盯着唐甯瞧。唐甯干咳了几声，将耳鬓的碎发捋捋，“他是方一霖，一霖，他是我高中的同学顾云栖。”

“顾云栖?”方一霖嗓门很大地重复了一遍后，立即皮笑肉不笑起来，“真是久闻不如见面啊，顾帅!”

顾云栖被一连串的意外搞得晕头晕脑，尴尬地笑了几声后，与唐甯告别了。

“顾云栖，我们，还是不要再见面吧，你好好地继续过你的生活。我也会活得更好。”在顾云栖走前，唐甯淡淡说道。

顾云栖脸上一阵难堪，眼神转向了方一霖。方一霖宠爱地凝视着唐甯，那种让人羡慕的肆无忌惮的宠溺，是顾云栖从未有过的。“恩。”他轻声说道，撑着雨伞，一点一点地消失在雨中。

他的背影，什么时候那么落寞了?

顾云栖，希望你学会怎么去爱一个人。

“我说，你还要当着我的面盯着那个男人看多久呢?”方一霖越发生气了，他用双手板正唐甯的头，“我在这里，我一直在这里，拜托你回头。”

第十章　那么心痛

唐甯心神不宁，确切的说，是内心很惶恐不安，甚至，是喜忧参半。

不过一个小时而已，在咖啡厅里，音乐很醉人，咖啡很苦，见面很短。心心念念的顾云栖，代表了整个青春时期的欲望和梦想的顾云栖，让唐甯感受到爱情艰辛的顾云栖，就这样出现在她的面前。

他告诉她，他生活的很不好，他有过一段失败的婚姻，他想再次牵自己的手。

出乎意外的是，唐甯的内心，竟然可以平静地如一杯好茶，氤氲的只是情感的感慨。没有了儿时的冲动与心跳。她竟然可以如一个局外人一样面对顾云栖，认真听他述说他的故事，而自己内心如潺潺流水，始终平和。

这就叫成长吧。

曾经固执地认为，只要再遇见这个命中的克星，自己就会失常，会不顾一切地死皮赖脸地继续跟随这个男人，哪怕继续丢掉自己的灵魂。

错了，当六年过去后，一切恍惚只是青春年少的一个插曲，回忆起来，痛苦是有的，更多的是感叹，是自己变了，还是时间改变了情感？

可是，平静的内心却被方一霖的突然出现打乱了节奏。他总是这样不按常理出牌，总是给自己的惊吓大于惊喜。他说的每一句话，都直击唐甯的内心，让她分不清现实和虚幻。

“你干嘛跑到了这里？方少爷，别告诉我你是来旅行的，这个小县城是装不下你这条大龙的！”等待顾云栖彻底消失在雨帘中后，唐甯抱着双手，没好气地盯着方一霖，这个小子，为什么会从天而降？为什么，总是带着那么温暖的笑容？

方一霖左手撑着雨伞，右手一把搂住唐甯，低声喃喃道：“我想念你了，所以，来找你了。”

心，再次震动了一下。

他，总是把一些简单的话，说得让人颤动吗？这是方一霖的魅力，还是他的真心与诚意？叹息一声，唐甯对着方一霖的肩膀就是狠狠地咬了下去，她要清醒，不能在个洒了魔法的雨天继续沉醉，她必须清醒，她怕疼，就让方一霖清醒吧。

“啊！”

方一霖大吼一声，痛地他整张脸都纠结在一起了，“你干嘛了？”

唐甯承认，她确实咬得很用力，但是，她必须用力地咬下去，她在发泄，发泄长达一个月以来某种不断滋长的情绪。

“我在自卫！”唐甯对上方一霖受伤的眸子，一字一句地说着。方一霖嘴巴张地大大的，摇着头，无语的样子让唐甯想笑。

唐甯从背包中取出了钥匙，打开了自己家的铁门。方一霖虽然很受伤，却也只能无奈地收起雨伞，垂头丧气地跟着唐甯准备进屋。谁知却被唐甯拒之门外，唐甯快速地将门紧紧地关上了。

“喂，你不让我进屋吗？”方一霖在屋外敲打着。

唐甯嗤笑了一下，悠悠然得放下自己的背包，笑眯眯地从饮水机接了一杯热水躺在沙发上，随意地将鞋子脱掉，整个人轻松了好多。

“这是我家，方少爷，不是收容所！你要旅行的话，我们县城有五星级酒店哦！”唐甯很大声地吼着，带着甜甜地笑意。这个臭小子，从给他上课的第一天开始，就不断地给自己找麻烦，今天总算是解气了。

方一霖好像没有再敲门，安静了几秒后，才很小声地说着：“我，我钱包在行李箱里，行李箱被偷了。”

“方少爷！说谎也得有个限度吧？你以为你这样说，我就会收留你吗？”唐甯躺在软软的沙发上，家里的时钟缓慢地摆动着，这样的气氛，真好。

“谁骗你谁是小狗！”方一霖还是不依不饶，在门外拼命地敲打着，因为唐甯家没有门铃，方一霖很有节奏感的敲门声竟然让唐甯有了困意，“方小狗，叫两声来听听！”

真好，心里有一块大石头总算是放下了。

多少次，如同念咒语一般对自己说放下顾云栖，放下了那段黑色的爱恋，也对柳柳说过多少次相同的话，直到，对方一霖讲述他们的故事，直到真正见到了顾云栖，唐甯才知道，原来，放下是这样的感觉。

哪怕再见面，哪怕你想重来，我都可以坦然相对。

迷迷糊糊的，唐甯甜甜睡去了。她的梦中，还是回到了高中的校园，那段匆匆岁月，她在跑步吗？同学们是在呐喊吗？

奔跑，很刺激，她听到自己心跳的声音，一切都那么的躁动与潇洒。终点到了，迎面递给自己矿泉水的是一个高大的男孩。

顾云栖？

不，不是顾云栖。他有着黑亮的双眸，邪邪的笑意，长长的双腿，是方一霖。

“喝吧，喝了你就要让我住进你家哦。”他诡秘一笑。

吓了一身冷汗，唐甯从梦魇中醒过来，家里的房间还是昏暗着，门外已经没有了敲门声，看来方一霖还是死心了，那个少爷，怎么会在这么寒冷的冬天敲这么久的门呢？

打了个哈欠，唐甯起身朝着自己家的厕所走去。

厕所的灯是亮着的，外婆回家了吗？现在都快六点了，外婆该回来了。母亲和继父去姨妈家小住了，就她和外婆两个人在家。厕所里是淋浴的水滴声，外婆在洗澡吗？

“外婆？外婆？”唐甯在厕所门外呼唤了几声。

里面都没有任何的回应，只有“哗哗”的水流声。唐甯心里立即慌了，厕所里没有安装通风口，外婆年纪都八十四了，别晕倒在厕所里才是。

一把打开厕所的门，“外婆！”

“哗啦哗啦”的水流在一个高大的男人的身体上，亮亮的，滑滑的。

“啊！”大叫一声，唐甯立即跑出了厕所，“方一霖你这个变态！你翻墙到我家了吗？你信不信我立即打电话报警？我高中同学在这里是警察好不？”

方一霖披了一件毛巾就出来了，他头上还在不停地滴着水滴，“明明是我被占了便宜，你大叫什么？谁允许你进来了？偷窥狂！”

被反将了一军的唐甯嘴巴张得大大的，立即转过身，却发现方一霖上半身还是赤裸着的。没有时间去欣赏方一霖优美好看的身材，唐甯还是转过身了，“这是我家唉！方少爷！你这个小偷！你，你还有理了？不是给你讲过吗，非法入侵是犯罪!”

方一霖懒得跟唐甯继续争执下去，径直一个人走到客厅，沙发上整整齐齐地叠放着几件衣物。方一霖朝着自己身上比划一下后，快速地穿上。“谁说我是非法入侵？我是正大光明进来的?”

“放屁！这家里难道还有鬼给你开门不成?”

“我就是那个鬼!”大门再次打开了，唐甯的外婆提着菜篮子回家来了，一脸的愠怒。

“外婆?”唐甯愣了愣。

“奶奶，您回来了?”方一霖立即换上了一副迷人的微笑，上前接住了外婆的菜篮子，暖暖地说道:“我说我去帮你买菜，看吧，衣服湿了一大半吧。”

外婆宠溺地紧紧盯着方一霖瞧，“没事，你又不知道菜市场在哪里。奶奶买了条活鱼，晚上给你做好吃的。洗了澡啦？水热吗？别凉着。”

方一霖将菜篮子放在厨房里，然后点了点头，上前低着腰抱着外婆，“热着呢，还是奶奶疼我，奶奶给我找的换洗衣服也合适着呢！我很喜欢。”

外婆瞧着方一霖，脸上都快笑出花来了，“你喜欢就好，你喜欢就好，这就是为你准备的!”

嘴巴张得大大的唐甯不得不承认这一切都是事实，“喂，我还没死呢！你们两个这是在唱哪一出?”

外婆走上前，踮起脚，就往唐甯的头上狠狠地敲打了下去，

“臭丫头！新年里，说什么不吉利的话呢！”

“外婆，你怎么可以不分青红皂白就给这个小子开门呢？”唐甯揉着自己的额头，真是快相信外婆是不是真的得了老年痴呆。

“我老了，不傻！小方啥都告诉我了，你收了人家的学费，欠了一个星期的课就跑了！人家马上就高考了，特意过来补课。你可好，乘人家丢了东西，把人家这么好看的孩子关在门外，你看你妈回来我怎么告状去！”

“外婆！你怎么可以帮着一个外人呢！我才是您的亲外孙女好不？不能因为这小子长得好看，你就是非不分吧？”

“你还顶嘴！顶嘴！”外婆说着又给唐甯的脑袋连拍了几下，“你以为我这个老婆子真是老糊涂了？那孩子一看就是个诚实的孩子！那你说，那孩子是不是你学生？”

唐甯皱着眉头，很不情愿地点了点头。

“你是不是没给人家上完课就跑了？”

唐甯想辩解什么，最后还是无奈地又点了点头。

“人家是不是快要高考了？”

“外婆，他根本就不是那种为了学习而专程来找我的学生好不？”

外婆又拍了唐甯的头好几下，一下比一下重。“你还说！你还胡说！人家不是来找你补习的，大老远从大城市跑到咱们这个小县城来干嘛？追你啊？”

真的很想告诉外婆，她说的是真的。可是，让唐甯怎么说呢？死死地盯着在一旁笑的快要弯腰的方一霖，唐甯咬了咬嘴唇，算你狠！

外婆整个人仿佛中了方一霖的魔咒一般，在餐桌上一个劲儿地给方一霖夹菜。方一霖也算是实力派选手了，变得彬彬有礼，一直挂着他的招牌笑容，一直在对年迈的外婆献媚。

偏心的外婆，唐甯最喜欢的糖醋鱼一口都没吃到，全到方一霖的碗里去了。小鲜肉的话，不管任何年龄层次都可以迷倒吗?

一肚子气的唐甯将碗筷重重地放下，“你快点吃，吃完到我房间上课！快点补完你的课你快点给我滚!”

“你这个臭丫头！送你出去读书你都读的是昏书啊！有哪个老师赶着自己学生走的啊?”外婆伸长了筷子又朝着唐甯的额头一记打后，朝着方一霖瞬间喜笑颜开，“小方，你慢慢吃，不管她，吃饱了，才学得进去!”

“你们慢慢吃，我吃饱了!”唐甯负气离开餐桌，将自己卧室的房门紧紧地关上，这都是什么跟什么啊!

不过，说实话，唐甯是很开心的。本来平静无奇的生活因为方一霖的闯入而变得有趣，变得神秘，变得，让人不知所措，却每每都让人期待。

方一霖白天就陪着外婆到处走耍，晚上到自己的卧室认真温书。他变乖巧了很多，确实读书开始认真起来。他没有再让唐甯谈她的过去，她的初恋，确实，也没有什么好谈论的了。唐甯已经走出了那个不能说的禁区。

方一霖和唐甯两个人心知肚明的没有再提及过菲菲，没有说将来，他们很默契的知道，这是一段只属于他们两个人的回忆。

唐甯想起了当她离开时，菲菲问的那个问题，菲菲问她，到底喜不喜欢方一霖。

“喜欢，但是我不知道，那算不算爱。”

唐甯说出那样的话后，自己也很惊讶。她一直都很放心地把方一霖作为自己的舒适区，作为自己的弟弟。当方一霖为她认真地吹着头发，当方一霖在金顶山吃着一块又一块的巧克力等自己，当方一霖出现在雨中说出“我想你了”的时候，她内心的悸动骗不了自己。

这是一场危险的游戏。

但是好在，还在萌芽期就要消失了。

唐甯和方一霖要跨越的不仅仅是身份问题，年龄问题，还有菲菲，还有孩子。如果说世界上有最不应该在一起的两个人，那就是唐甯和方一霖吧。

唐甯瞧着方一霖在温和的台灯下认真做题的样子，他的额头，真的很饱满，他的眉毛真的好浓密，为什么你会在这个时间，出现在我的生命中呢？

唐甯歪着头，枕着自己的手臂，闭上眼，享受着这一刻，如此宁静甜蜜的一刻。这样明明知道没有结果的珍惜，竟然可以让人潸然泪下。

“我总算是做完了！比预定时间还要快！”方一霖抬起头，却发现唐甯睡着了。

方一霖这样静静地瞧着唐甯，瞧着这个总是闯进自己梦中的女人。她身上特有的气质与味道，如一张大网，让方一霖无处可逃。起初，只是感兴趣。但是越到后来，越了解越心动。

轻轻地将唐甯抱起来，放在小小的床上，为她盖好被子，梳理着盖在她面部的碎发。动作，始终那么轻柔。

“我知道你生气。”方一霖宠溺地瞧着唐甯，坐在床边安静地说着话，脸上始终带着笑容。

“可是我忍不住不想你，忍不住来你的家乡，我想，我想多知道一些关于你的事情，把你的亲人，把你的家乡，全部都刻入我的脑海里。”

“不过说实话，你们家真的很小很挤，你们县城也就一个小时逛完，但是这里有你的味道，我很喜欢。”

“我来的时候，想过你的反应。但是没有想过会遇到你和你的前任。坦白说，你的前任真的不是我的对手，温温的，让人一看就觉得是个伪君子，当然我也不是什么好人。但是我嫉妒他，他拥有你的过去，霸占了你的青春。”

“我当初来的时候，做了两个决定。无论如何，都要来找你。”

方一霖摸了摸自己的眼角，竟然有眼泪，他竟然哭了。“好笑，我为什么要哭？为什么我会对你这个老女人那么痴迷？为什么，那么舍不得你？我知道，我在你心中，什么都不是，是个长不大的孩子。但是这一次，我愿意为你，做一回有担当的男人。”

“我买得是双程票，我准备待几天回去，向菲菲求婚，如果这场混乱的关系中，至少有一个人幸福的话，我希望是菲菲。唐甯，当年顾云栖不知道什么叫做责任和担当，我瞧不起他的爱。我不想成为第二个顾云栖，你会怨我吗？”

说到最后，方一霖说不下去了，一个人埋入自己的手掌中哭得如同一个孩子，长那么大，除了母亲离开自己，他还从未有过这般心如刀割。

站起身，关掉台灯，关好门，方一霖靠着唐甯的卧室门，瘫哭在那里，他心中的恨与苦，全都狠狠地咬在自己的嘴唇，那么的痛，鲜血一点一点地溢出来。

唐甯睁开眼，眼泪抑制不住地滑落。为什么要告诉她这些，为什么要让她如此的痛。她恨方一霖，孩子气了那么久。但是当方一霖做出男人的决定时，心为什么那么痛。

那个孩子，他的内心，远比自己想得还要脆弱，把他还给菲菲，真的是最好的选择吗？

老天爷啊，为什么，为什么顾云栖也好，方一霖也好，自己都是那么被动呢？

“唐甯，你是受到诅咒的，遇见了爱情，却注定不幸福。”

唐甯如同念一个咒语一般，低低重复着，一遍又一遍。

第十一章　拨乱的命运

新年快要结束了，元宵的气氛弥漫在这个城镇的每个角落。唐甯在超市里挑选着汤圆的种类，却接到了外婆突然晕倒住院的电话。

唐甯赶过去的时候，方一霖正在悉心地给外婆削苹果。他给了唐甯一个微笑，“放心吧，老人家血压比较高，医生说观察一段时间就好了。”

外婆甜甜地瞧着方一霖，然后招了招手，让唐甯走过去。“丫头，快看，谁来了，你舅舅来了。”

“舅舅？”唐甯愣了愣，她的舅舅在自己很小的时候就发生意外去世了。可房间里只有方一霖那个男人啊？

外婆抓着方一霖的手，布满皱纹的眼睛里流出了眼泪，两眼通红得沙哑说道：“阿强，你回来看我了？你看你外甥女都长大了，变成个大姑娘了。你呢？你还好吗？在那边过得好吗？有喜欢的人没？”

方一霖也愣了愣，他疑惑地撇了一眼唐甯，看到唐甯惊愕地表情后，虽然不知道到底是个什么情况，但是老人家的真情流露让方一霖心里软了下来。他喂外婆一块小小的苹果，“好着呢，一切都好着。除了很想你们。”

外婆右手输液，她抬起左手捂着脸痛哭起来，“阿强，我的阿强。你好就好。”

“外婆。”唐甯走上前，双眼通红，她想抱着外婆，却又害怕压着外婆，手足无措的只知道流泪。

方一霖上前倾了倾，轻轻地抱住外婆的头，“看，我不是回来了嘛。”

外婆不停地抹着泪，然后勉强挤出了笑容，“阿强，你找媳妇没有？为什么不带来给我瞧瞧？”

怔怔地凝视着唐甯，方一霖露出笑容，“放心吧，我找到了心仪的姑娘。她比我大几岁，比我强势，比我成熟。但是她很美丽，我很爱她，很爱很爱她。”

外婆笑了，破涕而笑。“傻小子！那会儿你爸追求我的时候，我还不是大他好几岁。女大三，抱金砖。好姑娘不要放手，找准了就娶回家，啊。”

唐甯听不下去，也看不下去。如此和谐的一幕，让她感觉撕心裂肺的痛。她一扭头，出了医院，坐在长廊上，思绪万千。

过了许久，方一霖才缓缓走过来，递给唐甯一杯咖啡，“加了糖的，是你的口味。”方一霖坐了下来，待在唐甯身边，自己也抱着一杯热饮，依靠在座椅上，头抬得高高的。“当时吓死我了，我本来是给奶奶表演猴戏，奶奶笑得直不起腰，笑着笑着就晕过去了。对不起，都是我得错。”

唐甯的眼泪如浸过水的海绵，怎么也止不住。“你知道吗，我外婆生活在一个很艰苦的年代，她是一个苦命的女人，我外公是离过婚的，家庭成分又不是工人，外婆大外公好多岁。但是外婆还是义无返顾地跟外公在一起，哪怕当时他们只能住在贫民区。我妈说她十几岁的时候外公就瘫痪了，外婆一个女人，在外面打工养整个家，供三个子女读书。我妈怀我的时候外公就去世了。我舅舅是个很聪明很帅气的小伙子，我印象中特别特别的疼我，只是在我读小学的时候意外去世了。”唐甯细细述说着外婆的过去，说着那些她根本没有记忆的故事，但是脑袋里的画面感，却始终让人震撼。

“所以，中年丧夫，老年丧子的外婆，其实是很不幸福很不快乐的。至少我很少看见她笑，她总是一个人擦拭着外公和舅舅的灵位照片。所以，这几天，真得很谢谢你。或许你真的跟我的舅舅有几分相似吧，外婆给你穿得衣服也是我舅舅以前的衣服，外婆保存的很好。她把你当成了我那去世的舅舅，快乐了好久。”

方一霖静静地听着唐甯的述说，最开始是震惊，然后慢慢变成了沉默。他接近奶奶纯属是为了接近唐甯，但是奶奶的可爱和宠溺让方一霖没有想过还有另外一层的因素存在。

唐甯缓慢地从包里拿出了一个黑色的牛皮钱包，递给了方一霖。“还有，对不起，我误会了你。没有想到你真的被偷走了行李箱。我高中同学在这边当警察，他跟我说行李箱里的东西全没了，只找到这个皮夹。还给你吧，我妈他们估计晚上就到了，我回去煮饭了。”

站起身，唐甯闭上眼，多么希望方一霖可以叫住她，可是，回荡在医院里的只有她的脚步声，那么落寞和孤单。

唐甯其实在三天前就拿到这个钱包了，但是她很纳闷为什么老同学联系的是自己。原来钱包里虽然有身份证件，但是能找到的唯一的联系方式便是钱包里的照片。

“当初读书的时候还以为你要和顾云栖一起结婚呢，想不到你换了个这么年轻的男朋友。”这是当警察同学的玩笑话，当时唐甯一头雾水，直到打开了钱包，看到里面的照片，才知道为什么同学会说这样的话。

照片里是自己，是偷拍的自己。有好几张，自己讲课的时候，皱眉的时候，沉思的时候，唯独，没有微笑的照片。除了照片以外，还有一张今天下午四点回程的车票。

一直挣扎着的唐甯，拿着这个东西，纠结了三天。总算在这个午后，有勇气还给了方一霖，其中的意味，自然清楚不过。

方一霖缓缓地打开钱包，里面身份证银行卡车票都在，唐甯的照片却不见了。取而代之的是一张唐甯微笑的照片，笑得很开怀，露出了洁白的牙齿，但是在她的眼眸中，却含着泪。

“我笑的时候最好看，你也是。”

照片后面赫然写着这段话，方一霖陷入了无声地哭泣中。

日子总要过去的。

不管是人生最得意的时候还是最失落的时候，不管你咒怨这个世界多么不公平，不管你咒骂命运的羁绊，始终，我们都要继续过日子，让日子一点一滴地从自己的手指尖游走，证明我们还活着。

彻底写完论文最后一个字以后，唐甯深深地吸了一口气。她几乎是瘫坐在座椅上，感觉自己再次活了过来。幸好有做不完的事情，唐甯才会走出方一霖的阴影。

她瞧着自己墙壁上自己的照片，母亲曾好奇地询问什么时候变得这样自恋，为何照片没有一个正面。唐甯只是笑一笑，很苦涩。

想念那孩子。

方一霖的存在，如同一个外星人闯入生活般奇妙，与那个孩子在一起的一点一滴，好像都成为了美好的回忆。唐甯会在阳光洒下来的时候，整个人倚靠在照片墙上，哭得如同一个小孩子。

她给柳柳发了很多条信息，其中有一条是，“我觉得我这一辈子，都不配拥有幸福了。”

唐甯想着，自己顺利的毕业，找一份稳定的工作，然后嫁给一个老实的人，然后，就这样平平淡淡的过一生吧。现在的她，只希望日子平淡一点，踏实一点。刻骨铭心也好，轰轰烈烈也好，发生的时候撕心裂肺，但是要用后半生的苦楚来缅怀，太残忍。

五月的时候，C 城已经春暖花开了，不，已经快要进入到初夏了。唐甯回到学校答辩，拍毕业照，一切都变得很流程，形式都一样，只是怀揣的心情不一样罢了。

只是柳柳整个人都变了。本来长长的直发烫成了大大的波浪卷，穿的衣服也有质感和品味了，特别是她现在一颦一笑都透着甜蜜的幸福。

或许唐甯始终沉浸在自己的悲伤之中，有点刻意躲避柳柳的美丽与幸福。那段时间，唐甯觉得自己很自私，竟然学会了羡慕与嫉妒，而且对象竟然是自己一直守护的柳柳。

毕业照拍完后，柳柳说她要去参加一个很重要的约会，唐甯自然没有多说什么。她一个人，买了几瓶酒，准备回自己的窝里好好祭奠这些年的读书生涯。却没有想到在门口看见了黎太太。

那个永远在电视机前风韵十足机智过人的女人，唐甯以为这一辈子，除了在电视上，都不会再见到这个女人。

很意外的，黎太太很吃惊地盯着唐甯，“你住这里?”

唐甯因为在晚些时候吃的散伙饭上已经喝了不少酒，突然打了个饱嗝，她有点失礼地抱歉后，低声说道：“您不是来找我的吗？我和我的好朋友住这里。”

黎太太别有深意地盯着唐甯看，她眼神中的恨意让唐甯莫名其妙，甚至感到害怕和惶恐。最后，一切的情感变化都转变为她嘴边的一抹微笑，“我，好像什么都明白了。”

“恩?”

“走吧，我带你去一个你应该出现的地方。”

黎太太走下了楼梯，却发现唐甯还傻乎乎地站在那里打嗝，“你难道不想见方一霖吗?”

酒精的缘故吧，唐甯就这样傻傻地跟着黎太太坐上了她的车，只为她的脑袋里死死地荡漾着三个字“方一霖”。

她都毕业了，为什么不让她疯狂一次呢?

方一霖怕是都和菲菲结婚了，她远远地在远处偷看一眼，不行吗?

一路上，和黎太太并肩坐在后面的唐甯都感觉到沉沉地透不过气，唐甯打开了自己左边的窗户，想吹吹风，或许夜晚的凉风能让她清醒一下。

不想却被黎太太摇了下来，她的表情还是那么僵硬和不容侵犯。

唐甯揉揉鼻尖，缓缓说道：“菲菲，菲菲她还好吧?”

黎太太竟然嗤笑了起来，轻蔑的笑容后，带着满满的恶意。“唐甯丫头，有你的存在，我的菲菲能好到哪里去呢？更何况，她好不好，与你没有任何关系。我是带你去见方一霖那臭小子的，不是来和你聊天的。”

这个女人，防备意识很强，坚不可摧的外表下，有着让人不能呼吸的压迫感，在这一点上，菲菲确实很像她妈妈，给周遭的人很强烈的距离感。

车子行驶了很久，久到唐甯都反悔了，她感觉到自己真的冲动了。当自己把钱包还给方一霖的时候，她就已经做出了选择，也是最好的选择，一切都放手了。甚至说，她和方一霖从来就没有开始过，只是一场美好的邂逅罢了。

为什么要执拗为什么要强求呢?

而且，既然方一霖已经向菲菲求婚了，为什么黎太太要带自己去见方一霖？她知道了多少？她的目的是什么？她那弥漫全身地恨意让唐甯很介意。介意这个女人，到底在打什么样的主意。

“我要下车!”唐甯大叫着。

可是司机依然在开，黎太太也是继续闭上眼睛养神。“我要下车！我不见方一霖了，我不想见了，你听到没有？让我下车!”

黎太太继续冷笑了一下，“看起来你也不过如此，懦弱的让人觉得可怜。比起某些人来，你真的太胆小了。丫头，告诉你一句过来人的忠告话，人生，你不去争取，那是有遗憾的。我讨厌有遗憾的人生。”

她的表情很让人害怕，她的眼神有一种让人能安定的信心，仿佛是被蛊惑了一般，唐甯突然就安静了，她的心很乱。思绪也没有办法冷静，只是黎太太的魅力，让她对接下来要发生的事情很期待。

如果可以重新选择，唐甯就算死，也不会上那辆车，不会被黎太太蛊惑，不会出现在那个大酒店。这样，很多人，很多故事，就不会流泪了。

“我先上去安排一切，十分钟后你来 24 楼雅座找我。”黎太太在酒店大厅吩咐着，她对着镜子补了补口红，戴上墨镜后，很有气质地径直去到电梯口。

她真的很漂亮，特别是到了此刻，唐甯才意识到今天的黎太太穿的很正式很美丽。露背小礼服，将她性感婀娜的身材刻画的恰到好处。再望一眼自己，白色的衬衫下面是黑色的超短裤，一双运动鞋，寒碜得让唐甯解开了头绳，将一头青丝放下遮住自己的不自信。

唐甯很尴尬，每一个进酒店的男男女女都用一种奇怪的眼神打量自己，这酒店连服务小姐都比自己打扮的好看，自己如同一个学生一样，手足无措。

“唐小姐，黎姐让我们带你去见她。”

突然出现了三个高大的女孩子，拦住了想离开的唐甯。唐甯拨了拨头发，深深地呼吸，唐甯，高中时候那个天不怕地不怕的唐甯去哪儿了？现在，你还要退缩吗？难道方一霖还比不上顾云栖让你疯狂吗？

“死就死吧！”长长地呼出一口气，唐甯跟着三个高挑的美女上了电梯。三个姑娘如同保镖一样将唐甯夹在中间，唐甯在电梯里不停地吐气，心也不自觉的跳得很快很快。电梯门打开，唐甯走出后，才发现是 23 楼。

“不是 24 楼吗？”唐甯疑惑道。

接着就是眼睛一黑，唐甯被一只大大的手遮住了眼睛，几乎是被拖着，到了一个地方。是一间比较宽敞的房间，唐甯没有看见黎太太，她心开始乱起来，盯着眼前的三个女人，“你们到底什么意思？”

明显领头的女人转了一下脖子，“黎姐说在你上 24 楼雅座前，你得好好地打扮一下。”

唐甯狐疑地往后退，她本能地嗅到了危险的因子。“我不需要打扮，你们到底想干嘛?”

“说了，给你打扮。”那女人眼神一狠，一把抓过唐甯的衣领，只听到“咔嚓”一声，她的领口被撕碎了。

还未等唐甯反应过来，“啪啪啪!”连续三巴掌，将唐甯打地头晕转向，嘴角处立即有咸咸的味道，唐甯整个人趴在了地上，连尖叫都没有时间。

痛，全身都痛。

三个女人打得唐甯根本就站不起来，她的头发被拉扯着，大腿被踢了好几下。连救命都没有时间喊出来，她如同一个木偶娃娃一样，被打来打去，只听到身体“蹦蹦”的响声，这是梦吧?

一定是梦。

为什么会做这样的梦，好痛，好痛。

痛到唐甯都忘记自己在流眼泪，在呻吟，在抵抗。

不知道到底被群殴了多久，唐甯只觉得好长好长的等待后，三个女人才气喘吁吁地有结束的意思。领头那个女人面无表情地盯着趴在地上的全身是血迹的唐甯，“Lisa 姐说了，这是你应得的，你现在承受的痛比起菲菲小姐的痛，十分之一都算不了。你有力气了，去 24 楼和 Lisa 姐理论吧，如果你他妈是个有骨气的女人。”

三个如怪物一样的女人扬长而去，房间里突然之间又恢复了安静。

唐甯连做坐起来都那么的难，“Lisa! 我靠!”

就算是被打得不能呼吸，她也必须站起来，搞清楚这到底是怎么一回事！难道一切都是 Lisa 做的安排？如果要替菲菲出气，为什么要等到现在？处心积虑地把自己骗到这个酒店，只为了暴打自己一顿？

唐甯不甘心，自己莫名其妙地被狠狠打了，她必须知道，这到底是个什么情况。

脸上不断有咸咸的味道流到嘴巴里，唐甯不知道是鼻血还是别的什么，衣服也被扯坏了。唐甯颤颤惊惊地摸索着打开了门，走到电梯前，按下了 24 楼的按钮。

这笔账，唐甯必须给 Lisa 好好算清楚！

当唐甯到达 24 楼的时候，那三个女人已经在等她了。她们带着唐甯走到最里面的雅座后，又离开了。唐甯都不敢打开那扇门，因为她害怕，害怕门后是个什么样的场景，会是一群怪物或者保镖在等待自己吗？

自己，会死吗？

那是唐甯最直接最刻骨的感觉。

当走进去后的唐甯发现，那种滋味，比死，还难受。

幸福·黑天

第一章　初恋的味道

时间是个魔法师，会在你以为围绕着你转动时，它却以另一种方式，呈现着不同的切面，组成，最完整的残缺。

“柳柳，我到了，你人呢?”唐甯在花枝招展的人群中，总算找到了尹柳柳娇小的身影。尹柳柳招招手，唐甯才在无数的香水味中穿越过去。唐甯上气不接下气，低声问着:“怎么样?”

尹柳柳将唐甯披肩地碎发理顺，小声说道:“还能怎样，等了一个多小时，还没有开始嘛。咱们这些应届狗们面对这种大场面，已经见怪不怪了。”

唐甯点了点头，瞧着总算有一位戴着工牌的男人进到了大厅，“各位同学，让大家久等了。首先恭喜各位通过简历筛选，笔试顺利进入到了最后的面试环节。接下来，念到名字的同学就跟随我们到会议室面试。”

简单，明快。

唐甯朝着尹柳柳微微一笑，经历那么多，她都始终会对这个闺蜜露出微笑，初中，大学，研究生同学，这样的缘分，不是随便什么人都能够拥有的。

尹柳柳转动着乌溜溜的大眼睛，不断地深呼吸，“总算是见到大场面了，连实习生的招聘都这搞这么大……我们……”

“安啦!”拍拍尹柳柳的肩膀，她们两个人，一个性子静，一个性子动，互补地天衣无缝，总是能够给彼此恰到好处的力量和影响。所谓姐妹，所谓闺蜜，就是这样，握着她的手，你就会变得温柔。“这可是西华公司，房地产的翘楚，又是国企，实习表现优秀很有可能任职，这么好的香饽饽，阿猫阿狗总会来争的。只要你相信我们是凤凰就行了。”

空气开始变得暖和起来，尹柳柳将碎发理到耳后，微微一笑。

须臾，两人同时开始说话。

“你相亲怎么样?”

“你那难缠的学生怎样?”

问完两人都别有默契的相视而笑，太过了解，连语言都变得那么多余。

“尹柳柳。”

柳柳深深地吐了一口气，她总是这个样子，在劝说别人的时候笃定不已，但真正轮到自己面对的时候，却那么的虚伪和讨厌。

她推开会议室的门，只感觉头晕目眩。

紧张，空气中的因子疯狂的繁殖着紧张的气息，每呼吸一次，都觉得被入侵，很想逃离。她麻木地走到指定的座位上坐下，僵硬地微笑，眼神开始模糊起来，离她一段距离的考官们仿佛都虚化了，像一个个张牙舞爪的怪物，周身散发着绿色的光。

“各位考官早上好，我叫尹柳柳……”机械式地开始背诵自己的自我介绍，想象着自己和这群怪物博弈，她可以听到自己说话声的起伏不定，心虚地好明显。

“尹同学，尹同学，你听到我说什么了吗？”

心跳声外，一阵成熟的男声打断了尹柳柳的战斗。

“恩？”

“哈哈！”紧接着是考官席上一阵哄笑，“想不到我们如此有魅力的远总说话，也有人没有认真听呢！”

听到对话后，尹柳柳才反应过来，立刻羞愧起来，“对不起，对不起，我有点紧张，能麻烦再说一遍吗？”

此时，主考官的样子，才一点一点明朗起来。

首先映入眼帘的是大大的黑色的姓名牌，什么什么“志远”什么什么“飞”，然后才是坐在最中间的是一个约莫四十的男人，始终带着微笑，笑起来，给人一种，似曾相识却莫名地力量。他点了点头，“没事，敢坦诚说自己紧张便是不错的，要是我们这群叔叔伯伯也被这样围着面试，我们也紧张。我刚刚问你，如果你现在接待一位买主，她想要的房子的主题是‘初恋的味道’，你准备怎么向她推销呢？”

身子一震，尹柳柳有片刻的恍惚。

初恋的味道？

方才唐甯在给自己打气时，也提到了她给她麻烦学生讲述初恋的故事。为什么最近它老被提起呢？命运，你的齿轮已经开始运作了么？

西华公司，人事部。

“小熊，这是上个礼拜通过面试的名单，等会儿你一个一个的通知吧。”

“是，俞老师。就这 7 个吗？”熊珺妍仔细的核对信息，抬了抬黑色眼镜框。

俞千飞点了点头，老练的双手在办公桌上有规律的跳动着，

“好好培养，远总这次对这批实习生很上心，搞不好全收了。”

熊珺妍有一瞬间的惊讶，不过很快恢复到微笑，“远总和俞老师总是亲力亲为，我们这些做下属的更要努力才是了。”

“小熊你就是懂事啊，这群实习生你就好生带着吧，有几个还挺有意思的，面试的时候和我们伟大的远总接连过招呢。”

俞千飞抖了抖手指上的烟灰，想起一周前的面试，原本只是招聘几个实习生，没有想到远总头一次心血来潮过来凑热闹，还当场让一个女孩子犯迷糊了。

“初恋的味道?”考官席上的俞千飞忍住没有笑出声，不知道远总打的什么主意，出了个这么刁钻的问题。

“是，如果有买主提出的要求是希望她的房间有初恋的味道，你如何应对呢?”远总依然微笑着，不紧不慢地解释。今天远总心情出奇的好，把这群小妹妹们都问的莫名其妙。

没想到正接受面试的小姑娘只是蹙眉沉默了一下，勇敢对上远总的眸子，正声道：“我会带她去采光最好，阳台最宽敞的房源处，楼层在五楼到三楼之间。”

俞千飞喝了一口茶水，忍不住仔细打量不远处的小姑娘，敢这样详细的列出答案，且不管答案是不是远总心目中的答案，勇气还是可嘉的。

“为什么呢?”考官席上突然安静下来，大家都很认真地盯着这个姑娘看。

那姑娘随手将耳边的碎发撩后，呼出一口气。“首先，初恋到底是什么感觉，仁者见仁智者见智。初恋的结果不外乎成功和失败，失败的初恋定是苦涩，没有人傻到买房子提醒自己痛苦的初恋。排除这个结果，剩下两个可能，没有谈恋爱却对初恋有憧憬的人，还有初恋很美好的人，这两类人对初恋的感觉都是甜蜜和幸福。采光好，阳光与温暖是初恋的信号，楼层低，小区里的花草树木的味道可以闻到，那是初恋的味道。所以，这是我的理由。”

俞千飞挑挑眉，好个伶牙俐齿的小姑娘。

“同学你不是学咱们地产专业吧？你觉得你不专业的判断会是正确的吗？”远总继续丢一个问题。

好奇地盯着那姑娘，只见她咬咬自己的下嘴唇，轻笑一声，“我不知道，得问那个买主。”

“哈哈。”

那个姑娘真是让人印象深刻啊，撇撇报名表上的姓名一栏。

“尹柳柳”。

有意思。

第二章　实习的梦魇

“最近好像有点 lucky!”尹柳柳躺在唐甯的床上，翻了个滚，闻着唐甯床上独有的淡淡味道，有种立即就能睡着的魔力。

累坏的唐甯也“扑”一声躺了下来，然后笑眯眯地闭上眼睛，“一直都不 lucky 的我们，应该 lucky 了。”

“哪里，我还不是要一直相亲嘛，你比我好多了，问题学生事情解决了，这个月辅导机构还给了你一大把奖金，羡慕死了。”

“不是都请你 high 了一顿了嘛，再说，亲爱的你不也是成功成了西华的实习生嘛。”唐甯顺势压在尹柳柳的身上，身子板瘦弱的尹柳柳立即叫喊起来，两个人在床上打闹起来，跟读书年代一样，时间，好像有复制的能力。

两个人气喘嘘嘘地宣布停战，柳柳突然很认真地说：“你把你的初恋说出来，可以吗?”

唐甯直起身子，拿着桌子上的保温杯，喝了几口，是她最喜欢的苦荞茶的味道。“有什么办法，谁叫我输了呢。”“你可以骗他啊，不就是个高中生嘛，随便编个故事搪塞过去不就得了。”

叹了叹气，将耳发撩在耳后，“尹柳柳同学，你知不知道为什么我以一个还没有毕业的身份能在辅导机构混的那么好，比很多在职的老师都要受欢迎？并不是我的能力多好，只是，我信奉一个原则，千万不要骗学生。不管多大的学生，他们的敏锐度远远超过我们，失去他们的信任，等于失去了这个学生。”

尹柳柳转了转乌溜溜的大眼睛，点了点头，“你啊，说什么都有道理，只是，我担心。”

“放心，如果我还在意，证明我还没有放下。你觉得我还没有放下吗？你啊，就别担心这个担心那个的了，好好的，明天就是咱们正式进入公司实习的日子了。快休息吧。”

尹柳柳欲言又止，却只能作罢。她太了解唐甯了，唐甯是个固执的孩子，永远一副大姐姐的样子，其实内心又怎么会波澜不惊呢？那样的初恋，说不在意是骗人的。

印象中，正是自己不在唐甯身边的几年，偏偏就是那几年，让唐甯最受伤。喜欢上一个不喜欢的人很正常，唐甯是喜欢上一个讨厌她的男人，太过残忍了。

依稀记得，已经高二了。唐甯几乎每周都会打电话，一打就哭泣一个小时。她就是那样的一个人，表面上大大咧咧的，其实内心比谁都要软弱。为什么呢，因为她们两个都是父母离异的孩子吧，渴望与在乎，总比一般人多很多，所以，她懂。

国庆节，自己总算是回到了老家，来不及跟爸爸多说会儿话，她就跑去了唐甯的家。唐甯的妈妈再婚了，和唐甯之间总有一层隐形的隔膜。所以自己才会更担心唐甯，她瞧着唐甯那张消瘦的脸，只觉得惊讶和生气。

可是不管多么怨恨唐甯没有出息，她还是陪着唐甯去了顾云栖的楼下。那个时候下着毛毛细雨，自己贴心的撑着一把伞，陪着唐甯，足足等了一个晚上。发了无数条短信，顾云栖也不会回，自己实在忍受不了了，直接拨通了电话，顾云栖却挂掉了。那个时候，自己真的很火大，世界上怎么会有这样狠心的男人呢？

电视剧里长的好看又体贴女孩的男人都是虚构的吗？

确实是虚构的。

时间已经十点了，她们必须得回家了。唐甯耷拉着脑袋，走在淅淅沥沥的路上。突然她的小灵通手机响了起来，是顾云栖的短信。“我同意暂时和你做朋友，只要你不再做任何高调的事情。”

比翻书还快，指的是唐甯的情绪。她大吼着，兴奋地在下着雨的路上跳着。把自己的伞丢掉，拉着自己在雨中狂奔，当时自己也被感染了，原来，这就是爱情的魔力，可以瞬间摧毁一个人，也可以瞬间复活一个人。一直埋头读书的尹柳柳，第一次有了这种切身的体会，爱情，是个不能随便沾染的毒品。

也许，从那一晚开始，注定唐甯那几年，是悲剧的。如果可以，自己愿意穿梭到那天，阻止唐甯的疯狂，那么一切就不会发生了吧。转过头，看着已经熟睡的唐甯，现在很难在她的脸上看到大喜大悲的表情了，女汉子的导师是生活。她叹息一声，替唐甯盖上被子，蹑手蹑脚的关好台灯，回到自己的房间去了。

明天，会好起来的。

唐甯又做梦了，又梦见到高中的时代，自己永远都学不好的数学，考试快要结束自己却没有写完作文，班主任又站在讲台上训他们了，“你们是我带过最差的一届学生！”

还有，那个高高的，永远都猜不透他在想什么的顾云栖，他的美好，他的模糊，他的神秘。

到底什么时候，这个梦魇才会结束？

所以第二天，当唐甯给尹柳柳发微信的时候，她告诉自己昨晚只是做噩梦了。

“虽然你们是实习生，但是请你们遵守公司的规矩，特别是在开早会的时候，拜托你们不要玩你们的手机好吗？”一阵尖锐的训斥直接甩了过来，还有旁边实习生担心的眼神。

该死，怎么会犯这种错误？

尹柳柳刚刚想把手机收起来，已经有人先她一步拿走了。熊珺研盯着尹柳柳看，然后从头到脚打量了一番，最后用眼神死死地盯着挂牌，冷笑一声，“难怪这么嚣张，原来是有来头的实习生。”她说的淡淡的，却字字飘向了一头雾水的尹柳柳。熊珺研转头对着领头姚姐说道：“姚姐，这个月你们部门的分数得扣五分。还有，这手机，没收。”

尹柳柳眨眨眼睛，这种压迫的感觉，这种让人不妙的感觉，好像是在大学军训的时候才出现过，刚刚那个短头发趾高气扬的女人，如同高高在上的军官，让人不能呼吸。

随着熊珺研高跟鞋的离去，领头的姚姐脸上青一阵红一阵的，“今天你们第一天实习，受点教训是应该的。你们既然来了，就要遵守我们的企业规矩和文化，不满意的，随时可以走。”

因为尹柳柳的突发事故，本来激动大过好奇的实习生们全都警觉起来，打起十二分的精神，跟着姚姐安排到各个实习部门，熟悉公司的环境，直到吃午饭的时候紧绷的神经才松懈下来。

尹柳柳却一口饭都吃不下，所以说，人是不能得意忘形的。手机被没收了就算了，被当成标靶受训也就算了，姚姐还没有指示自己到底应该去哪个部门，别人都有师傅带着，她如何是好？

沉思片刻，尹柳柳觉得脑子有点乱，首先是为什么那个熊主任会说那样充满敌意的话？还有，熊主任给姚姐说的那些话很明显是让自己受受苦，但是她一个实习生，不至于。将手中的竹筷放下，尹柳柳心事重重。

一连实习了三天，眼望着和自己同一批次过来的工作上都已经得心应手了，自己却跟个无头苍蝇一样，只能在休息区瞧着大家忙。尹柳柳一直徘徊在姚姐的办公室门外，唐甯跟她说过，一定要自己去询问，不能被动等待。

如果是唐甯的话，事情一定会处理得很顺利吧。但是自己的性子，一向都是软软的，弱弱的，甚至，总需要唐甯的提点才行。

“如果你自己都不去争取，还有谁帮你努力呢？”

这是唐甯昨天晚上一直重复的话，尹柳柳重重地叹息一声后，还是勇敢地踏出了那一步。她就是这种性子，如果不逼自己，永远只是个胆小鬼。

姚姐是个身材比较结实的女人，约莫三十多岁，眼睛很大，带着一副黑框眼镜，爱笑，感觉很亲和，但是做事往往雷厉风行，让人无法喘息。

和所有的女人一样，肥胖是致命伤，小时候大家都夸你可爱时可能会洋洋得意，只要过了青春期就知道什么是灾难了。用尽所有的法子，体重依然是姚姐最大的一块心病。所以姚姐用最极端的法子控制自己的身体，比如自己办公室的洗漱间抠吐。

尹柳柳也佩服自己的时间点，如一个冒失鬼般闯入让姚姐措手不及。她立即擦拭着自己的嘴唇，明显的怒意满满。“尹柳柳，你到底是什么意思？不明白这个时间是私人时间吗？中午两个小时任何人都不可以进来打扰我的！”

“对不起对不起，姚姐！”尹柳柳连连弓腰道歉，“我不知道有这个规矩，想着灯亮着您应该在里面，所以……”

“我拜托你动动脑筋好不好？还研究生呢，连最起码的礼貌都不懂，你连我们公司打扫清洁的阿姨都不如！”姚姐越发愤怒了，特别是当她的秘密被人撞破以后。女人就是这样，永远都口是心非，口上说不在意不在乎身材，底下拼了命任何法子都会试一试，而且，不能让别人知道。

尹柳柳一心学习，没有像唐甯那样有很丰富的兼职经验，眼泪早已经抑制不住往外溢出了。尹柳柳知道自己又办砸事情了，如果现在换成是唐甯在的话，她一定会很完美地解决吧。对于唐甯来说，任何问题，都不是问题。

尹柳柳一个人走出了办公室，一个人蹲在办公室门前，将头陷入到自己的双肩中。果然，自己除了学习，什么事情都做不好的。

也不知道哭了多久，姚姐打开门后看见尹柳柳还蹲在自己门前，哭得梨花带雨的。“我说姑娘，你不去当琼瑶的女主角，真的太可惜了好不?”

尹柳柳擦了擦眼泪，低着头，说话的时候声音也是弱弱的，“姚姐，我知错了，一定，一定不会再犯了。请您看着我是年轻不懂事的实习生，也是您的学妹的份上，就原谅我吧?”

“尹柳柳，看来你也并不是一无是处只知道哭嘛。至少能打听我是哪个学校毕业的。你瞧瞧你那核桃眼，果然活脱脱的林妹妹。算了，今天的事情就当没有发生过，看你可怜兮兮的跟只小猫一样，别让人说我欺负后辈。你说吧，你找我，到底有什么事情?”

尹柳柳尽她最大的努力，拼命地止住了哽咽，委屈地说道：“我，我只是想询问姚姐您，我，我到底归属哪个部门，我的师傅是谁?”

一听完，姚姐拿起手中的资料袋狠狠地朝着尹柳柳的头上敲下去，“你怎么就那么老实呢?你都来公司三天了，你都待在哪个区域?”

“姚姐您带领的宣传2部。”

“你最常见到的人是谁?”

“姚姐您。”尹柳柳的眼睛立即亮了起来，她真是个榆木脑袋!“是您吗?我的师傅是姚姐您吗?太好了!”尹柳柳说着就跳起来死命地抱住姚姐，抑制不住内心的喜悦。

“得得，你这个丫头别蹭我一脸鼻涕啊!下午我还得去开会，熊老大主持的会议，开不得玩笑的。”姚姐走了几步，然后转身将自己手中的资料甩给了尹柳柳，“我看你是太闲了，没事找事!这些资料等会儿你去送吧，是印刷厂的样本，我让设计部的重新改动了一下。他们等会儿有人来取，争取明天把最新一期的卖房宣传广告印刷出来。这事能办到吧?”

如小鸡啄食一样，尹柳柳拼命地点头，“放心吧，姚姐，我一定会完成任务的。”

“只是，我不认识印刷公司的怎么办?”

“说你老实你还不是一般的老实!你把资料拿着，去公司大门口等着，半个小时后自然有人来找你的。给我打起精神做好了，不许再出岔子了啊。”姚姐黑色的眼眶下是一双笑眼，最后不忘记小声地提醒着尹柳柳，“刚刚你在我办公室看到的事情你如果说出一个字，格杀勿论!”

“是！娘娘！”尹柳柳破涕为笑。她不清楚为什么，突然撞破了姚姐的小秘密后，她感觉和姚姐更亲近了，姚姐的可爱和亲切瞬间包裹着她，让她有点喜出望外。

事实证明，喜悦是暂时的。

尹柳柳宝贝似的抱着文件袋，在细雨绵绵的公司门口等了一个多小时，也没有任何人来领取文件袋。尹柳柳走得匆忙，没有带上自己的外套大衣，只穿了一件薄薄的毛衣短裙就跑下来了，她此刻冷得直哆嗦。

她来来回回地在公司门口走动着，借以减轻寒冷。手机被没收了，不然可以跟姚姐打电话问问，到底是怎么一回事。

她想过很多，要不冲上公司去找姚姐，或者找同事借手机。每一个方案她都考虑过了，也都统统否定了。首先，就算有好心的同事愿意借给她手机，她也记不住姚姐的电话号码。而且，那取东西的人说不准路上耽误了，如果她一离开公司门口，人家到了找不到人，那才是麻烦呢。

听姚姐说这是“甜蜜时光”房的宣传资料，明天可是要印刷出来的。这件事不能在自己的手里出岔子。

尹柳柳不断地哈着气，努力地搓着手，在寒冷的秋天里，不知道站了多久。直到有同事下班走出来，尹柳柳才知道她从下午两点半站到了五点半。

“柳柳？你怎么还在这里？”姚姐出现的时候，心痛地瞧着眼前的姑娘，难以置信。

尹柳柳哆嗦着嘴唇，“姚姐，我一直在这里等着，没有人来取资料，怎么办？”

第三章　错误带来的丘比特

阴雨绵绵的日子里，总会引起大家内心深处的感伤，没有任何的理由，最脆弱的心情，跟天气往往有着千丝万缕的关系。

“我见过傻的，没有见过你这么傻的丫头！”坐在驾驶座上的姚姐一个劲儿地叹息。

尹柳柳连续打了几个喷嚏后，揉揉鼻子，“我以为这事很重要的。”

“美女，你难道不知道有个东西叫做传真或者 Email 吗？算了，也怪我。那边临时有事不能派人来取，我吩咐人把样图发了过去。也怪熊老大一直开会，我把你都给忘记了。”通过后视镜，姚姐瞧着尹柳柳嘟嘴难过的表情重重地叹息一声，“你也太老实了，不过老实也有老实的好处。年轻人，多吃吃苦多吃吃亏，总是好的。”

苦笑了一下，尹柳柳还能有什么办法呢？她小声地询问着，“不过姚姐，我跟着你们去聚餐，真的可以吗？”

“有啥不可以的，‘甜蜜时光’这个项目我们做了多久，总算咱们宣传部把该做的事情做好了，轻松一下也是应该的。你是我的手下，再说今天我也对不住你，跟着姐混吧!”姚姐打了个方向盘，结果还是堵在了路上，“我靠！这堵车就是考验一个人忍耐力的时候，有的时候真的会发狂！不过看你的忍耐力还不错，适合开车。”

“噗嗤”一声笑了起来，尹柳柳摇着头，“我不会开车的，姚姐，我没方向感，老犯迷糊，所以，我到现在为止还没有去考驾照。”

姚姐惊讶了一下，涂着红色指甲的双手不停地在方向盘上敲打着，“没有方向感有导航仪啊，开车可是一项基本生存能力哦，姑娘。”

拨了拨自己的头发，“我何尝没有想过呢，只是，过不了自己那一关，我也觉得除了读书，我什么都做不好学不会。”

犀利的眼光撇了一眼后座的尹柳柳，姚姐笑了笑，“这个时代太浮躁了，自信心爆棚的人太多了，偶尔出现你这样的白纸，或许也不是什么坏事。不知道你跟熊老大有什么过节，不过，好好跟着我做好你的分内事，多学点东西总是好的。”

“恩恩。”尹柳柳疯狂的点头，觉得自己今天也算是置之死地而后生了，能够遇到姚姐这般直率大气的师傅，也算是不幸中的万幸了。

拥堵的车辆总算是一点一点地流动了，姚姐的心情才一点一点好起来，“你都到公司好几天了，到我们宣传 2 部打杂做事也熟悉了不少，多长长心，我看好你。”

如像吃了一颗定心丸一样，这句话是唐甯经常对自己说的，现在轮到姚姐说了，尹柳柳不激动是骗人的。她不知道姚姐是不是随口说说，她只知道，她至少不会觉得绝望了。

和姚姐一起来到包间的时候，快要七点了。

“亲爱的们，对不起，我迟到了，路上那个堵车，让我更饿了。”谈笑风生间，姚姐将大衣脱下，放下包，径直坐了过去。

熊珺研坐在最里面，她上下打量了一下躲在姚姐身后的尹柳柳，“姚姐把你的小白兔也带来了?”

小白兔?

沙发上坐了大概七八人，都是宣传部人事部的一把手，大家都咧开嘴笑了起来，只有尹柳柳一个人眨着乌溜溜的大眼睛。“她们都知道你今天做的蠢事了，谁叫你有事没事就老喜欢低头躲在人群身后，大家都唤你小白兔呢。”姚姐小声地给尹柳柳解释。

尹柳柳也只能无奈地陪着笑了笑，感觉自己不应该出现在这种场合，特别是每次撞上熊珺研的眼睛，好像自己都会折寿一般，惊心动魄的。

“好了，今天只是聚会，姚姐带小白兔也好，带小猫小狗也罢，我们都没有任何意见。既然人都到齐了，走吧，我们一起进去吧。”熊珺研发话后，大家都一一入座了，尹柳柳自然是最后一位入座的，紧紧地跟着姚姐。

刚坐下尹柳柳就后悔了，因为一桌子得吃的全是海鲜，尹柳柳不吃海鲜，她对海鲜过敏。

不过这里没有任何人会询问一个实习生的感受，大家都七嘴八舌地聊得很开心，有的聊时尚，有的聊这次项目中遇到的奇葩人物，至始至终只有三个人没有参与。

一个是熊珺研，她话不多，只是静静地倾听和观察。

一个是姚姐，她一直不停地吃着，认真地与美食共处的她没有闲工夫注意周遭。

还有就是尹柳柳，一来她本来就不会说话，社交能手什么的一向都是唐甯的身份，她只是个安静的沉默者，二来，她总觉得自己没有资格参与这些上级们的聊天。

“小白兔小姐。”熊珺研突然很严肃地唤了一声尹柳柳，正聊得火热的大伙儿立即安静下来，都瞧着正在发呆的尹柳柳。

“是。”

“饭菜不合你的胃口吗？还是说，你根本不稀罕和我们这些人一起共进晚餐呢？我看你，除了喝白水就是吃咸菜呢。”

正在品味着鲜美大龙虾的姚姐也停下手中的动作，瞧着坐在身边瑟瑟发抖的尹柳柳，确实是，她位置上的碗筷干干净净的，保持着原样。

尹柳柳尴尬地立即双手摇晃，“没有，没有，我没有那个意思，我，我只是，有点紧张，和各位一起吃饭。”

熊珺研站起身子，亲自给尹柳柳递上了一小碟扇贝，“小白兔你是开玩笑吧，听说你实习面试的时候，和远总伶牙俐齿的，丝毫看不出任何紧张呢。”

“真的啊？”

“看不出来呢。”

大家都很震惊地消化着熊珺研的八卦，面面相觑地小声讨论着。

尹柳柳还想说什么，膝盖却被姚姐碰了碰，“别说话，老实把扇贝吃了。今天，你不是主角。”

姚姐的话点醒了尹柳柳，确实是，今天只是同事间的聚会，她不能继续把焦点继续停留在自己身边，多说无益，越说越错的道理，唐甯跟她讲过很多次。

可是扇贝……

算了，死就死吧，一个应该问题不大。

尹柳柳一点一点地吃着扇贝，如同吃中药一样惶恐不安，心里也只能不停地咒骂着自己的无能，为什么总是迁就和妥协，什么时候才会学会拒绝呢?

“姚姐，我觉得有点头晕，可能是喝了红酒的原因，我想出去透透气。”感觉到身体周遭确实有点不舒服了，尹柳柳不得不向身边的姚姐求助。姚姐点了点头，“悄悄地出去吧。”

柳柳全身都不舒服，也顾不得穿上外套，立即冲到了洗手间，期间撞到了几个人她也顾不得。

拼命地喝着冰水，柳柳的脖子开始红肿了，看着镜子里的自己，好丑好无助。眼睛红红的，脸色也不好看，眼神里永远都是胆怯的表情，尹柳柳，你什么时候才能够成长起来，和唐甯一样，独当一面呢?

也不知道过了多久，柳柳才止住了眼泪，从厕所出来，走到了饭店的休息区。坐在靠窗的位置上，让冷风吹拂着自己的脸庞，这样，自己才不会觉得热。

休息区放的是一首很缓和的英文歌，让柳柳本来躁动的内心稍微平静了下来。一件大衣外套莫名地披在了柳柳的身上，柳柳瞧着眼前的陌生人，有点猝不及防。

是一个浑身透着成熟气息的男人，尹柳柳立即往后退了几步，头埋得低低的，她就是这个样子，只要有男人的气息，她都会很本能的避而远之，这也能够解释为什么她相亲两年了，却总是无疾而终。

“你总是这样不穿外套吗?在这样的天气，很容易感冒的。”在头顶上方传来了浑厚好听的男人声音。

这是?

柳柳抬起头，她怔怔地盯着眼前的男人，确定是个陌生人，不过，又好像是在哪里见过的。

这不抬头不打紧，一抬起头，男人的眼神就透露出了一股子担忧，“你？你过敏？你对海鲜过敏？”

后知后觉的柳柳摸了摸自己的脸颊，很烫，她也跟着紧张起来。

那男人二话不说，扶着柳柳的后背，“走，我带你去医院。”

怔了怔，当这个男人接触到自己身子时，柳柳竟然没有一丝排斥感，鬼使神差地跟着上了车。

今天一整天都很倒霉的样子。不，是自从到了这个公司实习后，自己好像就在永远的犯错，错错错。

直到，遇到眼前从天而降的男人吗？

尹柳柳其实还是比较胆小的，跟着一个男人出了饭店，上了路虎车，期间根本没有说一句话。这种事情放在以前，根本是想都不敢想的。可是，这个成熟的男人，就有一种无穷的力量，竟然可以让尹柳柳无所忌惮地跟随。

当然期间也会有一些紧张和猜测，但是当车子到达医院的时候，尹柳柳放心了不少。好在只吃了一个扇贝，过敏反应只是红肿，医生让立即挂盐水，尹柳柳也驾轻就熟，没有什么害怕担心的。

倒是跟在一旁的男人笑了起来，“看你做事说话都柔柔弱弱的，来到医院这种地方，连眉头都没有皱一下。”

有点尴尬的尹柳柳低着头，不知道怎么回答，思来想去，尹柳柳还是弱弱地问道：“请问，我们是相过亲的吗？”

那男子很明显一震，然后还是笑出了声，然后打开自己的烟盒，“你介意我抽烟吗？”

尹柳柳摇了摇头，“离我远一点就好，我不想抽二手烟。”

“柔弱又有原则的姑娘，真是有意思。不过，你怎么会觉得我们相过亲呢?”男人最后还是没有抽烟，将烟盒又放进了衣服中，安静地瞧着眼前红肿着脸的小白兔。

“因为，因为我不认识你，但是，又有一点印象。我平时，平时接触到的异性都是通过相亲的。然后，然后相亲的人数也比较多，又有点脸盲，所以记不住。”尹柳柳始终低着头，她知道现在自己的样子肯定很奇怪，有种想找个地洞躲着的冲动。

“哈哈，那就当我们是相亲认识的吧。确实，那个时候，和相亲很像。”

“恩?”

柳柳瞧着那男人，觉得自己云里雾里的，但是渐渐地，点滴中催眠的功效一点一点地泛滥起来，她坐在那里，很快迷糊入睡了。

坐在旁边的男人笑了笑，把她的头轻轻放在自己的肩膀上，嘴角还是挂着浓浓的笑意，“第一次见到你就觉得有趣，但是没有想到，这么有趣。”那男人宠溺地盯着柳柳，将她的娇小和美丽尽收眼底。

当柳柳醒来的时候，自己还枕着旁边男人的肩膀，她有点不好意思，觉得头晕晕的。“不好意思啊，我……”

“醒得早不如醒得巧，你看，你的点滴刚刚输完。”

顺着男人的眼光，果然自己的两大包盐水都快要结束了，那自己岂不是靠着人家睡了一个多小时?脸上火辣辣的，在护士悉心地照顾下，尹柳柳总算是站起身来，却又不好意思地瞧着眼前一直照顾自己的男人。

“没关系，我知道，你要去上厕所。一般输液结束都会有这样的行为。”

尹柳柳美丽的眼睛睁的大大的，难以相信，这个男人，这个男人如同魔法师一样，什么都清楚明白。她没有说话，低着头径直去了厕所，一颗心扑通扑通地跳个不停。上了厕所出来后，盯着镜子里的自己，脸上消肿了，好多了，不过样子还是很窘。

理了理自己的头发，尹柳柳想挤出一个笑容，却觉得笑比哭还难看。

直到陌生男人把自己送回了自己的小区中，尹柳柳还是没有挤出一个笑容来，她全程都小心翼翼的，怔怔地瞧着这个从天而降的圣诞老人，整个晚上因为太特别太突然，让她有点似梦似真。

“那个，谢谢你，我该怎么称呼你呢?”准备下车的时候，尹柳柳才发现自己竟然不知道对方的姓名。

那男人笑了笑，“你就叫我大哥吧，或者叔叔也行，称谓，无所谓吧。”

“是，大哥。”尹柳柳的声音还是弱弱的，她和异性相处永远是这个状态，总会犯迷糊，开了车门，才发现自己还穿着别人的大衣。尹柳柳欲脱下暖和的黑色大衣，却被车上的男人制止了，“别，夜晚风大，别冻着。你先穿着回去吧。”

“可是，我怎么还给你呢？我，我手机，暂时没有用手机，所以……”

真是个思维永远不在一个层次的姑娘，“你如果把大衣还给我的话，我们还怎么再见面呢？还是说，你根本就不想和我见面了?”

“啊?”尹柳柳惊愕地抬起头，通过车窗，第一次，认认真真地凝视这个从天而降的男人。他大概有三十多岁吧，皮肤属于黝黑那种，最引人注目的是他那双仿佛能够知晓一切的眼神，似笑非笑地盯着自己。如一台 CT 机，能把自己全方位看得清清楚楚，明明白白。

“哈哈，没事，我只是开个玩笑。我已经帮你请了一天假，我说上班的事情，毕竟医生说你要休息。你又一副很震惊的表情了，我和你也在一个公司上班，你真的一点印象都没有吗？呵呵，好了，别想了。你上班的时候把衣服带上吧，我会找你要的。再见，好好休息。”

“恩？哦。”全程都难以消化这个男人说的话，他说的很快，而且，对于柳柳来说，真的很难懂。

她只能木然地挥着手，说着“拜拜”。

回到家后，唐甯很悲哀地告诉自己，她的手机掉厕所了，废了。而尹柳柳将今天晚上发生的事情一五一十告诉了唐甯，可惜的是，无论如何唐甯都不相信，一直告诫着柳柳她只是过敏出现幻觉了。

不，不是的，柳柳很确定，绝对绝对不是的。

当很久很久后，志远和尹柳柳在一起后，尹柳柳曾经躺在志远的怀中，问他，到底是什么时候开始喜欢自己的。

“第一眼是对你印象深刻。”志远这么回答。真正意义上的喜欢，应该是在公司的楼上，透过厚厚的玻璃，看见她在阴雨绵绵中踱来踱去，抱着资料袋，任冷风吹拂她的秀发，无助的样子，拴住了志远的眼神。结果那天晚上公司同事一起吃饭，又瞧着她站在风口处，还是没有穿外套，抱着双手，委屈地盯着窗外，如一个迷路的小孩子，志远没有办法移动自己的目光和步伐。

柳柳瞧着夕阳一点一点地落下来，落在志远浓密的眉尖上，如神谕一般，“原来，错误也能带来丘比特的眷顾。”

第四章　动心的感觉

每个人都有喜欢的业余爱好，爱好和特长不一样。特长是特别的优秀，但是爱好却只需要自己一个人慢慢欣赏就好。

尹柳柳在家里窝了一天了，医生开的过敏药真的很有效果，只是吃了会感到很困倦。尹柳柳一遍又一遍地在脑海里搜寻着关于那个男人的一切，稳重成熟的他给自己的印象太深刻了，她瞧着衣架上挂着的衣服。

那件外套，版型很好，很暖和，看起来价格也不菲，虽然柳柳不认识上面的商标。她从床上跳起来，打开抽屉，取出杏色的纸盒包装袋，取出铅笔和油性彩铅，准备作画了。

她不是画画专业出身，却是个喜好者。这个世界太浮躁了，她和唐甯都有属于自己独特的静心方式，唐甯选择读书，而自己呢，则选择画画。她们总喜欢在有阳光的午后，安静地做自己喜欢做的事情，欣赏着属于自己的作品。

用铅笔简单的构图，将远近划出，然后再简单的勾勒出自己准备画出的图案，一气呵成，根本没有用到橡皮擦。

油性彩铅是柳柳最喜欢的画笔，她先用冷色调把颜色深的部分一笔一笔勾画出，然后层层覆盖，将颜色与颜色的间歇变得完美而柔和，将近处的动态与远处的静态巧妙构成，一笔一画，用线条凸显出阴影的存在，更让明艳的食物立体且具有视觉冲击。

很满意自己这次的信手拈来，整个过程都很顺利。将图案都画好后，她才按照原来就有的折痕折叠起来，一个简易得包装袋也做好，签下自己的名字，将自己的谢意包含其中。“会不会太主动了？”

柳柳一个人自言自语，确实，从小到大，自己都是温温的，对待自己喜欢的事情，都很被动，不管是父亲的爱护也好，母亲的关怀也好，她从未主动去追寻过。当然，也有过，但是结果太痛苦了，也让她更怯弱了。

但是这一次不一样，一切都是随意的，她随意地想画画，随意地想要送给他，一切，都很随意的。

希望，希望这一次的勇敢和主动，能有所回报。

“你说，你的后台到底是谁?”第二日上班的时候，姚姐围着尹柳柳转了好几圈，交叉着手，难以置信地盯着柳柳瞧。

“后台？谁？”尹柳柳眨巴着眼睛，无辜极了。

叹息一声，“别再跟我使用你这招啊，如果你没有后台，谁能请熊老大给你请假？你不能吃海鲜你要说啊，姐姐。我们那天去的可是海鲜店唉。如果你出事了，到底算是工伤还是误伤呢？说你这丫头傻，你还真是傻。”

吞了吞口水，“不是的，姚姐。我，我也不想扫了大家的兴致，您也看见了，当时熊部长很不高兴。”

“让你的后台给她打电话她就高兴了？你没有看见她接了电话后的表情，差点要把我当成海鲜吃了你知道不?”姚姐指了指办公桌上的东西，“诺，这就是你那位神秘的靠山让我帮你保管好的外套和包包。”

拼命地摇着头，“不是，姐姐，真的不是你想得那样。如果非要说我有靠山的话，那只有姚姐你了。我只是过敏的时候恰好碰见了我们公司的一个热心的同事，然后带我去了医院。您也知道我的手机被熊部长没收的事情，那位好心地同事才会打到熊部长那里去的。我想，应该也是人事部的同事吧。”

“真的?”

“真的真的。”

姚姐眯起眼睛，再次打量着眼前的姑娘，心里盘算着她的话有几分真假。能够命令熊珺研的人，在公司里手指头也能数得过来，不过尹柳柳的样子，也不像是说谎，“好了，既然病好了，就好好做你的事情吧，最近公司投资方方面有些问题需要我们去解决，公司乱的很，你自已小心一点啊。”

“是，姚姐。”尹柳柳答应得很快很响亮，心里想着她能够添什么乱呢？她就一个跑跑腿的实习生，只能干瞪着眼，瞧别人忙乎。

回到自已的办公桌，对面几个同事的聊天飘到了自已的耳朵里。

“你们听说了嘛，凯丽被调走了，熊老大也是雷厉风行啊，这个月已经第三个了。”

“大惊小怪，你又不是第一天来公司，你不知道熊老大最厌恶的就是削尖脑袋往上爬的员工吗？稍微有点裙带关系的，都会被她调到最基层，连上头也没有法子好不？正是因为如同正义使者化身的熊老大存在，我们这些无门无户的人才有盼头啊。”

“说的也是，最讨厌那些仗着自己有几分姿色就想靠色相往上爬的人，早晚死在熊老大手中。”

打了个哆嗦，莫名的。

尹柳柳知道对方谈论的不是自己，却总觉得是说给自己听的。联想今天姚姐说的话，那天晚上碰到的男人，真的是什么重要人物吗？他的车确实很豪气，衣服看起来也很贵重，可是，这和自己想和他成为朋友，有什么关系吗？

没有关系。

姚姐说的一点都没有错，整个公司都快要炸锅了。大家都莫名的跑来跑去，各个部分都在召开紧急会议，而尹柳柳只能在自己的座位上，瞧着自己亲自制作的包装袋，四周张望着。

他，会来吗？

他没有来。当时针指向了八点，宣传部加班的最后一位同事离开了，尹柳柳也没有见到那个男人的身影。或许，有什么事情耽误了吧，毕竟，今天那么忙。

尹柳柳将宣传部的灯光关掉后，叹息一声，拿着那袋衣服，安静地走到了电梯前。

“太好了，尹小姐，你还没有走。”

身后一阵亲切的声音传来，接着是高跟鞋的声音。一个高挑美貌的女子走近了尹柳柳，“你好，我是 Anna，我是来取衣服的。”

“取衣服？”尹柳柳微微吃惊，瞬间明白过来，指着自己手中怀抱的包装口袋，打开给对方瞧了一眼，“是这件吗？”

“对的。”Anna 点了点头，她有着干练的短发，头发摇摆的时候，连空气中都飘荡着舒服的香水味。

虽然很不情愿，尹柳柳还是将衣服递给了 Anna，“大哥他人为什么没有亲自来呢?”

很明显吃了一惊，Anna 还是微微一笑，她的笑容很有感染力，也很有张力，给人很舒服的笑容。“他太忙了，没有时间来取，所以让我来帮他取。”

心情瞬间就土崩瓦解了，尹柳柳脸色很不好看，但是还是一再地嘱咐着。“拜托，拜托你请他确认一下这件衣服好吗?我有很用心的好好保管。”

虽然不是很懂尹柳柳说的意思，但 Anna 还是报以一个让人放心的微笑，离开了。

尹柳柳一个人在黑暗的公司里，低落的心情，一时间难以平复。

周日，左转九十度书吧。

这是尹柳柳和唐甯最爱待的地方，地方虽然很小，但是很别致，不管是装潢还是藏书，都非常的雅致。而且，这里的老板娘有一段让尹柳柳和唐甯都无法不感动的故事。

老板娘和她的爱人是青梅竹马的情侣，只是到了高中的时候，男方家庭突然举家乔迁到了国外，两个人也不得不断了联系。老板娘大学毕业后，自己开了这家书吧，将她的寻人启事发布给每一个来这里的客人，她自己也写书，希望自己的爱人能够有一天到这个地方来，因为老板娘已经在这家店等待了十年。

在这个快餐文化充斥的时代，很难相信一个姑娘经营着一家书店，只为等待自己昔日的爱人，一等就是十年。而且老板娘说过，她会继续等下去。

每每看到老板娘每天在书吧打烊的时候，都会朝着门口张望，等待奇迹的眼神一点一点地失落时，柳柳她们总会觉得很心疼。

所以，柳柳今天也选择在这家书吧，等待人。

在那个还回去的衣服里，除了自己精心制作的包装袋，还有自己写下的一段话，时间是周天，地点是这里，她想当面谢谢他。

柳柳今天穿得很漂亮，虽然她总埋怨自己太瘦了，但是在这个瘦就是王道的时代里，她就是穿什么都好看的代表。她打开镜子，仔细地瞧着自己，她何时那么在意过一个人呢？好久好久了，而且，竟然是自己主动约别人，想起来，脸就红了。

“所以呢？你这个丫头就在书吧等了人家一整天，等到老板娘都快要关门了，对方也没有出现？”唐甯拿着牛角梳一下一下地帮尹柳柳梳头，尹柳柳有个毛病，就是容易头皮疼痛，而唐甯就成了这项艰巨任务的执行者。其实唐甯很享受的，因为尹柳柳的头发很长，一下一下地听着牛角梳和头发之间的摩擦声，仿佛是命运的齿轮一样，很容易上瘾。

而乖乖坐在镜子前的尹柳柳大大地咬了一口苹果，眼睛还是红红的，“可不是？我这一辈子最丢脸的事情就是今天了。往常都是我放别人鸽子好不？他一定是后悔了，后悔把时间浪费在我这种小妹妹身上了，所以，不但让别人来取衣服，连约会也不出现，我也算是犯贱到家了。”

叹息一声，“我说大小姐，很难得你对一个男人那么上心。你要知道，这些年来，你相亲的次数都快要超过非诚勿扰的集数了，也算是名副其实的阅人无数吧？竟然也栽，我还真对你口中的大叔感兴趣了。”

没错的，和唐甯喜欢的风格不一样，尹柳柳只对成熟稳重的大叔感兴趣。唐甯想过很多理由，或许是因为尹柳柳太恋父了，她那高大帅气的父亲多少影响了柳柳的择偶标准，而且，她高中时候就喜欢读《简爱》《蝴蝶梦》这类的书籍，萝莉爱大叔的习惯也就不奇怪了。“柳柳，真的，很有感觉吗？”唐甯瞧着镜子里的大美人认真地问道。

尹柳柳迟疑了一下，还是点了点头，“你何时见过我这么失去理智过？除非，感觉真的来了。”

是啊，对待感情永远被动的柳柳，只有让她真正动心了，她才会主动出击，就如同当年一样。“你真的确定对方，没有问题吗？”再三犹豫后，唐甯还是最后询问了。

柳柳的背脊僵了僵，她的声音也变得阴沉了，“恩，应该没有问题的，不是跟你说了吗，他和我相亲过的。”尹柳柳想笑出声，却比哭还难看，“可是已经不重要了，或许人家根本不想跟我这种小妹妹玩儿，害得我等了一天啊。对了，我走的时候，你猜我们那个永远民族风格的老板娘对我说啥了。”

“说啥？”

“她说上次我们测的塔罗牌有解了。你知道吗，她说我和你最近都会遇到真爱，还让我不要放弃什么的，搞得我哭笑不得。”

冷哼了一声，“老板娘如果真的算得准，她也不会等她的爱人十年了。遇见真爱？你遇见了放你鸽子的大叔，我呢，成天跟我的问题学生斗智斗勇，请问，我们的白马王子在哪里啊？赶快出现吧，我保证不打死你！”

“哈哈！”柳柳也被唐甯逗乐了，“对，如果我遇见了我的真爱，我先给他三巴掌，奶奶的，这么晚才来，本姑娘快等得不耐烦了！”

两个姑娘，就这样想着各种奇奇怪怪的刑罚，来处罚未来的真名天子，因为，她们真的等的太久太久了。

而在一个安静地小区里，Anna 还在自己的房间里认真地整理着文件，不过，手机的 facetime 响起来了，是志远。

“远总，怎么样？和美国那边的风投谈得怎么样?” Anna 展现出她迷人的微笑，虽然现在这种城市都已经入眠了，但是美国那边，却完全不一样。

志远冷哼了一下，“他们对我们还是有点不放心啊，看来，是我们的实力没有让他们相信。不过也是好事情，被别人看扁才有进步的空间不是吗。”

Anna 最了解志远这个人了，当了他那么多年的秘书，对他的脾性和话语都太了解，怎么会不清楚志远话中的意思。他很生气，而且还不是一般的生气，“远总，您放心，俞代理他们已经重新规划‘甜蜜时光’项目了，这次我们一定会好好完成，让美国那边的风投公司必须对我们有信心!”

“我知道，我相信我的伙伴们。”志远喝了一杯咖啡，然后继续问道：“对了，那天我去机场比较急，让你去帮我取的衣服取到了吗?”

话题一转，Anna 点了点头，“远总您放心，已经办妥了。尹小姐的确是个比较有趣的人，她好像还不知道远总您的身份。”

“不知道才有趣呀。你好好帮我保管，我回到公司，想第一眼看见那东西。”

Anna 愣了愣，随机恢复到平日的精干，“是，远总。”

关掉 facetime，瞧了一眼桌子上的手提袋，Anna 若有所思，“这个，会和别的不一样吗?”

第五章　心里的秘密

阳光很灿烂，在这座城市里，秋冬季节，很少看到这样的阳光，一点一点地洒在人的肩膀上，脸上，所有人的脸都潮红必见。

不过西华公司却不怎么阳光灿烂，“甜蜜时光”的项目出了一点意外，本来以为尘埃落定的事情，却横生枝节。特别是宣传部，每个人都焦头烂额，叫苦不迭。

“我不管 Linda 到底是怎么不舒服，不能因为个人原因就推掉我们的合约，说好的拍片，这要推迟到什么时候？我不管，你们给我想办法打经纪人的电话，再大牌也要讲理好不？”姚姐重重地敲打着玻璃，整个人都暴跳如雷。

大家都面面相觑，该做的都做了，细节方面已经不能再细致了，可是说好的女主角却不见了。

“柳柳！”姚姐在办公室里大叫着。

正在整理资料的尹柳柳吓得差点从办公桌上跌下来，“是是是。”

“去二十楼财务室拿我们计划的最新预算，然后复印好，我要召开紧急小组会议，每个人手上必须有!”姚姐在办公室里踱来踱去，眼睛都快要充血了，心神不宁的。

“是是是。”柳柳根本就帮不上什么忙，除了服从命令，还是服从命令。

不过她们宣传部在五楼，她在电梯前苦苦等待，员工使用的电梯始终在二十五楼不下来。马上就要开会了，如果自己再不快点，姚姐真的会生气的。尹柳柳将目光转移到了旁边的 VIP 电梯，VIP 电梯是公司为重要员工和贵宾专用的，普通员工是不可以擅自使用。不过尹柳柳经常观察，发现这个 VIP 使用的概率很低，她再三踌躇下，还是按下了 VIP 电梯的按钮。

就一会会儿，应该问题不大。

进入到电梯里的尹柳柳一直在祷告着，希望能顺利完成复印，早日回宣传部。不过老天爷好像没有听到她的祷告，电梯在十二楼的时候，打开了。

已经惴惴不安的尹柳柳在看到志远和 Anna 的时候，整个人都快要僵住了。志远和 Anna 正在说话，起初并没有注意到电梯里呆若木鸡的尹柳柳，不过很快，也感觉到了气氛的不对劲。

志远很意外，没有想到回到公司后，除了 Anna，看到的第三个人就是尹柳柳。她还是那副柔弱的样子，长长的头发将巴掌脸衬得更瘦小了，也更我见犹怜了。志远绽放出了笑容，温和地瞧着尹柳柳。

而尹柳柳却将目光转移到了别的地方，按下了关门键。电梯门缓缓关上的时候，她都在翻白眼，一眼都没有再看志远。

她在生气!

志远不说话，整个人僵硬在那里，看着冰冷的电梯门，好久都没有感受到别拒绝的感觉了。

Anna也吃惊了，有员工私自坐乘VIP电梯也算了，竟然不让远总进电梯，不过，她也认出了对方就是尹柳柳，她担忧地瞧了瞧志远，“远总?”

志远盯着电梯上的数字，看到尹柳柳上了第二十层楼后，才又按下了电梯门。

尹柳柳来到了财务室，说出了自己的来历后，得到了报表。

走到打印机前，嘴巴还是嘟着的。“笑？你竟然还有脸对我笑？什么意思？嘲笑吗？嘲笑我是个不懂事的小姑娘？是，我是个小姑娘，但是也不能把我耍的团团转啊！明明说好了亲自来取衣服，找一个比我漂亮那么多的女人过来是几个意思？是想让我知难而退吗？还有啊，我送给你的东西，你一定觉得很幼稚吧？让我一个人在左转等了你一天。也对，像你这样的男人，可能经常都有女人等你吧。那算什么嘛。那天干嘛对我那么好啊，知不知道女人在生病的时候很脆弱，很容易被感动啊！滚出去，不要再出现在我的面前，不准在我面前微笑!”

尹柳柳对着复印机，复印机里“咔嚓咔嚓”的声音，如同在附和她说的正确一般，她说的越来越带劲。

“那可能办不到。”

尹柳柳抱着复印件转身的时候，刚好看到了志远站在自己的身后，满脸的笑意。

“我也在这个公司工作，不可能不出现在你面前。而且，我也办不到不对你微笑，没有任何的理由，我想把微笑留给你。”

见了鬼了。

手中的东西滑落下来，尹柳柳才发现过来，她低下头拾起自己的复印件。志远也帮着她在拾东西，两个人的头不小心碰到了一起，尹柳柳一屁股坐在了地上。志远笑出了声，“你瞧，我没有办法不对你微笑。”

尹柳柳一句话都没有说，收拾好自己的复印件后急促促地离开了，如一只受惊的小白兔，跑得很快。

而志远只能对着她的背影，咧嘴微笑。

“柳柳，快点！怎么那么慢，大家都在等你！”

还没有到宣传部，姚姐的咆哮声都快要震破耳膜了。尹柳柳一边说着对不起，一边发着复印件，内心，惶恐不安。

整个下午，尹柳柳都心神恍惚，自己做的会议记录也是一团糟。不得不借了同事的会议记录抄一遍，就算是抄写，也老是写错字，记事本上的纸，被她一张又一张焦虑地撕掉。

好不容易抄完后，都快要六点了。

姚姐也刚好准备下班，叫了一声柳柳，“走吧，我们一起走，你跟我分析分析。”

“Linda是很红，但是不至于说不拍宣传片就不拍吧？什么档期有问题，愿意给我们公司的其他项目无偿拍宣传片，那就不是对我们公司有意见，而是对我们这次项目有意见。她可是炙手可热的大明星，跟我们这些生物链的最底层有什么关联呢？”姚姐一个人自顾自话，一直都想不通其中的关系。

而尹柳柳如同行尸走肉一般，还在想着今天下午两次遇到志远的情形，脱口而出，“这个人有问题！”

“人？”姚姐斜眼瞧了一眼尹柳柳，若有所思，“你说的是我们请的另外一位男明星？森亚？你觉得是森亚的原因Linda才拒绝了这次‘甜蜜时光’的拍摄？”姚姐一个人停下脚步，怔怔地盯着尹柳柳看。

尹柳柳满脑子想的都是志远别有深意的话，哪里听到了姚姐的语言。“不然呢，不然为什么好端端的一个人会变得那么奇怪?”

不过无独有偶，尹柳柳评价志远的话，全部都被姚姐听了进去。

姚姐若有所思，“也对。森亚虽然是娱乐圈出了名的烂好人，不过娱乐圈里的事情，谁知道呢？我记得去年还曾经传过两个人的绯闻，搞不好 **Linda** 这个女神还真是不想和森亚合作。不过为什么签合约的时候不反对，非要到了拍照的时候才出这个乱子呢？这不是没事找事吗？你说为什么啊，柳柳？柳柳?”姚姐一个人站在公司面前自说自话，全然不知尹柳柳已经走到了人行道。

他，为什么说他办不到呢?

办不到不和自己见面，办不到不对自己微笑?

尹柳柳脑子里反复都出现这个问题，等她听到了尖锐的喇叭声时，跑车已经到了她的面前，幸好刹车了。

“我的妈呀！柳柳!”姚姐在后面叫着。

驾驶座上坐着的是志远，又是他?

不知道是觉得自己出现了幻觉的原因，还是被突如其来的意外吓着了，尹柳柳双腿无力，立即瘫坐在了地上，全身无力。

姚姐奔跑的速度突然减缓下来了，她看见夕阳的阳光洒在了尹柳柳的身上，她瀑布般的秀发散落下来，如一个天使，或许是一个胆怯的精灵，双眼全是害怕和迷惘。而就在这个时候，车门打开了，志远下车后，直接走到柳柳的面前，单腿跪下，捧起柳柳的脸，眼神中，全是爱惜。

“你没事吧？你怎么不看路呢？你在想什么？如果不是我急刹车的话，会发生什么样的事情你知道吗？你怎么永远都这样不让人省心和安心呢?”志远这次没有笑，他哪里笑的出来。

可是，柳柳觉得他即使笑不出来，也那么好看。他满眼的担忧中，让柳柳觉得心中开出了一朵又一朵灿烂的花朵，她甚至听到了含苞欲放的声音。“噼啪噼啪”，好美，好美。

一滴眼泪从左眼中滴落下来，在阳光的穿透中，如水晶般耀眼夺目。

Anna 坐在副驾驶座上，也被眼前的画面迷倒了。那姑娘太美了，不是压迫性的美丽，柳柳的素颜与她娇弱的气质浑然天成，美得不食人间烟火。

姚姐的嘴都快合不拢了，她也算是见过大场面的。但是此情此景，她都没有办法用语言来形容，天使与魔鬼的邂逅，这不是油画！而且主人公一个是自己的实习生，一个是自己的 boss。捏了捏自己的脸蛋，真的，不是做梦。

医院里，尹柳柳揉着自己的右臂走了出来，陪着她的还有 Anna，Anna 满脸微笑，“放心吧，没事的，只是擦皮，刚刚医生都给尹小姐包扎好了。不过，刚刚我遇见了我在医院的同学，所以，今天吃饭，我好像去不了了。”

志远点了点头，“你去吧，我先送她回家。”

志远带着至始至终都没有说话的尹柳柳上了车，Anna 就这样瞧着路虎车一点一点地消失在眼帘中，然后轻笑了一下，随手招了一辆出租车，报出了自己家的地址。她跟随志远身边多年，怎么会没有读出他眼底的信息，看来她的大老板真的对这个洋娃娃上心了。她何必又去做不必要的存在呢？

电话铃声响了，正在发呆的 Anna 才意识到，接起电话。

“喂？师姐，您又来准时打听我老板的情况吗？不过，这次您要听真话还是假话，我说了，您不要生气哦。”

后视镜里，Anna 的笑容有些不一样。

夜，好乱，好乱。

香槟，美酒，牛排，还有悠扬的钢琴声。

尹柳柳很不自在地左右瞧了一眼，她第一次来这种餐厅，干咳了几声后才小声说道：“不是说，不是说送我回家的吗？”

志远替柳柳切好了一块牛排，然后微笑了一下，“再送你回家前，我得向你赔罪不是吗？”

“赔罪？”

想到志远指的是今天下午自己在复印机前说的那些话，她的脸立即火热红润起来，然后把头埋得更低了。

志远轻轻地抿了一口红酒，“对不起，丫头，我真的不是故意失约的。那天和你约好的见面，可是我临时有事，去美国出差了。所以，不得不请 Anna 来取衣服，今天我才回国。”

“啊？”尹柳柳眨眨眼，有点完全不相信。她瞧着眼前散发着成熟男子气息的男人，他的一举一动，都那么的自在和动容，他的眼神，笃定如星。“所以，你没有看到我写的……”

“对，我没有看见。对不起，丫头。至于你说我故意指使 Anna 来气你，那全都是你想太多了。相反，Anna 是我最相信最得力的助手，我才派她来见你。还有就是，Anna 根本没有你好看，你的美丽，是世间绝无仅有。”志远说话很慢，每个字，每句话，都说得很清楚。但是往往就是太过清楚了，让尹柳柳差点噎住了。

被别人这样夸赞，柳柳还是不习惯。

“所以，丫头，我欠你一个道歉。”

“不用了。”好不容易把牛排咽下去了，尹柳柳连忙摆手阻止，然后猛地喝了一口红酒，又因为红酒的味道差点吐出来。

闭上眼，瞬间觉得自己真的好逊，好丢脸。

而志远却很绅士地走了过来，蹲下身子，轻轻地为尹柳柳擦拭嘴边的脏东西。

又是近距离的一次接触，柳柳整个人都在哆嗦，她接过手绢，“我，我可以的。”

志远又笑了，宠溺地拍了拍柳柳的头，“告诉你一个秘密，你不用觉得不好意思或者丢脸，你在我心中，就是一个跌落到人间的天使，天使对地球上所有的一切都觉得陌生不是很正常的吗？你越是笨拙，我越觉得你很可爱。优雅端庄的女人我见多了，没品味没素质的女人我也不待见，而你，却是最特别的。”

尹柳柳愣住了，这个男人，太能让人放松一切的戒备，相信他说的每一句话，每一个字了。

在车上，尹柳柳瞧了一眼志远，总觉得一切都不真实。

“今天你的款待和道歉，我都接受了。如果说因为你出差的话，一切都不能怪你。只是……”

“只是什么？”

“只是我是第几个？”

“什么？”

尹柳柳咬了咬嘴唇，最后还是下定决心说了出来，“我是你猎艳过程中的第几个？因为你说的话，你的眼神，让我感觉你是高手中的高手，你刚刚跟我说过的话，其实，跟很多人也说过，对吧？”

声音越来越小，小到尹柳柳都没有勇气说下去了。她吞了吞口水，也佩服自己竟然说了出来。

“哧哧”的摩擦声，车子突然停了下来。因为惯性尹柳柳朝前扑了一下，幸好安全带又把她弹回来了。她有点胆怯地瞧了瞧坐在身边的志远，他的侧面很好看，但是，却很凝重。他的眼神瞧着前方，表情很僵硬。

好端端的，自己为什么要说出这样的话呢？尹柳柳也佩服自己真的很能破坏气氛，“你生气了吗？”

大概过了三四秒，志远转过头，盯着柳柳瞧，他还是绽放出了微笑，“没有，我只是觉得让你讨厌了。”

“不是，我不是那个意思，我也不知道，哎，对不起，我总是这个样子。”尹柳柳想要解释，却发现自己越说越乱，越说越错。

志远的手突然压住了尹柳柳的嘴唇，他很认真地盯着尹柳柳看，仿佛能看出花来。他最后微微一笑，“我收到了，收到你的讯息了。如果你不信任我，我会做出让你信任的事情。如果你不喜欢听我说的那些话，我以后就不说了。”

瞬间又恢复到了正常的志远，继续开着车，车内放着安静的英语歌，尹柳柳的心，才缓缓地恢复到了平静，一点一点，微风吹拂着她的秀发，她的情绪，她的心思。

下了车，尹柳柳都不知道该说什么了。

而志远却在车上微微一笑，“谢谢你，谢谢你给了我这么美好的夜晚。上楼去吧，我瞧着你家的灯亮了以后，再走。”

“哦。好的，拜拜。”尹柳柳原本想说明天见或者公司见之类的话，但是不自觉得自己已经说出了拜拜。她也只能叹叹气，缓缓走了。

“丫头。”

“恩？”

“那是真的吗？”

“什么？”

在夜晚中，天气还是有点冷，但是这样的对视，总能够让人忘记天气，忘记周遭。

“你说，女孩子在生病和受伤的时候是最脆弱，最容易感动的话，是真的吗？”

脸上潮红一片，尹柳柳不敢再多望志远一眼，点了点头。

“我可以理解为女孩子在那种情况下，更容易动情吗？所以，加上今天，你对我，动了两次情了吗？"

坐在驾驶座上的志远，温柔的笑容，仿佛能够融化一切，融化一切的铜墙铁壁，柔软世界。

“所以呢？所以你的回答是什么？”

已经睡着的唐甯被尹柳柳摇晃地不得不坐起来，她不停地打着哈欠，不得不听所有关于柳柳不平凡夜晚的故事。

尹柳柳开心地抱着唐甯，“我不知道，我跑了，我跑了你知道吗？我不知道该怎么回答，如果我同意，不就证明了我爱上他了吗？可是我拒绝，不是又拒绝我没有动情吗？哎呀，我真的不知道，真的真的不敢说，我就跑了。”

唐甯笑了笑，拉着尹柳柳的手，“都说怀了春的少女是最美丽的，我怎么不觉得呢？比如眼前我这位，真的真的，好让人恶心啊。”

“哈哈！看我不撕烂你的嘴！”

“哈哈哈！”

两个人，在窄窄的床上，享受着两个人的秘密，只有她们能知道的秘密。

第六章　深刻的元旦

明天就是元旦了，但是尹柳柳还是不得不上班。

最近唐甯很奇怪，她的嘴边常常会挂着微笑，那种微笑，让人觉得很温暖，很甜蜜。尹柳柳不止一次问她是不是谈恋爱了，但是唐甯却否认了，她说只是自己的学生变乖了许多。确实是这样的，她的学生都会亲自上门来学习了，因为唐甯的脚扭伤了，可是他们却把自己最爱的草莓蛋糕都吃了。尹柳柳在电梯里想起来这些生活琐事就想笑。

还有，她感觉到了自己周身发生的变化，她感觉到了一种奇妙的化学反应，以致于她能开心快乐地面对每一天。

只是，当她踏入西华公司的时候，每个人都在奇怪地瞧着她，仿佛她脸上有什么不对劲。一直到宣传部，宣传部的人也都露出了奇怪的表情，好像是看好戏，也好像在嘲笑，情绪太多，尹柳柳根本就读不出来。

她耸耸肩，进了姚姐的办公室。

姚姐却一脸灿烂，“天才，我就知道你这个丫头除了发呆和迷迷糊糊总有用处，你知不知道你帮我解开了一直困扰的事情。”

“恩?”

“拍宣传片的事情啊？Linda 经纪人确实给了我一个回复，Linda 不愿意和森亚拍宣传照。所以，我也就不再纠结 Linda 这个难缠的大小姐了。她不拍，我就换人。”

“恩？哦。”尹柳柳点了点头，“可是 3 组那边不是说了近期的大红女艺人很难有时间跟我们合作啊，二线的女艺人又怕森亚那边认为降低了他的身价，你们不是一直在找别的女艺人事情上争论不休吗?”

姚姐点了点头，“看你平时总是端茶递水的，想不到也有脑子观察和记录我们的动向。确实，现在临时换人是不可能的了，现在的艺人，除非宣传期，谁愿意临时接活儿？更何况，Linda 给我们拍宣传片的事情，圈里都知道了，谁也拉不下那个身价和脸面。”姚姐继续期待地等着尹柳柳继续回答。

尹柳柳转了转眸子，“其实也不是很困难。Linda 不是说了吗，她会答应我们其他项目的宣传。我们将其他项目和‘甜蜜时光’一起拍摄，就算外面怎么疯传，也就堵住大家的嘴了。因为，Linda 确实在为我们拍片，只是大家传错了，不是大家熟知的‘甜蜜时光’就行了。”

满意地点了点头，抱着双手的姚姐对尹柳柳的话非常满意，“你能这样想，证明你的反应和步伐和我们整个团队是一致的。我们也是这样上交方案的，熊老大那边也说上级比较满意我们的议案。只是，老总更看重‘甜蜜时光’这个项目，而不是我们的公关危机做的多好。你说，我们到底该找谁来替换 Linda 的拍摄呢?”

想来想去，尹柳柳还是放弃，“要不找个门外汉吧，气质比较好的。不把她作为主角，是作为森亚的配角，应该双方都接受吧。”

“Great！我非常同意你的意见，而且，我也找好了相关的人，今天下午就把这件事搞定！”

尹柳柳点了点头，脸上也绽放出了放松的表情，如果姚姐说出了这样的话，那这次的危机总算是可以告一段落了。“好，姚姐，需要我帮忙吗？”

“不用！你等会儿跟我去签一份合同，该给你的报酬都会给你的，当然不可能开出如 Linda 那样的价格，也委屈不了你多少。你可以拿这笔钱去买个好手机了，别让我老是联系不到你。”

眨巴着眼睛，尹柳柳摇了摇头，“姚姐，您在说什么？我有点不懂。”

姚姐突然拍了拍自己的脸颊，“瞧我，我都忘记告诉你了。你，就是我们选定的那个接替 Linda 的模特！”

“啊？”

晕晕的，头晕晕的。尹柳柳始终都不能够接受这样的安排，因为她确实不知道到底发生了什么事情，不管她态度多么坚决，姚姐也必须让她去签合同，拿下这个案子。

坐在会议厅里，大家都在等待着尹柳柳最后的签署。

不过当尹柳柳咬牙准备签字的时候，熊珺研破门而入了。

“姚姐，我实在是搞不清楚，你们团队怎么做事的，你们说换人，OK，我们没有意见。可是你要用你手下的人来做模特，而且还是个实习生，一个完全没有经验的实习生，你知不知道上层很关心这个案子，不是给你当大姐大出风头的试验品好不？”熊珺研不会轻易说话，但是只要说出来，绝对是难听之极，而且，也正中要害。

坐在位置上的姚姐猛地站了起来，虽然她比熊珺研矮了一个头，但是却还是很有底气。“熊部长，这恐怕是我们宣传部自己的事情吧？你人事处的怎么关心起这个来了？越俎代庖也是你熊部长的做事风格吗？”

冷哼了一声，熊珺研抱着双手，气得不轻。“老姚，你我在公司也不是一天两天了，公司各个部门各司其职自然是最好不过的，但是我是管人事的，你把你手下的实习生调去做别的事情，至少也要知会我一声吧？这么大的案子，我觉得一个完全没有经验的门外汉是不能胜任的。如果老姚你觉得非要找个公司有亲和力的姑娘，文艺部销售部那边多得是不是吗？为什么一定是她，为什么一定是她尹柳柳？难道是有什么我不知道的隐情吗？”

“熊珺研！我在西华也算是个老人了。我做事一向都有自己的原则和要求，你的意思就是说我假公济私咯？好，你要证据是不？你要我拿出尹柳柳的实力给你看对不对？行，我这就当成我们所有宣传部的人，给你人事部的部长好好瞧瞧！”

尹柳柳真的坐不住了，她真的没有想到自己会掀起两个大姐头的对吵，但是既然她是事件的中心，她就不能插嘴说一个字。

“小张，把办公室的灯给我关上，把窗帘也关上，然后把放映机打开，连上我的蓝牙。”姚姐的声音，足以让任何一个人心惊胆战。

立即，办公室漆黑一片，很快姚姐的手机和放映机就联上了，姚姐打开手机的视频库，放映了一片视频。

夕阳下，一个无知懵懂的少女差点被车撞倒，她的害怕和迷惘，在城市的一角显得孤独和柔弱。从车上跳下来的男人托着她的脸，说着一些听不清楚的话，但是女孩子的表情，丰富地传达了感动与幸福的内容，融合在一起，慢慢凝结成那滴眼泪。

张大嘴，尹柳柳真的难以想象，难以想象这个画面中美丽的少女竟然是自己。

“我们这一期的项目是‘甜蜜时光’，为什么，大家其实心里清楚，在北四环的房子是属于很偏远的地方了。现在能够在那里买房的受众就是刚刚毕业没有多少积蓄，却想在这个城市生存的大学生们。因为是郊区，没有所谓的学区房和经济房交通房那样的硬件吸引力，我们只能走软实力。就是小情侣之间在偏远的、不受打扰的地方共享二人的幸福世界。现在城市焦虑症越来越严重，在座都是咱们公司的精英，但是大家努力地回忆一下，在忙碌的白领生活背后，是不是向往着一种惬意的精神享受？所以，我们命名为‘甜蜜时光’项目，主打的是受众心理牌。当初找到Linda和森亚，俊男美女，森亚暖男的形象我也不必多说，Linda呢，玉女女神也是不容置疑的。但是，说实话，这个短片是我拍的，当时我被吸引住了。我觉得柳柳的气质非常符合我们这次的项目。她如同一位闯入的弱者，由森亚带她进入那个没有城市中心的拥挤，没有扬长而去车辆的地方，享受地球人与天使的甜蜜时光，这比我们的预想，好太多。”

尹柳柳平时见识到了姚姐的行事作风是很硬派的，她很有魄力和执行力。但是第一次，看到这样的姚姐。她的口才，她的从容不迫，她的自信，将她的形象烘托得高大霸气，尹柳柳非常非常地佩服这个女人，也很庆幸自己成为这个女人的徒弟。

灯亮了，熊珺研的表情还是绿绿的，不过她的气焰确实消失了很多。姚姐再次站到了熊珺研的面前，理直气壮地说道：

“熊部长，请问你对我这次人事的使用，还有任何的意见吗？”

“老姚你做事一向都有分寸，这次，虽然我很不赞同，但是我相信你的判断，希望事情的效果不会比你说的差。”熊珺研冷笑一声后，踏着高跟鞋离开了办公室。

姚姐左手握拳打劲，表情很是痛快，“我被压了那么多年，这个女人，第一次让步。尹柳柳，这次如果你不好好的给我表现，你就对不起我！”

“好，我一定，一定努力。”尹柳柳有一种感觉，自己成为了姚姐和熊珺研之间的一个赌约，她，没得选。

只是，签约结束后，尹柳柳来到休息区，还是撞到了熊珺研。

尹柳柳吃了一惊，熊珺研很悠闲地喝着咖啡，等待尹柳柳许久的样子。

嗅出了不好的气息，尹柳柳转头想走，却还是被熊珺研的一句话叫停了。

“你不觉得奇怪吗？我为什么一直以来，都事事针对你？”

柳柳的脚步停了下来，她奇怪，她好奇，她真的很好奇。从她进公司第一天开始，手机被没收，强行吃扇贝，平日里的冷言冷语，熊珺研是针对她的。只是她一个小小的实习生，又能有什么样的反对意见呢？

熊珺研永远都穿着白衬衣和包臀裙，很火辣很霸气。她踏着黑色的高跟鞋一点一点地走到尹柳柳面前，居高临下地瞧着柳柳，“因为我瞧不起你。瞧不起你们这种靠外形靠身体而进入公司的女人。”

熊珺研也是从最底层的员工一步一步地走上来的，最开始，她没有在西华，而是别的房地产公司。她是狮子座的女生，她的能力和自信，是最显眼和出众的。只是在升职的时候，自己的男上司对她进行了性骚扰。她当然拒绝，拒绝的很干脆。但是很快，和上司过夜的花瓶连升几级，自己不但继续是跑腿的，而且因为上司的故意刁难，她成为了众矢之的，任何人都可以欺负她。那段刚刚毕业的时光是那么的痛苦和艰辛，只是，更让熊珺研不能接受的是，她的男朋友竟然埋怨她，埋怨她错失了一个那么好的机会，可以让他们过上好日子的机会。

熊珺研是多么骄傲的人，之后，她和无能的男友分手，辞职，到了西华。靠着比别人多几倍的努力，放弃和家里人在一起的时光，放弃谈恋爱的机会，将自已所有都投注到这份事业中，所以，她能走到这一步，其中的艰辛和孤独，是没有人能够明白的。所以，她瞧不起，她甚至怨恨，怨恨那些靠着脸蛋和身体往上爬的女孩，因为，她曾经拒绝过这样的选择，并且现在很成功。

“熊部长，我真的，不懂你什么意思。我，我只是一个实习生，我和别人一样，都是靠面试笔试进公司的，我根本不认识这里面任何一个人。”尹柳柳眼睛中含着泪水，她那么的委屈和无助。

熊珺研笑得更鄙视了，“收起你那种楚楚可怜得样子吧，你有什么资格在我面前说委屈？你还没有进到公司，你还没有出现在我的面前，俞千飞经理就跟我打过招呼了，说你是远总看上的有趣的女人，让我对你格外照顾。如果你是干干净净的，你告诉我，一个小小的实习生，凭什么还没有进公司，就让老总那么上心？啊？”熊珺研说话的声音越来越大，她涂了黑色指甲的手一点一点地敲打着柳柳的左肩，逼着柳柳躲到了角落里。

或许是争吵声太大了，休息室里聚集了很多同事，大家都目瞪口呆地看着这场好戏。

尹柳柳眼泪不停地往外涌，“熊部长，我真的，我真的不认识什么俞经理，什么远总，这其中会不会有什么误会啊？”

“你真的够了，老姚选你真是选对了，你真的很会演戏！上次去吃海鲜，你知道是谁给我打电话的吗？是远总，是咱们西华公司的西部代理人远总。我平时见到他都很难，但是他老人家竟然给我打电话替你请假。你是想借着远总给我一个提醒吗？不过不好意思，老娘真的不吃你这一套！”

“远总，谁是远总？”

一把抓住尹柳柳的衣服，“你真的准备继续装下去吗？刚刚姚姐放的那段视频，还不清楚吗？那个摸着你脸蛋的人，不是咱们公司的老大还是谁？你也不想想，你一个实习生，凭什么有那么多的机会和好处？你还要继续在我面前装下去吗？说你不是咱们老大的女人吗？”

心里发慌，熊珺研真的太可怕了。她的表情，她说的每一句话，都让人如同在暴风雨中一般刺激和危险。尹柳柳一个慌神，坐在了沙发上，痴痴傻傻。

周围的人，都开始窃窃私语。

“我就说嘛，一个小小实习生，怎么说接替 Linda 拍宣传片就拍宣传片了呢？”

“长得蛮清纯的，却也是个不要脸的人呢。”

好难听，真的好难听。

“你们真的打算在上班时间谈论你们老板的私生活吗？”

一阵有力的话语立即使得整个休息室安静下来，柳柳没有抬头，她的脑海中，还对新信息接受不来。只感觉休息室的人都出去了，然后听到了以下的对话。

“熊部长，你高风亮节是我们公司最需要的。只是，有些事情，您还是得掌握尺寸。毕竟，对方只是一个年轻的实习生。我们做事的人，把手头的事情做好了就是本分。如果看到了任何不公平的事情，我那里，很欢迎你的投诉。但是到目前为止，我并没有觉得公司中有任何不公平的事情存在。”

“Anna 你都这样说了，我又有什么好说的。今天是我失礼了，以后我会注意的。”

“熊部长，并不是所有漂亮能干的女孩子都是让人恶心的。你也漂亮，你也能干，但是你不是一样干干净净吗？”

熊珺研若有所思地瞧了一眼 Anna，Anna 还是笑眼相迎，美丽端庄。

“我懂你的意思了。”熊珺研放下了自己的咖啡杯，踏着高跟鞋离开了。

尹柳柳觉得冷，特别特别的冷，她整个人都窝在沙发上，紧紧地抱着自己的身子，感觉这样，自己才是活着的，才是真实的。

Anna 瞧着此刻的柳柳，叹息一声，递给了她一张纸。

“远总他不是故意要瞒你的。只是，好像远总的身份给了你很大的压力和误解，我代替远总给你道歉。”

“道歉？”傻乎乎的柳柳冷笑了一下，“其实我也意识到他或许是公司里了不起的人物，只是，从熊部长的口中说出来，我就觉得特别的难以接受。Anna，她说的，都是真的吗？”

Anna 点了点头。

“那你呢？你也是什么了不起的人物吗？”

“我？我不过是行政助理罢了。”

尹柳柳点了点头，拖着疲惫的身子，回到了家，在床上大哭了起来。

“柳柳，你在哭吗？今天晚上跨年，有你最爱的草莓蛋糕哦。”

唐甯在门外焦急地询问。

而尹柳柳，只想一个人，安静地待一会儿。

这些事，她要慢慢消化。

第七章　爱情博弈

柳柳哭泣了很久，她都不清楚为什么要哭泣，总之，她懂得扑风追影这种事情，也明白自己以后在公司里，也算是拥有知名度了。

哭着哭着，也累了。

瞧着镜子里的自己，傻笑了起来，自己也奇怪，为什么要哭呢？嘴长在别人身上，又怎么能左右呢？她难受的应该是志远没有亲自告诉自己他的身份吧，自己在意的，竟然是这个？

擦了擦眼泪，打开门，唐甯站在那里，带着微笑瞧着自己。

唐甯不知道在那里站了多久，她的笑容莫名地给了自己无穷的力量。她绽放着笑容，说道：“睡醒了吗？一起吃蛋糕吧。”

心里一阵酸楚，从身后抱着唐甯。

从小到大，唐甯都承担着姐姐的身份，就算是自己觉得天大的事情，在她眼中，都是小事情。唐甯总是很冷静很理智得为自己分担一切，给自己力量，让自己克服一个又一个的难关。她抱着唐甯，突然觉得这一次，真的真的不能再依赖唐甯了。她不想成为唐甯的影子，永远都在追随唐甯的脚步，她也要成长，她也需要历练。

她决定了，她要做好“甜蜜时光”的项目，她要，好好的把握这个机会，证明自己，自己不是那只永远都在唐甯身后的小白兔。

跨年那晚，她们还是继续继承传统，看着跨年演唱会，吐糟哪位歌星胖了丑了，哪首歌假唱了或者唱得不好之类。只是最后切蛋糕的时候，唐甯割伤了手，唐甯如同在念一个咒语，她说或许自己要转运了。

确实如此。

元旦第一天，她就去拍摄场地拍摄了。

是房源处的一个山野上，摄影师说了，实地取景更真实。柳柳相信摄影师的技术，摄影是个很牛逼的存在，不仅能够将美丽永远定格，而且能将每个场景赋予新的生命，哪怕最平常的环境，也能拍出唯美的感觉。当然，这是高级摄影师所具备的魔力和素养。

自从元旦前夕一战以后，姚姐变成了柳柳的忠实守护者，她亲自跟班，已然成为柳柳的经纪人的样子。带着墨镜的姚姐拍了拍柳柳的手，“昨天的事情我都听说了，知道熊珺研做事过分，想不到那么过分。对不起，丫头，我没有保护好你。但是，看见你今天那么有精神，我真的很替你开心。你是一个有悟性的孩子，知道什么叫做清者自清，什么叫做迎难而上。”

柳柳点了点头，“放心吧，姚姐，我是你带出来的人，绝对绝对不能给你丢脸的，放心，我会变得无比强大的！”

“恩，好孩子。不过，话又说回来，你这丫头今天也太美了吧？搞得我也想要拍摄宣传照了好不?”姚姐很激动地小跳步子，柳柳不好意思地微微一笑。

她今天确实很美。她长长的头发，被卷成了一层又一层的大波浪卷，不是很厚重的妆容，因为柳柳的底子很好，只是稍微地点缀了一下，再加上白色的天使小洋服，恰到好处的装扮，让柳柳的别致与气质凸显出来，韵味十足。

“你这丫头就不应该来我们公司实习啥的，应该去当演员，真的太美了。”

“姚姐，你不能再夸了，再夸我就要醉了。”

所有的都准备好了，森亚才缓缓到了。柳柳知道森亚，他是国内最近比较火热的暖男形象代言人，是小姑娘们都喜欢的白马王子的类型。不过柳柳很少看国内的影视剧，也只是从广告上知道森亚的存在。她内心很激动，想不到自己竟然要和真正的明星一起合作，简直就是难以想象的事情啊。她一个字都没有告诉唐甯，希望能漂亮地完成这次拍摄后给她一个大大的惊喜。

所以，森亚穿着休闲装走到柳柳面前时，柳柳是很惊愕的。

明星果然是很不一样的，他一举手一投足都起范儿了，但是奇怪的是和他在荧屏上塑造的众多暖男形象不一样，他其实很酷，很不爱说话。

“你好，我是尹柳柳，很高兴这次能够合作。”柳柳还是很礼貌地走到森亚坐的地方，深深鞠躬，将自己的姿态降低。

带着墨镜的森亚表情很僵硬，喝了一口汽水，“恩。不要浪费我的时间。”

尴尬的柳柳只能僵硬地笑着回到自己的位置上，果然是实力派，想不到私底下是这样的一个男人，自己爆料的话会不会火起来呢？

不过森亚看都没有看自己一眼，“不要浪费我的时间”这句话还真是伤人呢，难怪 Linda 不愿意和自己男人一起工作。

柳柳的判断是正确的，首先，森亚的演技真的很好。

摄影师要求呈现一个被生活压得透不过气的上班族，在美丽的郊区邂逅天使的主题，共同体现“甜蜜时光”这个瞬间。当森亚进入到了镜头前，他就如同是一位焦虑的上班族，额头上微微的汗水，眼神中的崩溃表情表现得完全就是完美。

而当完全是新人的柳柳出现时，预言又出现了。

她永远做不好摄影师要求的瞬间点，不断地被骂。而表现极好的森亚实在不耐烦了，也开始对柳柳咆哮，“你如果不行，就请换人!”

比起摄影师和周围工作人员不耐烦的嫌弃声，森亚的抱怨更刺耳。柳柳红着眼睛，一个人走到树下，躲避着阳光。

开始变天了呢？新年第一天就要下雨了吗？心情一点都不美丽呢。

也不知道是什么时候森亚走到柳柳身边的，递给了柳柳一张纸巾。

“你如果想着要照顾所有人，你永远都做不好。你本色表现吧，你确实是不属于这个世界的人，不是吗?”

姚姐拼命地拉扯着摄影师，摄影师也扑捉到了这一点。

之前从天而降也好，无意邂逅也好，都没有此刻更甜蜜更自然。

哭泣的天使，得到了平凡男人的帮助。

柳柳很吃惊，她没有想到态度那么冷冰的森亚会主动帮助自己。她在流泪的同时也绽放出了微笑，森亚也露出了微笑。

“好，很好。非常好。太棒了!”摄影师最后喊出后，柳柳才意识到已经拍完了。

总算是收工了。

换好衣服的柳柳总算是追上了正准备上面包车的森亚，“崔先生，谢谢你，刚刚如果不是你提点我，不会那么顺利的。”

森亚上了面包车，从车子里瞧了柳柳一眼，“我不这样做，摄影师怎么会拍下你上钩的表情。总算是和菜鸟结束了。”说完就上摇着玻璃，一点一点地看不见。

柳柳的表情也立即僵硬起来，什么嘛，原来是骗我的。

一点雨滴滴到了自己身上，伸出手，果然是下雨了。

一辆熟悉的车停在了柳柳面前，“上车吧，下雨了。”

志远。

坐在车上，柳柳还是选择沉默。

“我听说了，昨天的事情。”志远说的轻描淡写，但是对于柳柳来说，那是多么沉重的包袱和压力。

柳柳冷笑了一声，“就没有了吗？你就一句听说了然后就完了？你知不知道以后我在公司怎么待下去？全公司的人都会对我指指点点。”

“别闹。我也没有想过让你待在公司，你实习期年前不就满了吗？”

过分！真的很过分！

柳柳生气地盯着志远看，这个男人，这个男人，为什么会说出这样的话，他到底有没有想过自己的感受？

“停车！”

“别闹！”

“我说停车！我要下车！”

柳柳想打开车门，车门却怎么都打不开，锁住车门的志远不让她有任何机会。

好在总算是红灯了，柳柳还是很激动，“我叫你停车！停车听得懂不?”

一把抓住柳柳后脑勺，志远侵略性地吻住了柳柳的嘴唇。他疯狂肆虐地侵占着柳柳的蜜唇，吸取着她的甜蜜。

同样与志远车平行的是一辆黑色面包车。

坐在前面的经纪人把墨镜取下来，“森亚，这不是刚刚和你拍照的丫头吗？想不到清清纯纯的样子，还有那么热情的表现方式。”

摇下车窗，森亚盯着路虎车上的一幕，两个人甜蜜地接吻，他又缓缓地摇上了车窗。

“覃帆，推掉今天所有的工作吧，我累了，心情不好。”

这里是十字路口，红灯的时间有九十秒。

柳柳沉浸在与志远的热吻中九十秒，她的头，都快要缺氧了，整个人恍恍惚惚的，难以置信方才发生的事情。

“我没有想过让你待在我的公司，我只想着，让你，成为我的女人。”

志远在转动方向盘的时候，幽幽说道。

而柳柳的脸，却红到不行。

恰巧电话这个时候打来了，是唐甯。

“柳柳，我在医院。我的一个学生，在我的面前，自杀了。”

元旦啊，本来最甜蜜的时光，却一波三折。只是当柳柳听到自杀的时候，她下意识地瞧了一眼自己的左手腕，那里，也曾经有过一道疤痕。

“怎么了?”

“我的好朋友，在医院，好像出了一点事情。”

“我送你去吧。”志远低声说着，方才的尴尬，立即消失了一般。

柳柳从来没有看到唐甯那样的害怕和绝望过，她全身都是血，去洗手间的时候，唐甯的表情，真的太可怕了。不过，后来出现的 Lisa，更让柳柳感到害怕。她是电视上那么强势那么优雅的女主持人，但是打唐甯的时候一刻也不留情，她说唐甯害死了她的女儿。怎么可能呢？那一次，柳柳很勇敢，她必须保护唐甯，保护唐甯离开那个是非之地。

当她带着唐甯离开医院的时候，志远的车还在那里，志远好像在跟谁打电话，但是见到了柳柳后便挂了。

唐甯的情绪很糟糕。志远在后视镜瞧了好几眼，“你朋友。没事吧？”

“没事的，她只是受到了刺激而已。让她好好待一段时间的话，会好很多。”柳柳说道。

当把两个姑娘送到楼下时，志远的电话还在不停地响动着。

唐甯的情况真的很糟糕，谁会想到，在元旦这样一个本该喜庆的节日里，她竟然遭遇到了这样的事情。

一直小心翼翼地陪伴着唐甯，给她洗澡，给她换衣服，直到哄她入睡后，柳柳才有时间回到了自己的房间。

是志远发来的微信。

“丫头，睡了吗？”

“没有，你忙完了吗？你今天晚上好像一直都很忙的样子。”

“还好。今天问你的事情，你好好考虑一下，好吗？”

“什么？”

“做我的女人。”

“……”

“不会强迫你，你好好想，想清楚了，告诉我。”

关掉手机，柳柳自然是抑制不住的微笑和快乐。第几面？

如果算上自己记不住的第一面，她和志远才见了几次志远就吻自己了？而且，以这种方式追求自己，她有点雀跃，也有点飘飘然，是不是太快了？为什么有一种不踏实的感觉呢？

在酒店里，从浴室走出来的 Lisa 只穿了一件性感的睡衣，她的头发还滴着水，脸上是悲伤的表情。

放下电话的志远瞧了一眼 Lisa，将她抱入怀中，轻轻地抚慰着。“如果不是 Anna 给我打电话，我都不知道菲菲出了事情，那丫头那么的乖巧，怎么会做出那样的事情呢？”

Lisa 安静地躺在志远的怀中，“我不知道，我真的不知道。你知道我的工作那么忙，那孩子也一直都那么让人放心。我怎么会知道竟然发生了这样的事情？志远，抱紧我，我好乱，真的好乱。”

志远紧紧地抱着 Lisa，越抱越紧，一点一点地脱掉了她的衣服，将她横抱着，上了床。

Lisa 是志远的女人，他要好好安抚 Lisa。

但是志远，也希望如人间妖精的柳柳也成为自己的女人，因为志远，喜欢柳柳。

只是柳柳不知道，志远已经有了 Lisa。

第八章　回忆

柳柳不断地翻来覆去，她竟然又梦到了可怕的校园生活。

当尹柳柳从操场回到“111”宿舍时，文佳丽正在和舒子衿吵架，颜朵儿依然躺在床上，无动于衷。

“文佳丽你有什么了不起的？不就是个校花么？不就是家里有几个钱么？像你这种不上课不学习，只知道购物化妆的女人，廉不知耻！”尹柳柳从来没有见过舒子衿这么生气过，印象里一天二十四小时，舒子衿除了八个小时在寝室睡觉外，从不多说一句话，更不会脸红脖子青的和别人吵架，更何况是和文佳丽。

世间没道理，别惹文佳丽！

文佳丽冷笑了一声，欣赏着自己的美甲，慢吞吞地抱着双臂，从上到下地打量了一番舒子衿，眼中的讥讽和不屑太过明显，带着特有的尖声嚷着：“哟！舒子衿，我拜托你，还是抽点时间照照镜子吧，你这件衣服从大一开始就穿了吧？穿四年冬天你也不嫌脏啊？还有还有，你看你牛仔裤，都洗白了，你这样出去别丢了我们学校的脸！脑袋好有什么用？IQ 高又怎样？以后还不是找工作，还不是要嫁人，对了，对了，你这种一看见就反胃口的女人，有哪个男人要你啊？要不，让姑奶奶我帮你介绍几个，姑奶奶除了美貌和有钱，还有大把的男人！”

“你！你不要脸！”舒子衿整张脸都涨红着，她习惯性地推了推自己的黑框眼镜，长长的刘海遮住她大部分脸，尹柳柳还是瞧见了她眼中的泪花。她立即拉住咄咄逼人的文佳丽，“佳丽，算了算了，我们都做了四年同学和室友了，何必把话说的那么难听呢？”

文佳丽啐了一口，吐在尹柳柳脸上，“你少跟我套近乎！别以为吊上一个大学老师就是观音菩萨，老娘最讨厌看见你那副烂好人的样子！你也不闻闻你手上的洗衣粉味，恶心！”

对于文佳丽这种“气势逼人”尹柳柳已经很习惯了，她无奈地说道：“我刚刚不是去洗衣服了么……”

她已经很注意了，因为文佳丽事事都要最好，整个寝室有稍微一点不对劲都要大发雷霆。寝室任何装备都必须是最好的，连其他人用的东西也要指手画脚，要知道这洗衣液是尹柳柳鼓起多大的勇气才买的，也入不了文佳丽的眼。“瞧瞧你们那副穷酸样！一个是书呆子，一个是虚伪女，还有一个是整天只知道哭哭啼啼的林妹妹，让本小姐和你们一起住四年已经很看得起你们了，别挡着！看着就心烦！我要是你们，第一件事就是去整容！”

文佳丽说着推了尹柳柳一把，随后把舒子衿撞倒，浓浓地香水味后，是她摔门的背影。

“子衿，你没事吧？”尹柳柳将舒子衿拉起来，舒子衿不说话，刚被尹柳柳接触就很抗拒地后退几步，眼泪不停地往下垂。尹柳柳心里也不好受，“子衿，对不起，我不是故意的，你也别生气，佳丽她就是那个样子，你那么优秀，怎么会找不到男孩子喜欢呢?”

子衿头一次正眼盯着尹柳柳，“你以为全世界都如你那样幸福？站着说话不腰痛!”

子衿说完猛站起身，拿起自己厚厚的书就跑出了教室。

叹了一口气，尹柳柳真的没有办法了，她就算是使出浑身解数也不能让这个寝室安稳和谐，她瞅了瞅颜朵儿，她戴着耳塞，睡在床上，察觉到尹柳柳在瞧自己，立即将蚊帐拉好，侧过身去。

还果真如传闻中一样，“111”寝室是最诡异的寝室，住着“四宗罪”的女生：最傲慢最漂亮的女生文佳丽；最聪明最古板的女生舒子衿；最冷漠最低调的女生颜朵儿；最热心最让人羡慕的女生尹柳柳。

尹柳柳收拾战场，原来是一瓶指甲油打碎了，约莫是舒子衿不小心打碎的，便引来这场无妄之灾吧。指甲油很难擦，尹柳柳费了好大的力气才擦干净，照顾了一下自己最喜欢的仙人掌，接着打开电脑写了会儿论文，瞧着快六点了。见颜朵儿还是睡在床上，没有准备吃饭的意思，尹柳柳便小声地唤了几声：“朵儿，朵儿，我要和天皓出去吃饭，要我给你带点什么吃的吗？你好像一整天都没有吃饭呢。”

没有任何回应，只听到隐隐约约从颜朵儿床上传来的重金属音乐杂音。

摇了摇头，尹柳柳拿了包包便出门了。

说也奇怪，女生寝室最是阴风嗖嗖的，尹柳柳每次一个人从寝室楼最深处走出来，都胆战心惊的，总觉得，怨气太重。

她还是喜欢有阳光照耀的感觉。

“猪猪，在想什么?”在吃羊肉米线的时候，楚天皓整张干净明亮的脸突然来到尹柳柳面前，把她吓了一跳，“你干嘛呢?多少人看着呢。”尹柳柳嗔了一眼楚天皓，楚天皓却笑得像个孩子。

没有办法，楚天皓虽然已经三十多岁了，已经在大学里当了很多年的教师了，但总是这副大男孩样子，帅气的脸上，总是挂着让人温暖的笑容，也被尹柳柳冠名为“晒牙齿犯罪”。但是尹柳柳一有不开心的事情，只要看到楚天皓的笑容，心就会暖暖的，这被楚天皓很不要脸的冠名为“楚天皓效应。”

楚天皓从他那大碗羊肉米线里夹了好几片羊肉放到尹柳柳地碗里，“猪猪呢就要多吃点，多吃点就会把不开心的事情统统忘掉！你寝室的矛盾不是一天两天的事情了，不可能一天两天能解决，对么?”

尹柳柳狐疑地剜了他一眼，“你又知道了？我的魔术师?”

楚天皓借机从对面坐到尹柳柳身边，很正式地上下打量尹柳柳，不由分说的抓起尹柳柳冻僵的手，“你是我的乖猪猪，你想什么，我这个主人怎么会不知道呢?”“去你的!”尹柳柳红着脸，心里却很高兴。

为什么她是全校女生最羡慕的女人呢？因为她拥有全世界最完美的男朋友楚天皓——被誉为最有气质的校草，四年来，他对尹柳柳从来都是倍加呵护，无论任何场合，都会让尹柳柳成为最幸福的小女人。

有时候尹柳柳真的觉得，能遇到楚天皓，是她这辈子最幸运的事情。

正在尹柳柳发呆的时候，楚天皓变戏法的将一双毛茸茸的手套放在尹柳柳的手中，尹柳柳惊愕地望着他，他憨憨地笑了笑，“今天实习单位发了点工资，存下钱还有剩余的，就给你买了这个手套，冻坏我的猪猪，我会心疼的。”

“所以呢？所以你告诉我你的初恋，和你愿不愿意成为我的女人，有什么关系呢？”在左转九十度的书吧里，志远有点不解地问着。

一个月了，尹柳柳欠他这个回答，欠了一个月。明天就是柳柳实习期满的日子，必须要做出选择了。因为在西华公司有一条规矩，同事是不可以谈恋爱的。

自然，从柳柳的表现来说，她是非常优秀的。自从漂亮的完成了“甜蜜时光”后，她超凡脱俗的美丽迅速成为了极其亮眼的存在，丝毫不输给森亚。此外，竟然陆陆续续有商家联系上姚姐，要找柳柳拍宣传照。

虽然柳柳很不愿意，但是每次都和森亚高质量的完成任务，她也觉得成长了不少。现在摆在柳柳面前的选择很多，正式成为西华公司的员工，或者放弃在西华工作，正式进入娱乐圈。

“或者，成为我志远的女人，在我给你搭建的城堡里，成为永远的公主。”

这是志远给柳柳的第三个选择。

所以，今天他们在这里见面，志远知道柳柳心中已经有了答案，可是柳柳没有点头，却给他讲述她的大学时光。“每个人都有过去，我不介意，你的初恋也好，你的男朋友也好，我是一个成熟的男人。”

“志远。”柳柳已经习惯了这样唤他了，她低着头，笑了笑，“直到前几天，我才想起来我们什么时候见过面。面试的时候对吧？看我当时紧张的，我坐的也很远，竟然忘记了你。你刁难我的问题，是关于初恋对吧？”

“当时你的表情，深深地吸引了我。我从来没有看到一个女孩子，谈到初恋的时候，满眼全是绝望。”志远点上一根烟，缓缓道来。

“因为，我的初恋左右了我今天的选择。”柳柳抬起头，表情严肃到让人不能呼吸。

犹记得和楚天皓认识，仿佛是一个灰姑娘遇到王子般，太过梦幻。

那时阴雨绵绵，南方的城市在梅雨时节总是拖泥带水，不够爽快。但是正因为这种拖沓，让人有做梦的冲动，滴滴嗒嗒，嗒嗒滴滴……

尹柳柳兴冲冲跑到自己最喜欢吃的贵阳米线馆，老板却告诉她卖完了。这种好吃的店面通常都只卖一定数量，卖完便打烊。一脸失望的尹柳柳还是舍不得走，她就是这样的女生，喜怒哀乐都写在脸上。就在那个时候，一双手挡住了她的视线，“同学，我多叫了一碗，但是我室友有事不来了，如果你不嫌弃的话，可以吃这一碗。”

每次回忆相遇，楚天皓都很生气，因为那个时候尹柳柳根本忽略了他这个“绝种大帅哥”，只知道埋头吃米线。

尹柳柳也常常躺在楚天皓的怀里，吵着问他到底喜欢她哪一点，她长得不美，普通，身材也不火辣，实在找不出是靠什么虏获了楚天皓这样的校草级人物，楚天皓总是笑着露出洁白的牙齿，打趣道：“因为你是第一个不看我，只知道吃的傻丫头。”

和他在一起的一点一滴，尹柳柳都用心铭记下来了。想着想着，眼睛上便蒙上了一层水雾，浓得化不开。

“好了，你看你，又要哭了是不是？都跟你说了，做我楚天皓的女朋友，是不可以掉眼泪的。”楚天皓将那手套包装好，放到尹柳柳的包包里，那么绅士那么温柔。

忍住眼泪，尹柳柳只顾着大口大口的喝汤，搪塞着：“少臭美了，谁哭了？是这天气太冷了，眼睛不舒服。再说，这米线太好吃了，好吃的让我落泪不行么？”

笑了笑，楚天皓习惯了尹柳柳这种“赖皮”的本事，他最喜欢看她吃东西，大口大口的吃东西，满足幸福，他光是这么看着，看一辈子都不嫌厌烦。

“放心，嫁给我以后，我保证你天天都能吃到羊肉米线!”没来头的，楚天皓幽幽说着。

尹柳柳白了他一眼，“谁说要嫁给你啦？我们家唐甯跟我说好了，一起出嫁的。再说，就一碗羊肉米线就想打发我？本小姐要鲍鱼鱼翅，还有还有很贵很贵的，说了多少次，本小姐的身价，贵得很!”

“好好好，我的小财迷，小猪猪，只要你想要什么，我就给你什么，好了吧？”

冬天很冷，说话都能酝出一团一团的白气，再加上小餐馆里水汽热腾腾的，氤氲着，填充着。尹柳柳就这样盯着楚天皓，乱了她的眼波，却仿佛看到了幸福。

这一辈子，有这么一个男人宠着爱着，没理由不幸福。

手机铃声响起，又将尹柳柳的感动统统打断，一看来电号码，她便立刻接了起来，“喂，姐，怎么啦？”

电话那头只传来妖精模糊不清的声音，“柳柳，柳柳，我的好妹妹……好妹妹……来，再喝一杯!”

一听便知道是在发酒疯，“姐，你是不是喝醉了？你现在在哪里？”

“你好，我是妖精的朋友，她现在喝的很醉，我更不知道她住在哪里。”电话一头传来非常有磁性的男人声音，沙哑的很性感很好听，尹柳柳立即打住自己的胡思乱想，因为已经瞄到楚天皓阴沉的一张脸，立即抽身走到饭馆外面，“她住在九牌坊，香居大厦，你把她送到那里，我立刻到!”

立即挂断电话，尹柳柳也不继续吃了，“天皓，我有急事，我先走了。”说着就往外跑，“柳柳！柳柳!”楚天皓还是在路边抓住了尹柳柳，他狐疑地盯着尹柳柳，“你是不是又要去见那个女人？柳柳，我真的不希望你再跟她有什么交集，这样我……”

“你会很紧张很担心嘛，天皓，我知道，可是妖精姐不是你想的那样。是，她是和我非亲非故，但是她真的是个很好很好的大姐姐，你不能因为她的职业而完全否定她，好么?”尹柳柳之所以跑得那么快就是想要避开这个话题，每次说到妖精姐，他们总是不欢而散，她真的不希望再和天皓争执。

她的双手拉住了楚天皓，说道:“天皓，我知道，你对我这个朋友我这个姐姐很有意见，可是你看我和她认识一年多，我还不是好好的，我依然还是你的小猪猪不是么？只是你不认识妖精姐，我保证，会安排你们见面，我保证你会对她有所改观，你先让我去好不好?”已经使出撒娇的手段了，尹柳柳今天够乏了，不想再和最爱的天皓继续吵下去。

楚天皓叹了一口气，轻轻地抱着尹柳柳，温柔地说道:“我知道，我知道你为难。我追上来，只是想抱一下你，我特训一个多月了，真的好想你，每一分钟每一秒钟都在想你。今天好不容易放假，你连拥抱都舍不得给我一个，那么焦急地就走，我能甘心么?”

尹柳柳笑了，她也环抱着楚天皓，天皓很高，她的头刚好到他的胸脯，她闻着他身上清新的味道说，“对不起，我还不是着急么？等我回来，让你尽情抱个够!”

“呵呵……”楚天皓笑了笑，亲了亲柳柳的额头，“你想去就去吧，我会找机会认识你这个大名鼎鼎的姐姐，我也答应你，会试着接受她，因为你喜欢的当然也是我喜欢的。好了，不说了，我给你打车，你要注意安全，记得给我电话。”

尹柳柳如啄木鸟那样猛烈地点头，看着楚天皓努力给自己打车的背影，她真的很幸福，很满足。

她这一辈子，确定非这个男人不嫁了。

“小姑娘家，谈恋爱的时候容易入魔，也不是什么很奇怪的事情。丫头，你跟我讲这些，我会很吃醋的。”

“可是，这是一个很长很长的故事，你必须听完，才知道真正的我。”

“好，但是明明是你和你男友的事情，为什么又多出了一个所谓的妖精?”

“妖精姐，是仅次唐甯的，我最重要的人。”柳柳斩钉截铁道。

第九章　内心的刺

拖着喝得酩酊大醉的妖精，好不容易到了公寓，放下妖精，尹柳柳便立即去找药箱准备解酒药。

这是一间很小资情调的公寓，整个装设都如一个蓝调酒吧，蓝色的灯光，音箱里总是一个女生用沙哑的嗓音演绎的《sunshine》，透明的水晶杯，总有很久年代的红酒。

活脱脱的一个小酒吧。

“妖精姐，来，喝点醒酒的。”尹柳柳将解酒灵送到妖精的嘴巴里，特有的香水味和浓烈的酒味交杂在一起，有一种强烈的冲击感，妖精眨了眨眼睛，“柳柳？你没有去陪你完美的男朋友，到我这里来干什么？”妖精顺势倒在柳柳怀中，掐了掐柳柳平平的胸部，“难道是想让我看看你的小咪咪长大没有？”

尹柳柳立即抓住妖精的魔掌，“我的好姐姐，你醉成这样了还闹！”

“哈哈！我的柳柳生气了？你那个什么上天的耗子男朋友还没有向你求婚？没有让你见家长？”妖精突然站了起来，踉跄了几步，从沙发上坐到了吧台，嚷着：“给我酒！waiter！”

柳柳见状立刻扶着妖精，不让她再有接近酒的机会，强行扶着她到了卧室里，一边为她脱掉鞋子，一边说道：“妖精姐，你要让我说多少遍？天皓不是天上的耗子！他是我的男朋友，还有，他虽然没有向我求婚，但是我已经准备好嫁给他了，这个就不用姐姐你担心，最后，天皓说了，他父母是非常开明非常通情达理的人，我根本不用担心见家长！”

盖上被子，那被套是玫瑰红，和妖精脸上的红晕相得益彰。

妖精的拇指抖动着指着尹柳柳，“不害臊的姑娘！天天想着和你男人结婚！比我还不害臊！”

叉着腰，总算是把这个麻烦精搞定了，“是啊是啊，我不害臊，不害臊的紧！你就乖乖地躺着，我去给你拿着热帕子洗脸。”刚走到门边，妖精突然说起话来，“他父母肯接受你就好，要知道，不被家人祝福的感情，注定是个悲剧。”

没有喝醉的熏熏样，也没有平时的开玩笑，而是一种严肃和正式，正式的让尹柳柳内心慌慌。

逃似的冲出了房间，尹柳柳竟然有一种怯怯感，摸不着头脑。

当拿着冒着热气的洗脸帕回到卧室的时候，妖精已经睡着了。尹柳柳笑了笑，坐到床边，认真地为妖精擦拭着已经花了的妆容，一张干净绝美的脸呈现在尹柳柳面前。妖精不管化妆不化妆，都是那么美，正如她的名字一样，妖艳成精。她是尹柳柳见过最有魅力和最漂亮的女人，身上总是让人难以抗拒的魅力。

她不知道妖精真正的名字是什么，来自哪里，父母家人在哪里，只知道她有个特别的职业。

说好听点是上流社会的交际花，说难听点就是有钱人的专职情妇。

妖精如开在悬崖边的一朵多情花，搔首弄姿，美艳惊人，而无数男人都为摘取这朵毒花甘之如饴，即使粉身碎骨，万劫不复。

其实妖精在睡觉的时候很安静，很可爱，脸上总是带着微笑，像足了一个小孩子。

“晚安，姐姐。”

轻轻在妖精额头上一吻，出了卧室。

简单的整理了一下房间，准备好明日的早餐，留下一张便条，尹柳柳才安心地离开。

想起应该给楚天皓打电话的，看手机已经快十点了，他应该已经睡了，便发了条短信，乘着最后一班公交车回学校。

公交车上，尹柳柳戴上耳机，里面是她喜欢的英文歌，坐在最后一排，靠着窗，欣赏着美丽的风景。除了唐甯，能够让自己那么上心的，也只有妖精姐了。妖精是自己一年前认识的，很机缘巧合的认识，因为她身上有一种迷人的气息，让柳柳不得不被妖精吸引，她忍不住想去了解妖精，却发现，越了解谜团越多。

“终点站到了。”

公交车上的提示音把尹柳柳从回忆中拉回来，她瞅瞅时间，快十一点了，便迷迷糊糊地下了公车，走到学校里。

到了宿舍大楼时她的眼皮都快闭上了。

但是一阵异常香浓的饺子味让她立即来了精神，这个味道正是她最喜欢的那家饺子馆的，抬眼望去，刚好看到楚天皓在昏暗的灯光下对着她笑，还有他手中的饺子。

“慢点，你慢点吃，别噎着了。看吧，我就知道，你晚上吃那么点东西，现在饿着了吧？”楚天皓心疼地为尹柳柳擦去嘴角的油渍，脸上始终带着微笑。

“太好吃了……饿死我了……”尹柳柳已经吃完一碗了，长长地舒了一口气。楚天皓变戏法一般地又拿出一碗，“我就知道一碗满足不了猪的胃，吃吧，趁热。”

尹柳柳若不是想着自己口中还残留着饺子味，真的很想抱着楚天皓狠狠啃一口，转念一想，道：“算了，我要减肥，这碗还是给朵儿带回去吧，她最近胃口不是很好。好了，吃饱了，我最完美的男朋友，现在你的女朋友很想睡觉了。”

一丝失望从楚天皓眼中闪过，不过很快，没有让尹柳柳抓住。他点了点头，然后试着问着：“我送给你的手套你打开看了么？”

“还没呢，准备回去再看。我知道，我贴心的男朋友对我很好很好，那如果现在放我去睡觉呢，我会更爱你。”尹柳柳挽着比自己高很多的楚天皓，发起嗲来。

楚天皓没有办法，“好吧，早点回去休息。”

“yes！我最爱你了。”踮起脚，尹柳柳亲了亲楚天皓的额头，拿过饺子转身要往宿舍楼道跑。

却被楚天皓从身后伸出的手抓住了腰。

“柳柳……”

楚天皓其实有时候真的和一个孩子一样的，脸上藏不住秘密，而且喜欢从后面抱住尹柳柳，把他的脑袋放在尹柳柳的颈项处，在柳柳耳边一遍又一遍地喃喃道：“柳柳，柳柳，柳柳。”

不分场合，不分时间，楚天皓总是肆无忌惮地“放肆”着。

尹柳柳脸红了，虽然早已经习惯了楚天皓的这种撒娇方式，可每次都会脸红，甜蜜地脸红。她喜欢上楚天皓本来是因为他的成熟和稳重，但是自从和他谈恋爱后，发现楚天皓比自己更幼稚。

“怎么了？楼上的人都看着呢。”

“她们爱看就看呗，全校谁不知道我楚天皓的女人是尹柳柳？全国人民谁不知道我楚天皓未来的老婆是尹柳柳？”

这也是楚天皓的口头禅，每次都霸气的带着几分自豪不厌其烦地重复着，仿佛在炫耀着自己最珍爱的宝物一样，连眼睛里都放着光。

被楚天皓逗乐了，尹柳柳打趣地说：“从哲学上来说，你犯了主观唯心主义！我的小王子真的太可爱了。”

紧紧地搂着尹柳柳，努力地呼吸着她发间的清香，抱着她，仿佛抱着全世界一样满足。“柳柳，我舍不得你走。我们才刚见面，我就舍不得了。柳柳，我想你，柳柳，我爱你，柳柳，我不能没有你。”

男人说情话多了会觉得浮夸，可是如果一个男人始终只对一个女人说同样的情话，连语气都带着祈求，那女人真的该好好珍惜眼前的男人，至少，他在这一刻，是真心爱你的。

眼睛里掺着蜂蜜浆，甜得滚下热泪。她不想让楚天皓看见自己这个样子，拍了拍他的手，“天皓，不要对我这么好，我会被你惯坏的，不要说得太频繁了，我还有一辈子的时间听你说，不要再给我下迷汤了，我怕我今生没有你，活不下去。”

声音低低的，只有两个人才能听到。情人间的情话，只有情人才能听进去。

“尹柳柳同学，快点，马上就要关宿舍大门了！”宿舍阿姨带着诡异的笑容嚷了一声，完全破坏了两个人之间的温存。

尹柳柳扳过身子，痴痴地盯着楚天皓，“快十一点半了，要关宿舍门了，你也快点回去，别每次都麻烦阿姨给你开门，知道你是师奶杀手，可是也不能太招摇！”楚天皓听了，笑了笑，理了理柳柳的头发，“快进去吧，早点睡。”

“嗯。”踮起脚，在楚天皓的嘴唇上轻轻地啄了一下，才依依不舍地走到了宿舍。

楚天皓就这么死死地盯着她的背影，直到她一点一点地消失在自己的眼帘中，还是微笑着。“健忘的小猪猪，我们的纪念日都忘记了，不过没有关系，很快，你只要记住结婚纪念日就是了。”

那一夜，雨很大，楚天皓撑着一把蓝色的伞，一点一点地移动着，远处看着，仿佛是一颗棋子。

尹柳柳继续沉浸在自己的故事中，瞧着手中的热茶一点一点的冷却下去。她和唐甯真的很像，两个苦命的孩子，但是当她和楚天皓在一起的时候，她觉得自己的初恋是幸福的，是美好的。

“然后呢？你和你的男友到底有什么样的不可抗拒的原因，竟让你们分手了。”志远就这样坐在那里，眼睛盯着这个越来越美丽的女孩子，感受到她曾经的幸福和倔强，竟然有一种怜惜。

“我怀孕了。我发现，我怀孕了。”尹柳柳对上了志远的眸子，笑了笑，笑得流出了眼泪。

那是大四的圣诞夜，街头巷尾都有着节日的气氛，圣诞老公公总是憨态可掬地对人笑，让人忍不住也想跟着笑起来。

尹柳柳是不反对过洋节的，倒不是她崇洋媚外，她也过中国的节日，只是觉得跟着大家伙过洋节，让365天中的一些日子有了特殊的意义，给自己和他人多了快乐的借口。

肯德基里正放着陈奕迅的《圣诞结》，那幽幽的嗓音，配合着陈奕迅独有的情感演绎方式，伤感中带着节日的气氛，很醉人。

“如果我有孩子了，怎么办?”尹柳柳就是在这样的气氛下问楚天皓，让楚天皓措手不及地差点噎住。

拿着尹柳柳递来的大杯可乐，他“咕噜咕噜”地往下灌，总算是吞下去了。喝完后，拍了拍胸膛，脸涨得红红的。这就是楚天皓，只要激动了，就会脸红，是一个上心上脸的大男孩。他佯装生气地掐了一下尹柳柳地脸颊，说道:“说什么傻话呢?你想谋杀亲夫啊?”

尹柳柳给楚天皓擦着嘴唇，楚天皓乖乖地伸长脖子让尹柳柳擦，他最开心的事情就是被尹柳柳关心着，宠着，爱着。可是今天晚上尹柳柳地眼睛里仿佛掉入了什么东西般，浓得化不开。“说了我还没有嫁给你呢，你算哪门子亲夫？问你呢，如果我怀了你的孩子，就现在，你会怎么办?”

这下楚天皓脸立即苍白一片，一把抓住尹柳柳地手，压低声音焦急地问着。“还是没有来吗？真的怀上了？我就说那个牌子的安全措施不好，你不信!”

这下轮到尹柳柳脸红了，她立即抽出自己的手，哭笑不得地望着楚天皓慌张的表情。没错，她早就是楚天皓的女人了，在大学里，交往了一年还没有开房结合的情侣，应该是恐龙级的国宝吧。更何况，楚天皓都三十岁了，在情欲面前，出奇的不害羞，两个人正式结合在一起时，天知道楚天皓有多兴奋，一个劲地抓着尹柳柳地手说:“我宣布，尹柳柳现在是楚天皓的女人了，任何人都不准抢走，因为我有了记号。”那驴子般搞笑的样子让尹柳柳哭笑不得，她很大方地承认了自己和楚天皓之间的这档子事。

因为没有什么见不得人的，她爱楚天皓，爱到愿意把自己交给他，完完全全地交给他。不是他逼她或者是花言巧语地诱骗，是自己愿意的，她偏激的认为，就算是结局不那么美好，至少自己曾是他楚天皓的女人，在他的怀中温存过，幸福过。在这点上，尹柳柳承认，她是受到了唐甯的影响，她们都是那种傻傻的，不顾后果的女人。

自从有了关系，楚天皓很注重柳柳的私人空间，他还每个月都很认真的记录尹柳柳地经期日期，搞得如一个妇产科专家一样，什么都懂。

尹柳柳瞪了一眼大惊小怪地楚天皓，“听不懂我说什么么？我说如果。”

楚天皓松了一口气，那么的慎重，那么的安心。

正是这个表情，这种放松的表情，深深地烙入尹柳柳的心中，不知道为什么，她觉得心中有根刺，刺得她难受。

“这个问题我没有考虑过呢，你知道，我常常不考虑坏事，只考虑好事情。比如你什么时候嫁给我啊，什么时候和我去蜜月旅行啊之类的。”楚天皓笑眯眯的，没心没肺地笑。

尹柳柳觉得自己的新奥尔良烤翅味道有些不对了，没有任何食欲的她，声音低低地问：“我怀了你的孩子，是坏事情么？”

完全没有看到尹柳柳那张渐渐转为阴暗的脸，楚天皓认真地将鸡腿上的肉剔下来，因为尹柳柳最喜欢吃没有骨头的鸡腿。“怎么说呢，在我们还没有准备成为父母亲的时候，有个生命到来，总之说不上是什么好事吧？好了，别跟我说这些科幻故事了，来，尝一尝圣诞老公公亲自为你准备的鸡腿肉丝。”楚天皓笑得灿烂，他完全置身事外的样子，让尹柳柳感觉心疼。

那是头一次，尹柳柳感觉到自己和楚天皓之间有一堵墙。

城外的人想进去，城里的人想出来。

“我不吃了，我想起来我还有事，我先走了。”心里一阵郁结，尹柳柳突然不想和楚天皓待在一起，明明很难得的节日，很难得的在一起过节。拿起包包就往外走，尹柳柳将自己的小脑袋埋入围巾里，冲了出去。

楚天皓像个无辜的孩子一样，追了出去，脸上还是带着笑容。“柳柳，你怎么突然就走了？是我做错了什么？还是我说错什么啦？好了，我认错好么？今天是圣诞节，我们的约定，绝对不可以在任何节日吵架的，不是么？”

尹柳柳知道自己有点无理取闹，可是她真得不想带着这种心情和楚天皓待在一起。“每次都是这个样子，只要我一生气，你都不知道我为什么生气就跟我道歉，就说对不起。这样问题根本就没有解决，不过是敷衍的假象！天皓，我不想和你吵架，我今天心情真的很不好，也不是你哪里做的不好，是你做的太好了，我真的很想一个人静一静。我明天会给你打电话的。”尹柳柳还是一个人往外面走着。

他知道，她是真的生气了。他也知道，她说的很对，自己这次是真的不知道她为什么生气的。他更知道，如果现在缠着她，后果只会愈演愈烈。

只能够眼睁睁的盯着尹柳柳的背影，他感觉自己很无奈很无助。

他可是死活向教导主任请了一晚上的假来陪她的，他还没有好好跟她聚聚，怎么突然之间就变成这样呢？他还准备了很多很多节目，连女主角都走了，他怎么继续？

走着走着尹柳柳就后悔了，自己不应该冲楚天皓发脾气的，可是自己就是控制不了。她习惯了对别人好，对别人友善，努力控制自己的情绪，可是对楚天皓，她总是喜欢乱发大小姐脾气。

她也常常认真的忏悔，可是没有办法，因为楚天皓对她太好了，人果然是贱的。更可况，自己真的怀上了楚天皓的孩子。

已经是第二包烟了，志远有点不懂了，“他说的很对，你当时还是个学生，他也是你们学校的老师，那个时候有了孩子，真的很麻烦。”

果然，成熟理智的男人，做出的判断都是正确的，尹柳柳只能苦笑了。

志远继续追问道：“就因为这样，你打掉了孩子，你们分手了?”

尹柳柳抬起眸子，“如果故事那么简单，就好了。”

第十章　久远的纠葛

“柳柳，我怎么有一种很不好的感觉呢？我怎么感觉今天你告诉我这些事情，然后会拒绝我呢？“

柳柳笑了笑，然后瞧着夜幕中的这个城市，“还记得我送给你的那个包装袋吗？那是我亲手做的，我约你，在这个地方。可是志远，你没有来，我在这个角落，在这个地方，等了你一整天。你知道我在想什么吗？我想到了楚天皓和妖精姐姐，想到了命运的不可抗拒。

“不懂。柳柳，我是个生意人，我希望你说的清楚，明白一点。”

“流产不是我故意的，因为我的身子太弱了。当初甯甯来学校看我，她还是摆脱不了对顾云栖的思念，我陪着她跑步，所以，我流产了。“

“然后呢？“

“然后，然后当我在医院的时候，楚天皓和妖精姐见面了。楚天皓虽然嘴上没有说，但是他对我埋怨，甚至，是责怪。我也不清楚那段时间，到底怎么了，不想见楚天皓，将他赶出自

己的视野，不想见到他一眼。“

叹息一声，志远总算掐断了烟头，“你不用再说了，我已经猜到了。你的前任男朋友，爱上了那个熟女交际花？”

“果然是饱经风霜的大商人，你果然一猜就猜中了。”尹柳柳笑了笑，搅拌了一下手中的饮料，“确实是这样的。我那段时间，脑袋出了问题吧，不想面对楚天皓，我们一见面就吵架，你相信吗，那么疼爱我那么宠爱我的人，因为一次流产，我们心中的隔阂，越来越大。我保研的事情学校批准了，我不能在那个时候让学校知道我流产的事情，我就搬到了唐甯租的公寓。一住就是半年，最开始，楚天皓还经常找我，妖精姐也经常来看我。只是，慢慢的，他们都渐渐消失在我的世界里了。”

柳柳抬起头，盯着志远，“等半年后我回到学校，朵儿她们才告诉我，才告诉我，楚天皓和妖精姐结婚了。我觉得我的世界都坍塌了。”

“其实这种事情不难解释。你想一想，楚天皓渴望一个家，一个能够和他结婚的女人。而你的妖精姐，一个混迹于花花世界的交际花，她也是个女人，渴望一种安定的正常的生活。两个人一拍即合，各需所求。只是，只是，他们对不起你。”志远很理智的分析，最后，很怜惜地盯着眼前的姑娘。

眼睛红红的柳柳笑了出来，“是啊，他们都对不起我，我都快疯了。你看到我这只手上的伤疤吗？那个时候我自杀的。是甯甯救了我，她把刀子夺过去，对着她的脖子，她说，如果我对这个世界没有任何的眷恋，就任由她跟着我死去。事实证明，我不想要她死，所以，我对这个世界，还有留恋。”

故事，总算是讲完了。

从清晨讲到了夜幕，柳柳把楚天皓和妖精背叛她之前的事情描述的很清楚，特别是她和楚天皓的细节，但是，故事的结局，却一笔带过。志远总算是明白了此刻的柳柳，她弱弱的眼神里，单薄的身子里，那一种倔强是从何而来了。

一个被爱情友情抛弃，一个单纯到自杀过的女孩，她的内心，该有多么强大。

“柳柳，相信我，我能给你绝对的幸福。”志远最后低声说道。

“志远，我的选择很简单。我选择进入娱乐圈，你还记得森亚吗？他的经纪公司准备签下我，也算是一种缘分吧。至于你，我没有办法成为你的情人。”尹柳柳停顿了一下，最后鼓起了很大很大的勇气，才缓缓说道：“我要做你的妻子。志远，我承认，我对你有好感，所以，要么我成为你的妻子，要么，我们成为路人。”

志远惊愕地盯着眼前的尹柳柳，怎么都想不到她的选择，是这样的！

Anna 坐在车上，用 iPad 看着最新的股市行情，Lisa 打来了电话。

“学姐。是，我在等 boss，已经去了一整天了。是的，我昨天约了尹小姐，把一切都告诉她了。只是学姐，我觉得尹小姐并不是外表看起来弱弱的样子，她真的能主动放弃吗？”

Anna 担忧地瞧着窗外，在书吧里，僵持的两个人。

新年对于每个中国人来说，是充满着希望的放松日子。而对于尹柳柳来说，却是不一样的。她在西华的实习时间满了，她还是决定去闯荡不一样的生活和人生。这是第一次，她大胆地做出了一次选择，姚姐很舍不得她离开，熊珺研依然没有好脸色给她看。但尹柳柳很欣慰，她觉得这次实习的收获大过预期。

志远依然没有给她回复，她发现，远离了唐甯的庇佑，自己其实也成长的很快。本来是志远给她的难题，如今她却丢给了志远。

她不是傻瓜，在实习期，志远对她的无微不至，对她霸气的追求，是可以让每一个女孩子心动的。尹柳柳沉浸在突如其来的幸福中时，姚姐给了她当头棒喝。志远是有家室的，而且，据说也有固定的情人。

那段时间，尹柳柳在只有她一个人的房子里哭的死去活来。是她大意了，如志远那么成功那么有魅力的男人，怎么可能到现在还单身呢？少女们都幻想着成熟稳重比自己年纪大的男人来呵护自己疼惜自己，但是却没有思考过，那么优秀的男人怎么可能会一直单身？

尹柳柳不甘心，不甘心自己满心期待的幸福再次成为泡影。或许是楚天皓和妖精的背叛让她内心煎熬吧，她，不能再被动地等待。

现在最痛苦的是志远，他新年和 Lisa 约好一起去意大利旅行。但是尹柳柳的影子，在他的心中，挥散不去，他不知道怎么形容柳柳的存在。

在飞机候客厅里，志远深陷在与柳柳的一点一滴中。起初，柳柳的气质和柔弱引起了他强大的怜惜之情，不过越接触，越发现那个姑娘身上不仅仅只有一面，她总是给他太多的惊喜和感动，柔弱的身体里蕴涵着无限的倔强。特别是那日在书吧里，她娓娓道来的初恋故事，更让人觉得心疼和怅然，这样的女孩子，让人没有办法忘记与割舍。只是，因为她，就背叛自己的家庭，值得吗？

“我的大老板，你在想什么想的那么认真?”Lisa 笑着走了过来，戴着墨镜，没有办法掩饰的明星气质让坐在志远旁边的她更显千娇百媚。

志远微微一笑，“你跟我出去玩，菲菲怎么办？她最近好点了吗?”

Lisa 拨弄了一下自己的头发，“那丫头也不知道最近怎么回事，整个人又变得乖巧开朗了，我算是不懂他们年轻人的世界了。”

“是啊，孩子们都会变的，只要变好就行了。”

Lisa 低头抿嘴一笑，然后突然想到什么似得，从包包里取出一份报纸，“诺，说到变，我觉得你们公司的那个实习生，才是让人刮目相看呢。“

柳柳?

志远打开报纸，全部都是关于尹柳柳的新闻，还有崔森亚的身影。崔森亚出席任何场合都带着公司新签的艺人尹柳柳，而尹柳柳也成为了崔森亚最新的绯闻对象，占据各大新闻版面的头条。这让志远越看越不爽，虽然志远很清楚这不过是崔森亚公司想捧红新人的把戏，但是在志远眼中，只看到森亚呵护柳柳的照片。

“我突然觉得有点不舒服，不想去意大利了。”

很突然的，让 Lisa 有点措不及防。“你开什么玩笑？马上就要登机了好不?”

“我说了，我不想去了，你一个人去，或许带上菲菲去吧，我没有心情。”志远立即拿起自已的行李箱，不管 Lisa 的诧异，转身就离开了大厅。

Lisa 痴痴地盯着志远的背影，有点喘不过气地再望向座位上的报纸，上面的尹柳柳笑的很灿烂，灿烂到让人想毁掉她。

“志远，我和你十年的感情，还比不上这个黄毛丫头吗？你，是真的动了心吗？”一向霸气异常的Lisa突然失魂落魄地喃喃低语。

尹柳柳在最快最短的时间里，占据了各大媒体，因为拥有“崔森亚绯闻女友”的身份，即使已经如日中天的Linda都没有尹柳柳的强大气势。尹柳柳每天看剧本看的头都疼了，经纪人覃帆竟然让她接下了一部影视作品，尹柳柳被这种突如其来的日子搞的找不到南北。

正式确定下来了，要让尹柳柳下一个月正式入主《最美丽的天使》这个剧组，尹柳柳在里面饰演女二号品嫣，是一个默默无闻的女护士，默默的爱着男医生，最后用自己的生命换取男女主角在一起的伟大女性。故事的编剧是眼下最炙手可热的金牌编剧，这部戏也因为俊男美女广受观众的期待。其中男主角便是崔森亚，女主角是一个现在也很红的女演员乔子。为了让尹柳柳的处女作成为最大的点金之作，覃帆是费了一番功夫的，他特意让尹柳柳接这个戏，是因为尹柳柳刚刚走进大众的视线，要符合她现在的形象气质，要具有非常亲民的角色，挑来挑去，就挑住了这部戏。

尹柳柳方面呢，她当初只是以为自己是做模特的，因为崔森亚的提议，她签了他们的公司。她是个中文的硕士，对演戏什么的根本不懂，如一个无头的苍蝇，只能天天赶通告。

尹柳柳每天都很努力的背台词，不仅背自己的台词，更是将整个剧本背了下来，每天都带着无比期待的心情等待着。在正式开拍的前一天晚上，她甚至兴奋的睡不着。成为一位明星，前半辈子尹柳柳是想都没有想过的，尹柳柳仿佛看到了自己快要成功的画面，蠢蠢欲动。

“咔！尹柳柳，你演的是护士，不是保姆，重来！”

“咔！尹柳柳，你的眼神望着哪里？你饰演的品嫣是一个内向的女孩子，出现暗恋对象的时候怎么可能会直视？重来！”

“咔！尹柳柳！重来！”

“咔！重来！重来！重来！”

……

只是短短的一天时间，尹柳柳就这样被导演无数次的重来，就这样尹柳柳越来越拘谨，越来越找不到感觉，越来越害怕，错误也越来越多，连倒背如流的台词也忘得一干二净，最后简直都害怕看见摄影灯，害怕看见导演和工作人员。

“导演，柳柳她可能第一次拍戏，你让她去休息一下吧，拍其余的戏吧。”一向冷酷异常的崔森亚竟然贴心地建议道，导演也无奈的叹了叹气：“好吧，尹柳柳，你休息十分钟，好好的琢磨琢磨你该怎么演。”导演也算是看在崔森亚的份上，放了尹柳柳一马。

尹柳柳如没有充电的娃娃一样，很落魄地来到厕所里关上门，很无力地蹲下，将自己的脑袋埋入双臂里，陷入了沉思中。

“喂，你说这个新人尹柳柳到底会不会演戏啊？整个一天的时间都拿给她浪费了，简直气死人了，不知道浪费了多少人力物力，真的是太荒谬了。”随着冲水的声音，一个女人从厕所中出来，来到镜子前补着妆，不满意的说着。

“是啊。这个圈子里谁不知道崔森亚是鼎鼎有名的一条过？今天为了这个老鼠屎，崔森亚也连累着重来了很多次。不过奇怪的是，脾气那么不好的崔森亚竟然没有要求换演员，你说他们不会真的是情侣关系吧？”另一个女人也出来了，加入了议论的圈子里。

“可不是嘛？看着最近的媒体都在铺天盖地的宣传这个尹柳柳，我也多期待她有怎样的表现呢，结果呢，是一个不折不扣的连台词都记不住的花瓶！真是大失所望！一个新人能够演女二号，而且是在这种大戏里，简直是奇迹了，她居然不知道珍惜，我们这些演了多少年戏的人，却只是一个小小的配角，真的是太不公平了。”

“喂，你说，这个女人到底凭什么的啊？会不会真的是因为崔森亚？我以前听 Linda 姐的化妆师聊过，当初 Linda 主动追求过森亚的，结果呢，森亚酷酷地拒绝了女神，说什么他心里早有人了，莫非那个人就是这个弱不禁风的林妹妹？”

“瞧你说的，不过你说的也有几分道理。但是以崔森亚的条件，怎么会看上这个花瓶？这个尹柳柳，顶多算得上清纯，还真不知道有什么能耐呢？”

“哈哈，就是就是，这种女人，哈哈，也不就是一个靠身体上位的女人，恶心，特别是这种装纯洁的女人！”

说着说着两个嚼舌根的女人就出去了，留下尹柳柳一个人在厕所里待着，眼泪无声的流了下来。尹柳柳，你这个没有用的女人，自己不会演戏就算了，竟然连累到了一直帮助自己的崔森亚，你该死你该死，你该死！尹柳柳不住的捶打着自己，很难过很难过。

“喂？”

“覃帆，我是崔森亚，尹柳柳回公司了么？”崔森亚的语气有点着急。

“没有啊，她不是去拍戏了么？我在帮她安排活动，怎么啦？”覃帆拿下手中的合同，有点惊讶。

“覃帆，你听着，放下手中的事情，赶快去找尹柳柳，今天她整个人完全不在状态，导演又是一个很苛刻的人，所以在语言上有些埋怨。导演让她休息十分钟，但是两个小时过去了，她人还没出现，而且手机也关机了，我有点担心她。我还有几场戏就完了，你先去找找她会到哪里，导演这方我已经沟通了，导演会卖我面子的，但是规定要她三天内回到剧组，而且是最好的状态。”崔森亚简明扼要的说着，心里真的很担心尹柳柳。

“好，我知道了，我一定会找到那丫头的。”覃帆风一般的从办公室里冲了出来，去寻找失踪了的尹柳柳，覃帆是一手捧红崔森亚的经纪人，从来没有看见一向冷酷的崔森亚会如此焦急担心，那小子，真的对那丫头上心了？

覃帆猜测的没有错，崔森亚确实上心了。拍戏结束后，他就马不停蹄地去找尹柳柳了。他先是来到了尹柳柳出道发表会的大厅，转了一圈都没有尹柳柳的影子，崔森亚有点失望，以为她会在这个地方疗伤。正准备离开的时候，却看见顶楼的灯光突然打开了。

上了顶楼，迎面就是徐徐的风，还有一个隐隐若现的女子。

尹柳柳一个人吹着风，只有这样自己的脑袋才能够安静下来，才能够没有那么痛那么乱。她发觉自己身后有很重的脚步声，转头一看，竟然是还没有卸妆的崔森亚。

“幸好，你在这里。”穿着白大褂的崔森亚尹柳柳并排站着。风很大，夕阳也缓缓的落下，天空中的火烧云很美很美。时而变幻，时而缩小，时而张狂，从任何一个角度看，都是充满想象力和幻想的。

“我只是想安静地待一些时间。”尹柳柳有点疲惫，眼神有着迷离，崔森亚清晰的看到了尹柳柳未擦干的泪痕，看来这个丫头是真的哭过。

“当初我第一次拍戏的时候，演的是个跑龙套的，天知道我多么希望能和其他演员一样被导演骂，你知道比起被骂，无视的感觉是多么痛苦吗?”崔森亚点上一支烟，却因为风很大，怎么也点不上，尹柳柳看着他重复的动作就想笑，转过身，夺过打火机，崔森亚识趣地用手挡着风，尹柳柳便顺利为崔森亚点上了烟。尹柳柳认真的表情让离得很近的崔森亚有点愕然，回忆立即被打开了，那些匆匆的少年岁月，崔森亚的脸上竟然出现了红晕。

尹柳柳替崔森亚点燃烟卷后，便再次迎着风，将自己的头仰得高高的，看着变幻莫测的火烧云，轻轻地说着：“你看这火烧云多美啊，谁会想到，这个冬天竟然也可以欣赏到这样的美景。可以像奔腾的骏马，也可以如静态的草莓，更如点点的彩虹，火烧云觉得是自己本事大，可是不断有人在提醒着它，这不是它的本事大，而是因为风的原因，是光线的原因，是夕阳的原因，不是它的原因，它只是一个无耻的借着别人上位的下贱东西。”

尹柳柳的话很轻很轻，仿佛风絮都可以将这些简单的话语带到很远很远的地方，可是只要你听到任何一个字，用手抓住的话，可以感受到莫大的悲哀，震撼的酸痛和落寞的心情，崔森亚感受到了，那种深深的敲打犹如海岸上的浪花一阵又一阵。

“那你可以帮我一个忙么?”崔森亚幽幽地说。

“什么事？我现在还能够做什么事么?”尹柳柳有点自嘲。

“替我告诉这些火烧云，告诉她们一句话，走最牛 B 的大道，让所有的傻 B 都去说吧!”

尹柳柳先是一愣，但是很快就反应过来，立即大笑起来，崔森亚居然听懂了尹柳柳说的话，他是那么的坦诚，眼神是那么的纯粹，那么让人安定。尹柳柳一直笑一直笑，疯狂的大笑，放肆的笑，最后，竟然笑的直不起腰，竟然笑出了眼泪，最后演变成最轰轰烈烈的落泪。

“为什么会是这个样子，难道当初我的选择错了吗？我只是想尝试一下不同的人生，我不想再成为别人眼中柔弱的小白兔。我有做好努力的觉悟，可是，森亚，你知不知道，我虽然明白公司的一片好意，但是我真的不想成为别人口中出卖肉体的女人，我也不想，破坏你的名声。我们相识在拍摄现场，可是你一直都有默默地支持我帮助我，你是我很珍惜的朋友。不是有一句话叫做天道酬勤么？或许我真的不适合做这一行吧，我认为自己行，仅仅是自己而已。”尹柳柳哽咽着，虚弱地蹲了下来，无力极了，伤痛极了。

“我不懂你的意思，我，只是你的朋友吗？”崔森亚抓住栏杆，很犀利的说着，有气无力的，但是其中的讽刺意味一听便能听出。

尹柳柳停住了，呆呆地扬起头，望着崔森亚，“你说什么？”

夕阳最后一点点的光线打射在她白皙的脸颊上，大大的眼睛挂着泪水，嘴唇润润的，尹柳柳这副样子，任何一个人见了都我见犹怜。崔森亚情不自禁的，完全没有理智的，蹲了下来，拿出自己的纸巾，仔细为尹柳柳擦拭着泪水。

那么认真，那么心疼。读出了崔森亚眼中的关心，尹柳柳也忘掉了时间忘掉了时空，心里竟然有种疯狂的跳动。时间在风中静止，风中带着暧昧，缱绻。

一点两点，点点如心。如静静的湖面上，突然就这样荡起了一阵一阵的涟漪，无声无息。

崔森亚就这样仔仔细细地为尹柳柳擦干了眼泪，最后有点点的泪珠遗落在尹柳柳红润的薄唇上，崔森亚忘情的上前去，靠近着尹柳柳的双唇，用舌头吮吸了尹柳柳嘴唇上的那点泪水。

“是咸的。”崔森亚讪讪的说着。

尹柳柳脸立马就红了，很尴尬地转过了头，不知道如何面对崔森亚，刚刚的一举一动都太暧昧了。

崔森亚突然朝着天空大声吼叫起来，“尹柳柳，你这个大笨蛋！竟然忘记了崔森亚！高中，大学，崔森亚都一直在你的身边啊！你高中时候的傻气，大学时和老师的悲剧，我都知道啊。你竟然忘记了崔森亚，你知不知道，崔森亚，爱你，爱了十年。”

风好大，大得让人睁不开眼睛，头晕目眩。

第十一章　拨乱的命运

岁月是一位装扮很可爱的小姑娘，她只让人记住了那场美丽，全然不会理会姑娘背后的风霜。

尹柳柳回到房间里，虽然经纪公司也说过让她搬家到工作室去住，但是她还是拒绝了，这里有着她和唐甯的回忆，她要在这里等唐甯回来。不过今天的尹柳柳快把自己的房间给掀翻了，最终她找到了以前的照片。

高中毕业时的合影，果然可以搜索到酷似崔森亚的影子。如果说看到那些照片柳柳还将信将疑的话，翻到大学时代的校友录时，她才找到了铁一般的证据。崔森亚，表演系的同学。

表演系在学校里是个什么样的存在呢？就是那里面走出来的人，头都是看着天空的，有一种拒人于千里之外的强势感，让其他系的同学望而止步。而且，遇到楚天皓以前的尹柳柳只知道读书，遇见楚天皓以后的尹柳柳生命中只有楚天皓，她哪里知道学校有个风云人物，崔森亚。

尹柳柳手中的图片都滑落了，崔森亚说，他爱了自己十年，这是多么让人震惊的话语。所以，当她第一次和森亚拍照片的时候，他表现出来的愠怒是因为自己没有把他认出来吗？怎么可能？

“甯甯，你快回来吧，我一个人，真的不行。”尹柳柳陷入了沉思之中。

但也奇怪，自从崔森亚向尹柳柳告白后，又恢复到了那个酷酷的，帅气的师兄模样。尹柳柳在他的帮助下，也总算回到了剧组。

时间已经过了几分钟了，导演和制片人都在看时间，最后导演实在是坐不住了，走到崔森亚的身边，“崔森亚，看来这个尹柳柳是不会来了，全剧组不能够再因为她而耽误行程了，你给尹柳柳的经纪人打个电话吧，说我们不需要尹柳柳了，临时换演员吧。”导演有点无奈，老实说第一眼看见尹柳柳的时候，感受到了尹柳柳那巨大的灵气，她的气质真的很适合演品嫣这个角色，但是没有想到这个女孩也不过是徒有其表而已。

崔森亚在看着早报，突然放下报纸，好像没有听懂导演在说什么似的。“你说什么？尹柳柳来了啊？她一早就来了，早就可以开工了，只是你们没有看见她而已。”

“什么？她来啦？你们有没有看见尹柳柳，她人呢？她人到底在哪里？有谁看见啦？”导演拿着高音喇叭，对着大伙说着，大家都面面相觑，你看看我我看看你的，都摇着头。

就在大家都在寻找尹柳柳的身子的时候，一个很小的声音出现了。在不远处的即将拍摄的场地里，一个穿着护士装的女孩在边为盆栽浇水，边小声唱着歌。那人便是尹柳柳。

“崔……”制片人刚想喊出声，导演便阻止了她，并作了一个嘘声的举动。

尹柳柳一边很细心很仔细地给病房里的花朵浇水，还说起了悄悄话，“小花小花，你最乖了，要乖乖的长大，好让老爷爷看着你就开心，你要知道，老爷爷病了这么久，他的儿女也不来看他，你一定要乖乖的绽放，让他老人家看着就开心。如果你乖乖的，我就天天来给你唱歌，天天给你说话，不过，这是一个秘密，不准告诉任何人哦。”尹柳柳小声说着，脸上洋溢着幸福又快乐的微笑。

导演将摄像头对准了尹柳柳的脸庞，突然有种震撼的感觉。“快，快，快让病人进入病房，所有人都各就各位，开始拍摄第五十四场戏。”所有人都不明白导演是什么意思，但是都完全照做了。

“老爷爷，你回来啦啊？今天的早餐好吃么？有没有记得按时吃药啊？来，我给你量量血压。”尹柳柳一看见病患进来就上前笑着，说着，仿佛是病患的小孙女一样。她拿出医疗用具，那麻利的样子，活脱脱的是一个专业护士。

“这到底是怎么一回事?”导演小声的问着即将上场的崔森亚，崔森亚的眼光紧紧的追随着尹柳柳，脸上洋溢着骄傲的微笑。“她这三天，都呆在医院里，观察着护士的一言一行，认真的记录着护士的行为，回到公司就不断的练习，连专业的护士都夸奖她是入门最快的护士。”

导演点了点头，真的太不可思议了，完全是戴上了护士的面具一般，那么自然和生动。而且刚刚她看见老爷爷说的话和反应，剧本上根本是没有的，全是她即兴加的，却很符合实际和人物的性格特点。这个尹柳柳，不简单啊。

“好了，老爷爷，您的血压很正常，不过也要注意休息哦，有什么事情一定要告诉我。”

“好的好的，姑娘，你真是个热心的丫头。”连只是演个龙套的演员都被尹柳柳很自然的带进了戏中。

“张大爷，用过早餐了么？现在给您做检查了。”崔森亚还未打开门，声音已先到了。

尹柳柳一听到说话的声音，紧张的抓着自己的手，突然离这病床很远很远，然后开始摆弄着花盆，脸上的表情很不自然。导演立即将尹柳柳的一系列反应做了大大的特写，完全将一个内向女孩子即将看见心仪对象的感觉表达出来了。

崔森亚进门了，也完全没有注意到尹柳柳，开始和病患说着家常，但是尹柳柳就这样心不在焉的浇花，水都洒了出来，只见她悄悄转过头，紧紧盯着崔森亚的背影，那么强烈的眼神，缠绵而纠结。

相思苦，苦相思。咫尺天涯，却挨不到刹那。

所有的工作人员都目瞪口呆，简直太神奇了，只是呆呆的望着崔森亚的背影，她那千回百转的感情，她那欲说还休的顾忌，她那排山倒海的情愫，都已经用眼光传达了。让任何一个人看了，都为这种默默的喜欢所震撼，所钦羡，所感动。

唯有崔森亚不知道，他很专业的和张大爷聊着病情，但是他也强烈的感觉到自己的背脊有着很强很强的注视感，仿佛有什么东西要穿入自己的心中，留下辗转难测的无眠夜。

“咔！”导演都很想继续这样演下去，这是他从事这么多年导演生涯里，头一次不想破坏完美的气场，绝美的画面，很最真挚的感情。

“啪啪！”片场里响起了雷鸣般的掌声，是没有任何人组织的，都是情不自禁的，都是自发的，这样精湛的演技，这样完美的演绎方式真的震撼到所有人，尹柳柳的完美演出让所有人都不得不给予最响亮的掌声。

“真不亏是研究生出身啊，领悟力太棒了，简直太棒了，这简直不是演戏嘛，完全就是活脱脱的品嫣嘛，太神奇了，我还是第一次看别人演戏看的目瞪口呆。”一个工作人员不住的赞叹道。

整整两个月，尹柳柳在崔森亚的带领下，顺利地拍到了杀青的戏码。随着尹柳柳进入状态，还有她爱上了演戏这个感觉。在未涉入之前，全是森亚告知自己有多么好的潜力成为艺人，自己独特的气质，聪慧的灵气等等。但是真正把这部戏拍完后，她才找到了一种释放自己的感觉。两个月的剧组生活，尹柳柳一点也不觉得累，因为尹柳柳是在拍生活剧，她就是品嫣，品嫣就是她。她不过是在过很平常的生活而已，忘记了摄像机，忘记了导演，忘记了所有的一切，仿佛是品嫣上了身一般，很顺利的一遍就通过。让导演找不到一丝丝的瑕疵，更者，每一个和尹柳柳演对手戏的人，都会降低犯错误的频率。

尹柳柳就有这样的魔力，竟然自然到可以带着周遭的人跟随她进入到剧情中，大家都很自然都很顺利。但是大家都发现了一个问题，尹柳柳不仅仅是在戏中带上了品嫣的面具，在戏外都在带着品嫣的面具。即使在休息在背台词的时候，尹柳柳还是穿着护士服，仰望着天空，依然在戏中，一举一动都是那么的生活化，即使看见了崔森亚也紧张的要死。

当导演和制片人都在夸奖尹柳柳与生俱来的悟性时，只有崔森亚一个人安静地看着尹柳柳。他对这个女孩子潜力很了解，高中的时候就已凸显了。高一全校举行话剧比赛，自己班虽然众望所归得了第一名，但是第二名的班级却更让崔森亚印象深刻，特别是朱丽叶的扮演者尹柳柳。也是因为那场比赛，崔森亚迷上了这个叫做尹柳柳的女人。

她做事低调，总是柔弱弱的，骨子里却总会呈现让人惊叹的倔强和善良。也是因为这个女人，崔森亚才会走上演戏这条道路，因为他坚信，尹柳柳会选择影视表演系。

他猜中了开头，没有猜中结尾。他们确实考上了同一所大学，但是尹柳柳选择的是文科，上课的教室和表演系离了好远。性格使然，他荒废了整整一年时间没有主动去追求尹柳柳，这也成了他这辈子最后悔的事情。

等他想采取行动时，尹柳柳已经和老师好上了。他始终，连和她认识的机会都没有。再后来尹柳柳与楚天皓的恋情悲剧几乎整个学校都知道了，尹柳柳仿佛从人间蒸发一般，消失在崔森亚的视线，连大学毕业照也没有来拍。

所以，再次邂逅尹柳柳，崔森亚这次，绝对不会放手。

“你说什么？晚上有没有空？”

庆功宴后，和崔森亚并排走的尹柳柳低声问着。

“恩，我想带你去一个地方。”

尹柳柳笑了笑，“去是可以的，但是不许像上次那样说那些吓唬我的话了。”

走了几步后，发现崔森亚根本就没有跟来，而是站在原地，目光中，充满了失望和受伤。“尹柳柳，你觉得我上次的表白是吓唬人吗？”

“不，不是，我不是这个意思。”意思到自己说错了话，想收回自己的话也不行了。

一把抓着尹柳柳，崔森亚的表情很难看，“你知道默默喜欢一个人十年的感觉是什么吗？你知道每次看到自己喜欢的人和别的男人在一起时我是什么感受吗？你知道被你忘记，被你嫌弃的滋味是什么吗？尹柳柳，你知道吗？”

他，在哭泣吗？

深邃的眼睛红红的，溢出来的，是泪水吗？

打了个哆嗦，尹柳柳怔了怔，“森亚，我，我不知道该说什么，我，我真的不会说话。”

“所以你就不要说话啊！你只要乖乖的，给我一个机会，让我对你好，让我正式追求你，好不好？”

爱情，总会让骄傲的人放的很低，低到黑洞中，自己作践自己，糟蹋自己，并且，还要奢求对方的一点点反应。比如唐甯，比如方一霖，比如 Lisa，比如尹柳柳，比如，崔森亚。

“恐怕不行。”

没有人想到，志远会从车上走下来，带着怒气和他招牌的微笑。

两个月了，两个月没有看见过志远了，尹柳柳依然能够感觉再次见到志远时，内心抑制不住的澎湃。志远叹息一声，边走边说道：“不好意思，我真的不是有意想偷听两位的对白，我只是在这里等柳柳。”他站在了崔森亚对面，两个男人，尖锐的对视着。志远的大手抓住了柳柳的胳膊，“不好意思，这个丫头是我的人，我不同意你追求她。”

有点懵，首先是原本以为退出这场爱情游戏的志远再次出现了，然后是他现在这个样子，是在宣誓主权吗？没有时间发呆，另一只手的胳膊也被紧紧地抓住了，是崔森亚。

他阴沉着脸，冷笑了一声，“远总，我和贵公司也算是合作多次了。我多少也知道，远总有一位才华横溢的太太，还有一个儿子不是吗？请问，你现在拉着的女人，又是你的什么人呢？”

“我的未婚妻。”志远说这话的时候，尹柳柳是仰视着瞧着他的。他的目光很笃定，笃定到连尹柳柳都以为他在开玩笑。

“崔先生也算对我家柳柳有知遇之恩，到时候我们结婚时，一定会送上请柬的。不好意思，今天我们还有事，下次再聊了。”志远乘胜追击，接连说出继续让崔森亚吃惊的话语。

崔森亚的手还是没有放开的意思，这次，轮到他目光凛凛地盯着尹柳柳，仿佛尹柳柳在做一件很危险的事情一样。

“不行，你不能跟他在一起。柳柳，你可以不跟我在一起，但是，你不能跟他在一起。”

这句话很简单，却有很多值得推敲的地方，好像尹柳柳跟志远在一起，就犯罪了一般恐怖。

内心有一个声音在呼唤，在疑惑，甚至，有种呕吐的感觉。

尹柳柳挣脱开了崔森亚的手，“他，没有你想的那么糟糕。”

内心一阵苦楚，崔森亚只能一个人站在冷冷清清的路边，一个人站了好久好久，直到很久以后，他才如梦初醒般地动了动，拨通了覃帆的电话号码，“覃帆，想办法找到一个叫唐甯女孩子的联系方式，就是前段时间报纸上说的那个差点害死自己学生的家教老师。”森亚挂断了电话，心事重重。“唐甯，现在，只有你，能够阻止她了。”

在路虎车上，志远好久没有这样有成就感了。如同在一场竞标中，自己命中了一般，开心地扬起了眉头。“我不过两个月没有看着你，你就这么不让我放心吗？”

心里忐忑不安，可以说头晕晕的，“你，你怎么会突然出现的呢？你不是消失了两个月了吗？”

志远露出了让人心安的笑容，“傻丫头，你知不知道，你给我弄了个很大的麻烦呀。你知道吗，我最讨厌别人逼我做任何事情了。我是个生意人，只要是我想要做，我会想尽一切办法得到，不会让人给我任何威胁的机会。”志远重重地叹了口气，“可是，你就是这样的小丫头，逼着我做出选择。我花了两个月的时间，去国外说服了我的太太，我们离婚了。”

尹柳柳的手哆嗦了一下，她曾经，那么执念地要求志远做出选择，把那场梦幻恋情的结局丢给了志远。但是当志远说出他为了自己离婚后，她竟然是害怕与不知所措。

“丫头，周五有空吗?”

尹柳柳抱着包包的手再抓紧了一下，她淡淡地说了一下，“我周五是毕业典礼。”

“没事，你晚上可以来。我会来接你，我会让你见识到我的诚意。”

诚意，尹柳柳有点紧张。她永远都不知道志远会做什么，经过两个月的成长，她在志远面前，还是和以前一样，是一只很被动的小白兔。

“好。”

尹柳柳不知道前面等待她的到底是什么，只是，她听见了自己的心声，她遵从了自己内心的想法。

周五，为什么有点让人害怕呢。

毕业典礼那天，也是尹柳柳的作品发布会。整个过程她都没怎么说话，一切都有崔森亚挡着。她到学校也是匆匆几十分钟，她都没有和唐甯好好说几句话，就又离开了。

她打扮得很漂亮，她心惊胆战。但是在看到志远的微笑时，尹柳柳如中了魔一般，不再畏惧。

当她跟随着志远到了十二层的餐厅时，尹柳柳才真正知道了志远口中的诚意指的是什么。

“柳柳，这就是我的儿子。一霖，这是柳柳。”

方一霖有点诧异，他上上下下打量了尹柳柳好几眼，“爸，你不是吧？我跟你说今天我有很重要的事情跟你和我妈说，你没有把我妈带来，你带来个莫名其妙的女人干嘛？”

志远拍了拍尹柳柳的肩膀，给了她很多的力量后，才缓缓说道：“她就是你新的妈妈，我跟你母亲上个礼拜已经离婚了。”

方一霖立即将手中的水杯砸在了地上，让尹柳柳全身哆嗦了一下，果然是志远的孩子，发起火来真的很像他的父亲。“方志远，你玩儿我吧？你是故意带一个小丫头来气我的吗？你平时对我不闻不问就算了，你现在还想来刺激我吗？

志远猛地站起身来，“啪”地打在了方一霖的脸上，“什么小丫头？她即将要成为你新妈妈！你注意你的言辞！”

“爸！你疯也有个限度吧？你到底要伤害我妈多少次才善罢甘休？”

“你！”志远抬起的手被尹柳柳拉住了，“志远，你带我来不只是看你打儿子吧？”

“你给我闭嘴！我们方家的家务事，又他妈关你鸟事！”方一霖朝着尹柳柳大声吼叫着，尹柳柳往后退了几步，紧张到能听到自己的心跳。

“方叔叔？一霖？你们在干什么？”

包间厕所里走出来一个妙龄女孩子，是和方一霖差不多大的姑娘，皮肤很白皙，有着类似苍白的颓废美。

方志远愣了愣，然后干咳了几声，“菲菲啊，你来了啊？”

菲菲走过去将信将疑地盯着方一霖，“你，你别告诉我你的父亲就是方叔叔吧？”

方一霖坐下来，没有说话。

菲菲瞧了瞧尴尬的两父子，然后再望了望沉默的尹柳柳。

笑了笑，“那就太好了，如果一霖的父亲是方叔叔的话，我们的事情不就更好说了吗?”

方志远隐隐约约觉得事情有点不对劲，他轻声问道：“什么事情?”

“你的儿子和我的女儿，他们想结婚。不知道大老板你，答应不答应呢?”Lisa推开门，径直走了进来。

她笑靥如花，眼神却充满敌意地盯着尹柳柳瞧，“真是皆大欢喜呢？不是吗?”

五个人坐在沙发上，一时间，突然变得很沉默。

“你刚刚在说什么？你早知道了这两个孩子的事情？是你安排的?”志远质问的语气让Lisa很难受，她换了一个舒服的坐姿，然后笑了笑，“我也不过比你早知道一周而已，谁叫你现在都不接我的电话呢？我是死活不愿意，看你的了。”

志远拍拍桌子，“开什么玩笑？菲菲，你和一霖马上就要参加高考了，你们怎么可以结婚？胡闹！太胡闹了!”

菲菲倒是很冷静，“我们都想好了，可以先去国外注册结婚的。而且，我们不是开玩笑的。”

“不行！绝对不行!”志远态度很坚决。

“为什么？方叔叔，你不是很疼爱我的吗？你不是常说把我当成你女儿一样喜欢吗？我成为你的儿媳妇，不是一件很好的事情吗?”菲菲有点激动，她坚毅而明亮的眸子里，写满了不理解。

“你们都还太小，还不懂事，你们根本不知道一段婚姻应该负有的责任和担当！总之，我说不行就不行!”

Lisa一直都没怎么说话，她不停地瞧着自己的手表，等待着什么一样。而尹柳柳，完全变成了一个外人，只能坐在那里，插不上任何一句话。

“爸，你就管好你自己吧，我和菲菲的事情，我们只是来通知你们的，不是来征求你们意见的。”一直抱着双手生闷气的方一霖总算是平静地说出了自己早就准备好的语言，他和菲菲的事情会被反对，他一点也不奇怪。

“你这个臭小子！你懂什么！你……”志远的话还没有说完，却被另一个推门而入的闯入者制止了。

“Lisa！你什么意思啊你！”浑身是血，衣衫不整的唐甯满脸怒气地径直走到了Lisa面前，把所有人都吓了一跳。

“唐甯！”

“唐老师！”

“甯甯！”

几乎在一瞬间，方一霖、菲菲还有尹柳柳都惊呼了起来。

唐甯头还是有点晕，擦了擦嘴边的血迹，才瞧清楚自己面对的几个熟人。

“柳柳，菲菲，你们都在啊？”当唐甯的眼光瞧到志远时，她的瞳孔明显地振动一下，“楚天皓？你怎么还没有死？”

方一霖先脱下他的外套，立即给唐甯披上，扶着她。“你怎么啦？他妈的到底是谁做的？我要杀了他！”说完就扶着唐甯准备离开这个无比混乱的地方。

“等等。”菲菲抓住了方一霖的手臂，“一霖，你难道忘记了吗？你说过，我给你七天时间，你把七天变成你和唐老师最后的交集，为什么今天她会出现？”

“菲菲，我没有时间跟你解释那么多，你难道没有看见她受伤了吗？”方一霖不想和菲菲继续谈论下去，一心只想带着唐甯离开这个地方。

“方一霖！你不要忘记了，你说过，你要永远对我肚子里的孩子负责！”

走到门前的方一霖闭了闭眼，疲惫地说道：“我说过的话，我永远都会办到。”

“孩子？你们。”Lisa 直接晕倒在志远的怀中，志远比 Lisa 镇静许多，“柳柳，来，快帮我扶着她，柳柳？”

志远转眼，瞧着一直在旁边发愣的尹柳柳，她仿佛如梦初醒般喃喃自语，“方才甯甯为什么要叫你，楚天皓呢？”

幸福 · 凌乱

第一章　我的世界不能没有你——Lisa

月光海湾是个非常美丽的海湾，非常偏僻，而且进去享受海风的话是要收高昂费用的，于是人非常稀少，更何况是在夜晚。正是对于这个考虑，方志远才会决定约尹柳柳在这里见面。因为第一部作品的大热，尹柳柳和崔森亚扑朔迷离的恋情等原因，首先得考虑她的安全和公众形象。

放眼望去，周围人烟稀少。尹柳柳更喜欢这种纯粹的安静。海浪一阵又一阵的打在她的双脚上，太阳还未完全落下去，月亮已经悄然当空，大自然的雄伟和壮丽，在这一水一天中体现地淋漓尽致。尹柳柳穿的很简单，虽然身边的人一再提醒她已经是国际级的巨星了，但是尹柳柳还是固执的认为，她还是她，简简单单的尹柳柳。

不带一层浮夸，任由潋滟韶华。

坐在椅子上，静静地闭上眼睛，倾听海浪的欢腾，闻着大海特有的味道。海风吹的尹柳柳长长的头发胡乱飞，正是这种彻底的胡乱刺激着尹柳柳的感官。她心里清楚的知道，三个月前自己和方志远的诀别，只是一个小小的开始，虽然自己拼命告诫自己方志远不是属于自己的，但是在这三个月里，无论自己白天多么投入的拍摄，晚上也好，休息也好，都会拼命的思恋着方志远，多么羞于人知的事实！

其实尹柳柳在等待，等待着方志远，自己心心念念的方志远。

可是现在的方志远宛如石雕般在自己的家中，Lisa 将穿在外面宽松的外套脱下，很明显可以看到她微微隆起的小腹。“其实几个月前我就发现自己身子不舒服，但是没有引起重视，一直坚持是压力很大。我们的孩子，对，你的学生和我的女儿，他们坚持要在一起的时候，我的整个世界都崩溃了。我晕倒了，很感谢你送我去医院，但是你没有等到我的结果。我都没有参与到后期制作，便来到医院，检查出我已经怀孕了，现在妊娠反应特别厉害，我怀孕了，对，志远，我又怀孕了。我和你在一起这些年，我怀孕过三次，但是这次，我不想再打掉。志远，那是三个月的孩子。”Lisa 说话从来没有如此洪亮和清晰，每一句话都仿佛有千斤重，压的方志远透不过气。Lisa 的话，再加上她微微隆起的肚子，无疑是对方志远最致命的打击。

Lisa，和 Lisa 相识就如同同时在森林里迷路的两个孩子，一瞬间，找到了聊以慰藉的同伴。

十年前，和老婆持续的战争让他心力交瘁。他年轻过，大学时候邂逅自己的妻子，虽然自己一无所有，但有一位美丽有才华的妻子作为自己的后盾，没有后顾之忧的他创立了自己的王国。可是随着事业的扩展，枕边人变成了他的烦恼，他有着自己的工作自己的压力，他有焦灼的一段时间，当他幡然悔悟的时候，妻子已经离开了他，离开了他们的孩子，离开了原本很幸福的家，去了国外过她自己想要的生活。

于是，Lisa 就这样闯入了他的生活。Lisa 来采访他，因为中途发生了一些曲折，本来一次就可以完成的采访变成了三次。然后，他们就上床了。

Lisa 结婚后不久丈夫就去世了，她是个强势的美丽女人，她一个人带着女儿，她的强势后面是无尽的孤独。

所以，他和 Lisa 是心照不宣的情人关系，不用让志远再考虑麻烦的婚姻，跟 Lisa 在一起，就是那么舒服。他不是那种不成熟的男人，他在两年前，想过和 Lisa 从地下转到光线下。

Lisa 是个很美丽很成功的女人，拥有这样的情人，对志远来说完全衬托出了他的身份。他是个成功的商人，圈里早就传开了他和妻子的名存实亡。多少女人投怀送抱，他的第一人选，始终是 Lisa。所以，两年前，他努力过。

“志远，你等了很久了吧?” Lisa 带着墨镜，穿的很简单，但是无论从哪个侧面和角度看都那么美丽和与众不同。好在整间餐厅已被包场，不然以 Lisa 被喜欢的程度和人气，大概会死无全尸的。放下手中的报纸，男人微微一笑。

方志远，他有钱，所以，他舍得给自己喜欢的女人一掷千金。方志远微微一笑，站起身，紧紧的抱了抱自己心爱的女朋友，在 Lisa 的耳边低声说道:“没有办法啊，谁叫我是新闻界女神 Lisa 的男人呢? 要随时做好等待 Lisa 小姐的觉悟，要随时将自己的时间放下来，准备好 Lisa 小姐档期的空挡，要随时候命，随时做好能见到 Lisa 小姐，也随时做好 Lisa 小姐放鸽子的准备。”方志远抱着 Lisa 的细腰，一半开玩笑，一半赌气的说道。

Lisa 听着方志远每次都要唠叨同样内容的话语，笑得合不拢嘴。望着眼前的男人，这些年自己唯一的男人，他很帅气，宽宽的额头，炯炯有神的内双眼，粗粗的眉毛，做事情风行电掣，对待他的工作和对待他的下属，都是板着脸，一副臭扑克牌的样子。他成熟稳重，深藏不露，将自己的事业打理的井井有条，并且有越做越火的趋势。就是这样一个外貌与实力都兼备的男人，只对自己笑，只和自己闹，只会成天像一个小孩子一样嘀咕着自己没有经常陪他，这就是她的男人。世界上也唯独方志远，才配做她 Lisa 的男人。

“哈！你嫌弃我啦是不是？当初你认识我，还不是因为我的职业？问过你同不同意我的女强人身份，有些人一口就同意了，现在可好，居然反悔了，我到底该高兴还是难过呢？”Lisa 拿出自己所擅长的伶牙俐齿。方志远把 Lisa 抱得更紧了，假装生气地点了点 Lisa 的鼻子，说道：“我永远都说不过你。”

Lisa 故意推开方志远，风情万种地说道：“我就知道你嫌弃我了是不是？你这个耐不住寂寞的男人，还说会一直默默的在身后陪着我，等着我，支持我，原来都是一堆废话！好啊好啊，你现在后悔也来得及，反正我的魅力你比我还清楚。”Lisa 故意说着气话。

方志远将 Lisa 一把搂入怀中，霸气的吻着 Lisa 的红唇，一个简单的动作，就把两颗贴得紧紧的心融化为了一体。两个人都快喘不过气来了，方志远才放过 Lisa，小力气地弹了弹 Lisa 的额头，抱着她轻柔地说道：“不许说这样的话，你 Lisa 一辈子都是我的女人，你一辈子也只能跟我，你是我的，要我重复多少遍？”

咘咘一笑，Lisa 就是喜欢看见方志远一副紧张自己的表情，仿佛自己马上就要离开他似地，依偎在他的怀中，享受着一个女人最完美最圆满的幸福。她在镜头前总是那么高冷和犀利，在自己的女儿面前是严肃和独立，但是只要在志远的怀中，她又回到了小女人的状态，幽幽地说道：“我知道，志远，我有做不完的工作和访问。我知道你尽量为我推开了一些不必要的公务，但是我们在一起的时间总是那么甜蜜不是吗？所以，我没有什么时间来陪你，但是请你相信我的真心，我即使在拍戏的时候都在想着你，恋着你。”

方志远露出了幸福的微笑，自己的女人不是一般的女人，可是深受全国欢迎喜爱的 Lisa 啊，当决定和她在一起的时候，就有了聚少离多的准备，但是即使这样，还是抑制不了自己对 Lisa 的渴望。他将手埋入 Lisa 丝丝的长发中，稍稍地弯腰，对着 Lisa 的耳朵吹了吹，打趣道：“跟你说不要老是提如此美丽的场景，你准备把我灌醉是不是？你是不是逼我现在就对你有些承诺？嗯？”方志远的手游走在 Lisa 的身上。

Lisa 风情万种地笑了笑，好不容易才躲开方志远的钳制，躲在餐桌的另一边做求饶状，说道：“我错了，我错了，志远，我待在演播室一天了。为了早点跟你见面，我午饭都没吃就赶着拍戏，你就快点上菜吧。”又来这招，每次方志远要对 Lisa 进行“爱的惩罚”时，她总是一副可怜兮兮撒娇的样子，真是没办法，最可悲的是自己偏偏又吃她这一套，她当然也就屡试不爽。

方志远拿起电话，打通了 Anna 的电话，说道：“通知大堂经理，上菜了。”Lisa 才开心的坐了下来。

不一会儿，Lisa 喜欢吃的菜式被端了上来，因为不确定 Lisa 什么时候才收工，方志远命令厨房每隔半个小时重做一份，将冷掉的部分悉数倒掉，为的就是让 Lisa 能够吃到最新鲜的晚餐。Lisa 笑着望着桌子上满满的菜，开心得像一个孩子，“方志远你真的很会疼人！”方志远笑了笑，说道：“因为你值得我去疼。”

Lisa 看到方志远的霸气样子，一脸微笑，这就是她和方志远的交往方式，她懂他，他了解她。“你知道吗？昨天我采访的一个女明星，说她心目中的真命天子是你这种类型的，我听了，不知道为什么很骄傲。”Lisa 和方志远之间的相处是很舒服的，从来就没有什么秘密可言，大家都很清楚对方在做什么在想什么，这种默契是任何人都无法匹敌的。

方志远不停地为 Lisa 夹着菜，宠溺地盯着她，说道：“你必须骄傲。”不管是情场还是商场，方志远向来都很自信很有把握能够处理，应该说是，世界上任何事情他都有把握，长这么大，就从来没有过挫败感。

凝视着方志远一副舍我其谁的表情，Lisa 很骄傲，这就是自己的男人，无敌的男人，Lisa 端起高脚杯，对着方志远说道：“cheers！”

方志远笑了笑，他清了清嗓门，也拿起高脚杯，“敬 Lisa！”

两个杯子的碰撞，两张舒心的笑脸，在那一刻，碰撞了。

方志远至始至终都只是吃了一点点，他全心全意的注视着 Lisa，他在思考和酝酿。虽然在同一个城市，但是为了她的事业，也为了自己的事业，两个人都没有公开恋人的关系，所以很少见面，即使见了面也是朋友间的嘘寒问暖。更何况方志远是一个很低调的男人，他的私生活总是八卦记者的好奇点，无奈至今都没有记者挖出来。所以，每次和 Lisa 的小聚，他都特别珍惜，特别用心。一般他都是很安静的在一边，看着 Lisa 的一举一动，她的每一句话每一个笑脸，都刻在自己的脑子里，然后在想念的时候一个人默默的回味静静的享受。

“你有想过公开我们的关系吗？”志远试探性地询问 Lisa。

Lisa 很优雅地擦拭着自己的嘴唇，仿佛听到了什么笑话一般，笑了笑。“今天我们的远总怪怪的，老是说一些让我觉得好笑的话。”

“你觉得公开我们的关系，是个笑话吗?”方志远的眼神盯着 Lisa，不停地活动着手关节。

Lisa 被瞧得有点吃力，她喝了点红酒后，拍了拍自己的胸膛，“你是认真的?”

“你觉得我是不是认真的呢?”方志远笑了笑。

气氛突然僵持下来了，Lisa 没有吃东西的食欲了。她用她大红色的指甲很有节奏地敲打着餐桌，缓缓说道：“上半年，我怀了你的孩子。志远，是你叫我打掉的。”

“我不觉得两者之间有任何关系。你有菲菲，我有一霖，我们都有孩子了，而且我们的身份，你懂的，我还没有离婚，我不觉得我们应该要孩子。”

“当然，我和你的想法一样。所以，我们一直维持现状，不是很好吗?”

Lisa 永远是一个知性的，有想法的强势女性。方志远摸了摸衣服里准备好的钻戒。有那么一瞬间，他想要和 Lisa 确定关系，他和老婆分居已经超过了三年，离婚也就是那么一回事。

他努力过，但是，Lisa 好像更喜欢保持现状。

所以当尹柳柳出现在他的生命中并告诉他，她只能做他的妻子而不是女朋友时，他是吃惊的。

两个完全不同的女性，都让方志远如此着迷。

只是，此刻，Lisa 告诉方志远，她决定要他们的孩子。Lisa 看到了方志远眼眸中一系列的变化，震撼，怀疑，否认，惊慌，到现在的稳定。她一步一步的走到方志远的面前，眼前的方志远真的很有魅力，Lisa 觉得自已深陷在他的魅力之中。她用葱葱玉指轻轻的绕过方志远的脸颊，“志远，你不是一直都不想让我抛头露面吗？你不是希望我死心塌地的做你方志远的女人么？十年啊，十年的时间让我学会了很多东西，也明白了很多以前没有想明白的道理，而且，现在容不得我做出考虑了，我们的宝宝已经为我们做好选择了。”Lisa 更是看准了方志远的迟疑，拿着他的手，触摸着自己的肚子。“你来看看我们的孩子，你和我的孩子……”

致命的冲击，方志远从来没有这么震撼和害怕过，特别是他的手碰到 Lisa 肚子的时候，如触电般立即从 Lisa 的手中抽出，完全不适应。

“你害怕么？志远，这是你的孩子，是你留在我体内的孩子！你想不承认么？是，我的女儿有了你儿子的骨肉，我也知道现在的你已经彻底忘掉了我，义无反顾的想投入尹柳柳的怀抱，但是这个孩子你也想抛弃么？”Lisa 的眼泪一滴一滴地流下来，眼神中充满着凄迷和绝望，她一向都那么强势，那么自信，从未，这样脆弱过。

“我就知道，我就知道你会和以前一样，让我把孩子打掉。当初我检查出来的时候，第一个念头就是要把孩子打掉，你知道吗？方志远，我一个人走到冷冰冰的手术台上，一个人，张开腿，眼睁睁地看着那些护士和医生拿着闪着光的工具向我走来的时候，我有多害怕你知道吗？我感觉到我孩子在喊着，在叫着，在挣扎着，他是我的孩子，是我体内的一部分，就算是死，我也要把他平安诞下。我一个人冲出了医院，可是这些你知道吗？那时你在哪个地方想念着你的爱人尹柳柳？早知道你是这样的反应，我当初就不该留下它，如果我的孩子没有父亲的话，我宁愿他胎死腹中！”说完，Lisa 拼命地打着自己的小腹，仿佛要把这个可怜的孩子从自己的体内迅速打掉一样。

如此疯狂的举动吓坏了方志远，方志远快步上前抓住 Lisa 的手，“你疯了？你住手，你住手，Lisa，你快住手！”

正如找人暴打唐甯让方一霖方寸大乱，从而让自己的女儿死心这种打算一样，Lisa 就是这样，一旦下定决心，她真的很疯狂。“我为什么要留着他？如果他的父亲根本就不爱我和他，我何苦留着他受苦？为什么？”Lisa 问的每一个问题都震撼着方志远的内心，她眼中的坚决和疯狂的举动彻底刺激了方志远，现在用手足无措来形容他都是苍白的。“你冷静点，我什么都还没有说，你就妄下结论！”大声的吼一句，愣住了 Lisa，连方志远都吃惊自己说的话。

Lisa 惊讶的盯着方志远，她突然抱住方志远，失声痛哭。“志远，我以前总觉得你和我只是彼此的慰藉，但是自从出现了那个丫头，我承认，我的确慌乱了，我发现我不能没有你，我和孩子都不可以没有你！请不要离弃我们！”

输了，方志远很清楚地意识到，当 Lisa 来到这个房间的时候，他已经输了，输掉了自己的勇气，输掉了自己的努力，输掉了自己的爱情，更是输掉了尹柳柳。

但是他不甘心，他方志远从来不喜欢被别人牵着鼻子走。

“啊……”仿佛是看到了方志远眼中的迟疑，Lisa 突然蹲下身来，很痛苦的抱着肚子，脸上的汗水大滴大滴地垂下来。“Lisa，Lisa，你怎么啦？你怎么啦？你不要吓我。”现在方志远的心如同他的命运一样，命悬一线。仿佛又回到了十多年前，他还只是个一事无成的小职员爱人告知他已经怀孕的事情时，一样的手足无措。

“痛，好痛好痛，志远，我的肚子好痛……”Lisa 坚持不住倒在了方志远的怀抱中，痛苦的样子让方志远很着急。

“张妈，张妈，快点叫医生过来，快点！”方志远疯了一般的喊叫道，心疼的抱住 Lisa 到自己的床上，“Lisa，你坚持住，医生马上就要过来了，你再坚持点，我不会让你和孩子有事的！绝对不会！”方志远笃定的眼神，肯定的话语，死死拉住 Lisa 的手，虽然身体上无比的疼痛，但是 Lisa 却感到从来没有的幸福。方志远的关心和紧张，不是骗人的，他还是那个方志远，还是那个只要自己出一点点事情就会担忧的方志远。

没有多久，方志远的私人医生风尘仆仆的赶来了，立即给 Lisa 治疗。方志远就矗立在旁边，两只眼睛死死盯着 Lisa，一句话都没有说，但是任何人都不敢靠近他，他身上的戾气是隐形的，却会给任何人带来压力。

“远总，Lisa 小姐没有什么大碍，应该是情绪比较激动所以动了胎气，现在已经平稳多了，我等下开几服药，让 Lisa 小姐服下，疼痛就会减弱，不过今天晚上还是不能够大意，必须将 Lisa 小姐安顿好。Lisa 小姐因为前几次的滑胎，而且也是高龄产妇，身子本来就很弱，现在怀有身孕是不能够动情绪和过度劳累的，如果这一胎保不住，可能以后都不能怀上了。所以平日里注意休息和保护，这样才能顺利诞下孩子。”作为方家的私人医生，当然知道 Lisa 和方志远的关系。

方志远的表情还是阴郁的，他的手一直紧紧的握着，Lisa 现在已经闭上了双眼，睡了过去，他一直死死的盯着 Lisa 美丽的面庞，最后眼睛一横，开始发话了。“管家，还愣在那里干什么，还不快点带医生去拿药，立即给 Lisa 熬出来？”

“是，先生。”

“张妈，你立即叫司机载你去 Lisa 的家，告诉菲菲，说我说的，要她立即收拾好她和她母亲的东西，暂时过来居住几日。”

“是，先生。”

“小晴，你立即联系一下，找一个私人护士，要有经验的负责任的，请来后立即安排住在这里照顾 Lisa。”

“是，先生。”一个女佣回答着。

“大伟，告诉厨房的师傅们，现在 Lisa 怀有身孕了，必须要额外给她做有营养的菜式，要保证小姐的营养量。”

“是，先生。”

“小张，你现在立即去大商场去买一些孕妇需要的用品，不管是营养品还是穿的用的，只要是有用的，好的，全部都给我买回来。”

“是，先生。”

“你们都给我听好了，Lisa 和孩子，你们一定要照顾好！”最后，方志远如一个君王一样发出了最后的命令。

“是，老爷。”一屋子人听完后，悉数都跑了出去，开始忙了起来。

方志远的房间又只剩下他和睡着的 Lisa 了，方志远走上前去，细心的爱怜的将 Lisa 额头前遮住眼睛的碎发顺在耳后，在 Lisa 的脸上轻轻一吻，“你放心吧，你和孩子我都会好好照顾的。”说完便迈着沉重的步子离开了房间。这个时候，一直装睡的 Lisa 睁开眼，她的眼角处流下了一行泪。

方志远的交代她全都听见了，没有想到方志远这次会是完全不同的反应，久违的爱恋和怜爱如狂风暴雨般向 Lisa 袭去。“对不起，宝宝，妈咪利用你来挽回你爸爸的爱，对不起，但是妈咪现在真的不能没有他，为了你的姐姐和妈妈的幸福，就原谅妈妈这一次吧。”

方志远来到自己的书房，其实他是知道 Lisa 没有睡着的，这么多年了，Lisa 想干什么他都是清楚的，之所以当着她的面说这些话，就是想告诉 Lisa，他已经投降了，他认输了，他得对她们母子负责。打开电话，已经折腾到晚上十二点了，想起自己和尹柳柳八点的约会，方志远痛苦的闭上了双眼，拨通了尹柳柳的电话。

“喂。”虽然进入到了初夏，但是昼夜温差很大，更何况是在海边，尹柳柳接电话的时候都在哆嗦。

方志远听到了尹柳柳发自内心的寒冷，还有电话那头很大的海浪声，那个傻姑娘还在月亮湾等着自己，一如既往的，始终等着自己。

“柳柳，我……”方志远现在都想把自己杀了，负罪感越来越重越来越重。

“你不用说了，你快出现吧，你一定又躲在哪里偷看着我吧，我现在快被冻死了，拜托你，远总，快点出现吧。”尹柳柳的声音伴随着海浪声，如一个仙子一样，余音绕梁。

方志远顿了顿，知道自己很残忍，但是不得不这样做。“对不起，柳柳，我没有按照约定来，我现在还在家中，我完全忘掉这件事。”说这句话的时候，方志远的心都碎了，另一只手紧紧的抓着桌子上的一张纸，狠狠的，使出了自己全身的劲。

听见心碎的声音何止方志远一个人，尹柳柳的心更是沉入到谷底，海风仿佛能够把她的最后一点点坚持带走，“哦，忘了啊……也难怪……你是大忙人，忘掉也是正常的。那我们下次再约时间吧。”尹柳柳说这句话的时候声音都在颤动，哽咽着。

“……柳柳，现在有点麻烦。Lisa 她怀孕了，你先别激动。我还是会娶你的，但是，Lisa 的孩子，我也会抚养的。我还是给你选择，如果你还是愿意嫁给我，你再到公司见我吧。”

方志远刚说完，尹柳柳竟然没有勇气的立即将电话关掉，她全身发抖的望着电话，想着方志远说的话，泪流满面。

而方志远更是气愤自己的残忍，愤怒的将电话摔在地上。“对不起，柳柳，我已经对不起 Lisa 好几次了，这次，我没有办法再亲手杀死自己的孩子了。”方志远望着明月，陷入了从未有过的窘境。

“你还记得吗？我第一次见到方志远的时候，他正在骂还是实习生的你，说你根本就不配成为他的秘书，你就一直在那里哭。你是我的学妹，我自然看不下去了，就走上去对他吼道，说他是个不会体恤下属的家伙！呵呵……那个时候，方志远傻傻的看着我，眼睛瞪得圆圆的，谁也没有想到，后来我们会成为无话不说的好朋友，最后他居然在我生日的时候对我告白。呵呵……真是太浪漫了，那个时候，我是饥渴的，我觉得我这一辈子如果不答应他，不和他在一起的话，我找不到第二个人。我觉得我和他是最完美的情人，事实也是如此啊，有哪一对情侣会像我们那样从来不争吵，但是，但是，但是我和他之间竟然出现了一个名不经传的黄毛丫头，而且，我为了挽回他的爱，还卑鄙地用孩子去钳制他。”Lisa 喝着红酒，眼中全是迷醉之态，样子尽是颓废之美。

Anna 很安静的听着，怔怔地看着 Lisa 那张绝美无暇的脸上流下了从未流过的眼泪，“可是我现在想起来，根本就不知道我们到底算什么关系，他的儿子要娶我的女儿，我的女儿有了他儿子的孩子，真的比电视剧还狗血，是不是很奇怪？我真的觉得一切都太奇怪了，在我能力之外，我没有做好充分的准备，真的没有，我该怎么办？Anna，你说我该怎么办？”Lisa 那美丽的容颜下，两行泪水滴了下来，她是那么无助，那么惊慌。仿佛一直存在的真理突然都变得不可信任一样。

Anna从来没有看到过Lisa的失控，她撕心裂肺的表现是从未有过的，比在演播厅的时候还牵动着人的心，Lisa，她的女神，竟然会被伤害到这般地步。Anna站起身，走到Lisa的身边，为她擦去眼泪。“师姐，不要哭了，没有人愿意事态是这样发展的，谁也不想。你不是一直教导我们吗，问题来的时候，不要去追问为什么，而是怎么样。所以，关心则乱，你要清楚明白，懂么？过几天就好了，过几天和菲菲好好谈谈，她还是花季少女，不能这样草率决定自己的人生。不要想这么多了。”

“不！你不懂的，我是Lisa，他是方志远，我们都是世界上最完美的人，所以我们之前的感情也是最完美最完美的，是和普通人不一样的，你明白么？你懂么？你清楚么？不要用这种可怜的眼神望着我，我不需要你的可怜，真的不需要你这种没有任何感情经验永远是小师妹的任何同情！我Lisa不需要任何人的怜悯，我的生命是完美的，不容许有任何瑕疵！”Lisa有些许醉了，她突然变得很冲动，很气愤，很失控，猛地推开Anna，将手中的红酒杯子砸向Anna。

Anna没有躲避的意思，就在那里呆呆的站着，任由Lisa发怒，她的额头上出现了血迹，顺着脸流淌下来。Lisa仿佛被吓住一般，上前去为Anna擦拭，“对不起，真的对不起，我不是故意的，我只是，我只是，我只是慌了，我的心里从来没有这么慌过，我害怕了，原谅我，原谅我，Anna，我不想连你都讨厌我和我的女儿，和志远一样，我甚至都不知道他是从什么时候开始厌烦我的。”Lisa说着为Anna擦着那血迹，仿佛是她内心的血迹一样，那么心如刀割。

Anna为什么对Lisa言听计从？在大学的时候，Anna是农村考过来的孩子，被排挤没自信，永远融入不了色彩斑斓的大学生活。而当时已经是全校知名风云人物的 Lisa 帮了她一把，在大学期间，给了她很大的帮助和鼓励，成为 Anna 的启蒙师和人生导向。可以说 Anna 现在的一切，在知名企业上班，有体面的工作有体面的生活，一切的一切，都是 Lisa 的功劳。所以，在 Lisa 最需要帮助的时候，她必须陪伴在 Lisa 的身边。身子微微前倾，Anna 给 Lisa 一个拥抱，轻轻地拍打着她的后背，认真地倾听着她的苦楚。她实在太缺乏安全感了，她不应该是这样的待遇。“哭吧，你一直坚强太久了，释放出来吧，哭过后就好点了。”

听到 Anna 这么说，Lisa 仿佛得到了许可证一样，抱住 Anna 的肩膀放声大哭，那么辛苦那么痛苦，“我爱他，我真的很爱他，但是，但是我已经感觉到了，我和他的距离远了，怎么办？我该怎么办？我不可以没有他！”Lisa 边哭泣边发出她内心的呼唤。

Anna 大声的叹息一声，反而内心安稳了很多，仿佛只有这样，Lisa 才是完美的，才是正常的，才是一个人。

不管多么体面的女强人，不管多么光鲜亮丽的女人，她的内心，始终是脆弱的。反而，越是坚强的女人，她的内心，越容易在一夜之间崩溃。Anna 听着 Lisa 的哭声，感觉是那么悲凉，她没有谈过恋爱，在这个繁华的大城市，从什么都没有一步步走到现在的位置，她要比任何人多付出十倍的努力和时间。她没有时间谈恋爱，也不想因为恋爱而影响自己的工作。

可是，菲菲为了方一霖差点自杀，远总因为尹柳柳决定舍弃自己的家庭，Lisa 姐因为远总弄得如此狼狈，爱情，真的有那么大的魔力吗？幸福，真的就那么难以得到吗？

代价，到底是什么样的代价，才能得到所谓的幸福？

“Lisa 姐，其实，我有些事情，真的不知道该说不该说。或许，能够帮助你解决你心中的疑惑也不一定。”Anna 突然想到了什么，打破了夜晚的宁静。

Lisa 抬起头，从 Anna 的怀抱中直立起腰，靠在了沙发上，开始擦拭眼泪，“你说吧，现在，现在的我，还怕什么呢？”

“第一件事情是，其实在一年前，一霖少爷来公司找过远总。当时我去别的部门做事，回去的时候恰好碰见了怒气冲冲的一霖少爷，他眼底的戾气，我至今都还记得。然后没有多久，Lisa 姐你就从远总的办公室走出来了。我在想，会不会……”

Lisa 冷笑了一下，“那小子是在对菲菲报复。他一定看到了什么！恰巧菲菲跟他一个学校，所以，他主动去接近菲菲。当初菲菲自杀你真的以为我就什么都不做吗？菲菲是我的女儿，她自杀的原因，我自然调查了。竟然是一场离谱的三角恋，所以，那晚我才安排唐甯的出现，只要我的女儿死心，什么都来得及。可是，我万万没有想到的是，她竟然有了那个臭小子的孩子！罢了，年轻人的事情我真的管不了了。我自己的问题，还一大堆。”

Anna 递给 Lisa 一张纸巾，点了点头。果然还是自己的师姐，永远都那么胸有成竹。她递给了 Lisa 一个文件袋，“第二件事，我也算是对不起远总了。但是我想这和公事无关，我还是没有违反职业道德的，这个，是我在远总家里找到的，是远总很珍视的宝贝。据说，这就是远总太太年轻时候的样子。”

方志远的妻子？

那个可悲的女人，Lisa 从来都没有把方志远的妻子作为自己的敌人。她很清楚，那个女人的确深得志远的宠爱，但是因为一霖被绑架的事情那个女人被毁容，这几乎给方志远带来了前所未有的麻烦。是啊，再深厚的感情都抵不过猜疑和争吵。志远的太太还曾经自杀过，自己的女儿也自杀过，所以，她能够理解志远太太当时绝望的心情。不过，人就是这个样子，一旦死过一次后，很多事情都会放下，很多执念都会消除，很多难题都会迎刃而解。她出国了，这些年来，除了和一霖联系以外，几乎和志远没有任何联系。

和志远在一起的这些年里，Lisa 也很知趣的从未提过志远的夫人。正如很有默契的方志远没有提过 Lisa 死去的丈夫，没有提并不代表没有。Anna 递给自己的文件袋，Lisa 竟然觉得有千斤重，沉沉的让人觉得难以呼吸。

从 Anna 的话语中，Lisa 读懂了很多重要的信息，比如，珍视。

Lisa 的双手在颤抖，最后还是打开了文件袋。

白衣袭人，青丝挽发，高贵冰冷。

一双如小白兔一样的眼睛，摄人心魂。

人不是只有一个样子，是多面性的。

但是在这几张照片中，照片中的女子将柔美和坚韧诠释的天衣无缝，没有办法不让人深陷其中，细细品味。

“你确定这，真的是一霖的母亲?” Lisa 太过惊讶，难以置信地询问着。

Anna 喝了一杯白开水，点了点头，“我确认过，通过了很多关系和手段，那就是远总的夫人，不，确切说是前任夫人。第一次看到照片的时候，我也惊讶了，因为，和尹柳柳小姐的神态太像了。”

Lisa 苦笑，这都是什么和什么。她到底该高兴还是难过?

她抚摸着自己的小腹，孩子，你的父亲原来最喜欢的，还是他的前任妻子，这是悲哀还是嘲讽呢？

Anna 静静地等待着，Lisa 好像经过了一段很漫长很漫长的思考过程，最后，她的目光，还是那么坚毅和笃定，“我不能没有志远，所以，尹柳柳必须放弃。”

Anna 不知道了不起的学姐到底做了什么样的事情，但是远总真的和尹柳柳分手了。那段时间远总性子很暴躁，但是随着 Lisa 学姐的小产，一切又化为乌有了。

“是，Lisa 姐毕竟年纪大了，有过病史的她，没有保住那个孩子。菲菲当时也怀着孩子，她被送去医院的时候，一向坚强的菲菲抱着我，她说她害怕，她害怕 Lisa 比她先离开这个世界。

而远总却总是安静地坐在外面，一根又一根地抽着烟。

Lisa 姐死里逃生，但是整个人都瘦了好几圈，远总一直都在照顾着 Lisa 姐。

后来，后来悲剧一个又一个的接踵而来，Lisa 姐还是那个我认识的 Lisa 姐，不管多大的风浪，她依然那么坚强的活跃在世人的眼中。

她还是那个说话犀利的女主播，不过已经有了自己的品牌公司。远总始终没有再结过婚，我曾以为没有了尹柳柳，远总可以和 Lisa 姐结婚。

没有，他们没有。

但是他们住在了一起，公布了他们的情人关系，一起各忙各的事，而且，照顾着菲菲所生下的孩子。

有一种力量叫做偶像的力量，Lisa 姐真的很棒，她做任何事情都那么出色，那么让人大跌眼镜，不按常规出牌。

但是，她的人生，就是那么潇洒。”

第二章　我的世界不能没有你——柳柳

有时候，爱是一种信仰，忽远忽近，跌跌撞撞。

有时候，爱是一种观赏，城里城外，迷迭幽香。

有时候，爱是一种彷徨，向左向右，不如瞭望。

尹柳柳去医院看唐甯的时候，方一霖也在医院。

方一霖一看见尹柳柳，就怒火中烧地怒吼着："你为什么来这个地方？你是来找事的吗？"

尹柳柳不卑不亢，在方志远公司实习的那些日子里，熊姐的欺压，姚姐的霸气，同事们的风言风语，让尹柳柳彻底学会了成长。更别说跟着崔森亚进入娱乐圈，她所面对的，她所学到的，又何止是不卑不亢？

"你觉得你大声对我说话就可以制止我的出现吗？你如果对我和你父亲的事情有意见，请与你的父亲争吵，你没有资格跟我说话，我来这里，只是来看望我的好姐妹。"

最惊讶的莫过于唐甯了，虽然前几日的暴打伤痛没有自己想象中的严重，但是皮肉之痛在所难免。她一直期盼的是尹柳柳的出现，但是当尹柳柳出现后，唐甯觉得她完全变了一个人。

唐甯离开这个城市的时候，伤心欲绝，回到家里，除了论文还是论文，根本不知道尹柳柳已经踏入了娱乐圈。这些日子里，她没事就看医院的电视，里面几乎全部都是尹柳柳铺天盖地的新闻，让唐甯一时难以接受。

眼前的尹柳柳，穿着那么时尚艳丽，一直垂直顺滑的直发也染成了黄色大波浪，一副墨镜让唐甯看不到她的眼睛，强势的正红色唇彩衬托得尹柳柳很有气场。更让唐甯意外的是，尹柳柳方才和方一霖的对话，她，真的是和自己从小长到大的那个尹柳柳吗？

“一霖，我想和柳柳单独聊聊。刚刚你不是问我想吃什么吗，我想吃酸奶，蓝莓味的，你去帮我买吧。”

方一霖重重地叹了口气，眼神还是狠狠地死盯着尹柳柳，肩膀故意碰了碰尹柳柳的身子，“你别以为我爸真的迷上了你，别说 Lisa 阿姨这些年来跟我爸的感情你没有办法去超越，就连你，也不过是我妈的一个替代品而已。”

尹柳柳可以容忍方一霖的不礼貌，但是她没有办法接受方一霖说的这些话。她一个字，都听不懂。

“在那里发什么楞呢？大明星，不嫌弃的话坐下来呗。”唐甯打断了尹柳柳的发呆。

尹柳柳坐了下来，认认真真地瞧了一眼唐甯，唐甯的眼睛还是肿肿的，但是她依然还是和以前一样，绽放出了笑容。

“谁那么的狠心，把你打成这个样子？那天，那天我差点没有把你认出来。”

“是 Lisa，她应该是想利用我来拆散菲菲和一霖。”

“这个女人有病吗？你不告她吗？”

“算了，我也没受多大的伤，再说，Lisa 最近快要愁死了。”

两个人突然沉默起来，这种感觉很奇怪，明明以前无话不谈的两个闺蜜，如今，第一次觉得很尴尬很尴尬。

“所以，你喜欢的是方一霖？”

“所以，你喜欢的是方志远？”

打破了煎熬的沉默后，两个好姐妹同时说出这样的对话，然后两个人开始大笑起来。唐甯有点无奈地摇摇头，“这个世界真的那么小吗？为什么我们会爱上一对父子呢？”

尹柳柳也摇摇头，“我不知道，甯甯，我觉得这一切都发生的太快了。我本来只是文学院的一个研究生，想的是毕业后当个老师或者考个公务员什么的，然后继续我的相亲事业，遇见一个看对眼的就嫁人，生两个小孩子，平平淡淡的度过我的一生。但是，太奇妙了，我跟书中的爱丽丝一样，被兔子先生带领着，到了一个完全不一样的世界。我的意思是，一切都发生的很突然，如果我没有去公司实习，我也不会遇到‘甜蜜时光’这个案子，更不会因为这个案子，拍了一组宣传片，然后陆陆续续拍了一些广告，然后签约了森亚的公司，拍了电视剧。我的天，你相信吗，甯甯，我，尹柳柳，竟然成为了一个演员，如同一个现实版的灰姑娘，我的人生真的很不一样了。”

安静地听着尹柳柳的述说，唐甯一直都微笑着，她愿意和尹柳柳分享一切，她也感受到了尹柳柳的兴奋和激动，包括她自己本人，也觉得很不可思议。

但是，这就是命运，永远不要轻视你身边的路人甲乙丙，或许有一天，她变成了真正的主角。

“所以，你的兔子先生，就是方志远吗？”很突然的，唐甯插了一句，她叹叹气，“柳柳，在我回老家的时候，我收到了你很多短信，你说你很幸福，你说你坠入爱河，我真的真的为你感到高兴，包括你刚才告诉我的每一个字，我都为你自豪。只是，撇开这些情绪上的因素，我只想问你，你真的想要嫁给方志远吗？一个年纪和你爸爸不相上下，有过一段婚姻，有一个十八岁儿子的男人？你觉得，你这样不顾一切地钻进去，值得吗？”

尹柳柳突然不说话了，她叹了叹气，“甯甯，我以为，你会鼓励我，鼓励我去追求我的幸福。我以为，我以为你能懂我，因为你和我一样，爱上了不应该爱的人。我，爱上了一个中年的有妇之夫，你，爱上了你的年轻学生，我们都犯了禁忌，不是吗？”

唐甯听出了尹柳柳口气中的禁忌，她只能无奈地翻了翻白眼，“柳柳，这不一样，是，我是爱上了不应该爱上的人，但是我懂得控制，我清楚什么事情我不应该去碰。”

“不，你懦弱！如果你足够爱方一霖，你就应该和我一样，不会理会任何世俗的眼光，不会在乎任何的阻碍，去追求自己的幸福。或许你觉得方志远只是玩玩我，但是你根本不了解他，正如我也不了解方一霖一样，我觉得方一霖不过是恋母癖犯了。你不了解，所以你没有资格在这里评价。甯甯，我很失望，我看不到你眼中的喜悦，我看到的是嫉妒。你知道吗，这些年来，我一直生活在你的影子里，你是那么出色，你的智慧你的坚强你的领导风范，一切都那么引人注目。当我和你站在一起的时候，我永远都是配角，永远都只能在你的影子中一点一点的自卑下去。”

唐甯张大嘴，心，扑通扑通跳得厉害，完全不相信，这是尹柳柳说出来的话。

“可是你知道吗，当你因为你那见不得光的师生恋逃避回老家的时候，我一个人，过的有多苦？是志远，是志远一直在支持着我，教会我面对，教会我成长，教会我一个永远活在他人影子中的人是一事无成的。现在的我，我的人生发生了翻天覆地的变化，完全是因为志远的关系。你知道吗，他和 Lisa 在一起的十年，他都没有和他居住在美国的老婆正式离婚，但是为了我，他愿意离婚。这就是方志远比方一霖强的地方，方一霖和你一样，只知道逃避，不懂得争取。还有，我不怕告诉你，昨天志远给我打电话，他很诚实的告诉我 Lisa 有了他的孩子，你猜怎么着？他说他会照顾 Lisa 生下孩子，然后，依然和我结婚。所以，方志远根本不是你想的那样，好吗？”

不知道为什么，明明是两姐妹推心置腹的谈话，随着越来越激动的两人，嗓门也越来越大了，唐甯完全不顾自己还输液，情绪激动地说：“柳柳，我承认，我承认你说得这些足以证明方志远是个成熟有魅力的男人，但是你真的确定你爱的是他吗？”

“甯甯你疯了吧？我不爱他，难道我会爱他那个只知道吵闹的学生？”

“柳柳你清醒一下好不好？难道你忘记了楚天皓了吗？”

尹柳柳整个人都僵住了，她的眼神带着怒气，虽然带着墨镜，但是她浑身散发出的愤怒足以让整个房间冻结。“唐甯，当初你答应过我什么，这一辈子，不再提那个贱男人。”

“甯甯，你骗得了别人骗不了我。你当初说你放下，你要遗忘，都是骗人的。你现在想想楚天皓，你现在在脑海里认真地搜索一下楚天皓的样子，你不觉得，和方志远很像吗？”

尹柳柳开始肆无忌惮地笑了起来，笑得那么张扬，笑得那么悲壮。“甯甯你没事吧？难道你以为，我是因为忘不掉楚天皓，或者因为楚天皓我才迷上方志远的？我有你说的那么不堪和懦弱吗？”

唐甯咬了咬嘴唇，“你比我更清楚，你的心是怎么想的。”

“不可理喻。唐甯，今天来医院之前，我已经去找过志远了，我决定，我决定和他一起面对一切，不管是方一霖混乱的不负责的闹剧也好，还是 Lisa 的孩子也好，我愿意陪着他。这才是真正的爱情好不？如果你做不到和我一样奋不顾身去争取，请你闭上你的嘴，安静地祝福我，不行吗？”

“柳柳，我懂初恋的痛是什么感觉。所以我知道你的感觉。你还记得顾云栖吗？我回老家，和他见了面，我以为我和顾云栖见面我的世界会一片混乱，他就是我的弱点他就是洪水猛兽，但是没有，真的没有。我很平静地和他交谈着，仿佛以前发生的一切只是我的青春里最可笑的画面，那么不值得一提。当我面对后，我才真正明白，那个时候，才是真正的放下。”

拿起包包，尹柳柳冷冷地笑了笑，“对不起，甯甯，我现在很忙，没有时间听你讲你那些不痛不痒的过去。既然你的伤势没有什么大碍，我先走了。”

“尹柳柳！”

唐甯大声地叫住尹柳柳，那个陪着自己度过最荒诞岁月的尹柳柳，那个说好一起结婚一起生小孩一起变老的尹柳柳，唐甯真的觉得很陌生。“你不觉得，你变了吗？从你进这个门，你就没有摘下你的墨镜，其实你知道我会提楚天皓对不对？你不想让我看到你的心虚，不敢面对我的质问，你，在保护你自己，对吧？”

“唐甯，你真的想太多了，你有这样的才华，哪天我推荐你去写剧本吧。”尹柳柳没有回头，只能看见她高挑的背影动了动。

“柳柳，我不会放弃的，我必须纠正你的错误。我不会让你继续深陷幻想的幸福中，哪怕，让我牺牲掉我们多年的感情。”

身子僵了僵，唐甯第一次说的那么严重，带着厚重的威胁。

“好吧，随你，反正我无所谓。”

尹柳柳走在医院的走廊上，不断地有人从她的身边挤来挤去，医院的嘈杂声几乎要把她冲出大浪，她连呼吸都那么的困难。

她感觉银镜戴的不舒服，摸了摸，竟然有泪。

在停车场的时候，碰到了方一霖。

“唐甯让你买的酸奶呢？”

“在我的衬衫里，酸奶太冷了，我怕她吃了不好，给她捂捂。”

方一霖不想过多地和尹柳柳多说话，毕竟，唐甯说过尹柳柳是她最亲的朋友。

“我其实很想问你，刚刚你说的替代品，到底是什么意思？”

方一霖翻了翻白眼，“你还想继续装吗？我在 Lisa 那里看到了，我母亲年轻时的照片，我承认，你是有几分像我母亲年轻的时候，但是，你一点都不如我的母亲。”

“这又是 Lisa 的阴谋吗？”

方一霖冷冷地笑了笑，“尹小姐，你应该清楚我有多讨厌你对吧？你觉得，我会承认一个我讨厌无比的女人和我最爱的母亲有几分相似吗？不怪老爷子迷你，因为他最爱的，还是我妈，可怜的替代品，我要去给唐甯送酸奶了，蓝莓味的，她最喜欢。”

太阳好大。

不过是五月天而已，为什么，那么热，热得人几乎要晕倒了。

唐甯真的说到做到了，她不惜一切代价，让方志远不再理会自己了。

但是尹柳柳不放弃，不甘心。

她，还要见方志远一面。

方志远的车就停在约定的地点，在最不起眼的地方，瞭望着远方。

尹柳柳准时赶来了，为了不让人认出她就是现在风头正劲的尹柳柳，她戴着帽子，披了一件很怂的外套，完全如扫地的欧巴桑一样，除了眼睛以外，几乎不能够辨别具体的容貌。可是方志远还是认出了她的模样，因为第一眼的时候，尹柳柳的无助和坚韧的眼神，纤弱的背影，就已经深深地刻在了方志远的脑海中。

方志远就是动也不动的，在路边看着，点上一根烟，仿佛很欣赏的看着尹柳柳的一言一行。沉默恬静的尹柳柳，不知道方志远早就在不远处，只是呆呆的坐在马路边上，不停的看四周，遥望着，不知道这个人到底出了什么事情，该不会真的相信了唐甯的话，永远不见自己了？或者还是因为 Lisa 的强硬态度，让他束手无策了？

一个小时以后……

尹柳柳看着时间，离约定的时间超过了很久，但是方志远的影子都没有看到，“这个人到底出了什么事情?”尹柳柳转来转去，不知道该怎么办，只好拨通了方志远的电话号码。

“对不起，您拨打的电话已关机。”对方就是冷冰冰的让人窒息的声音，尹柳柳关上电话，更加急躁不安了。“到底出了什么事？怎么电话都关机了？是真的不来见我吗？如果不来见我，又何必答应这场约定呢?”尹柳柳很着急，不断的给方志远发着短信，但是她却没有丝毫离开的意思。

志远静静的观察着尹柳柳的一举一动，抽完了一根又一根的烟。

十二点了，寒风中，夹着雨，尹柳柳就如一个被抛弃的孩子，蹲在路边，焦急地望着四周。

雨中的尹柳柳真实的感受到了自己身体的不舒服，却还是傻傻的，呆呆的等着方志远，“他会来的，一定会来的，他发短信的时候说的那么慎重，他一定会来的，不会错的，一定会来的，只是路上有别的事情耽搁了，他会来的，尹柳柳，不要放弃，如果你走了，他来了就找不到你了。”尹柳柳不断的给自己加油，给自己信念，不知道为什么，尹柳柳那么肯定，那么相信，方志远一定会来的。

方志远还是在车子里，抽完一根又一根，满满的一包烟，已经掏空了，他依然没有想走下去的意思，只是呆呆地望着尹柳柳，现在的中央广场，就只有他和尹柳柳两个人，喧闹繁华的中央广场现在已经安静落寞下来。

凌晨两点了。

尹柳柳被细雨充溢的眼睛都睁不开了，听到大钟在报时，已经两点了么？没有关系，还早，他会来的，尹柳柳自我催眠，“不能睡，尹柳柳，不能睡。”她又饿又冷又困，真的想如动物一样进行冬眠。突然，尹柳柳决定一面等方志远，一面背自己即将上演角色的台词，这样的话，她就不想睡觉了。

尹柳柳站起身来，哆嗦着，差点站不起来，因为蹲的时间太长了，两腿都酸麻了，她很难受，依靠着旁边的树枝才勉强站起身来，狼狈的样子都映入了方志远的眼。

就在尹柳柳安心背着自己的台词时，几个地痞流氓看见了她，他们如一群饿狼般，在夜深人静的夜晚寻找着他们的猎物，此时的尹柳柳就成了他们的猎物，虽然看不清楚尹柳柳的容貌，但是尹柳柳的身材已经让他们垂涎欲滴了。

“小妞，一个人在嘀嘀咕咕什么呢？是不是很寂寞？需不需要哥哥我陪你啊？”

尹柳柳完全没有发觉自己身边的危险，她看着一群猥亵样子的男人，恨不得上前去掌掴一番。“走开，姐姐现在没有时间跟你们耗！”尹柳柳虽然外表是那种柔弱的女子，要知道，她骨子里已经很坚强，很强大。

尹柳柳刚准备掉头走掉，又从另外一个方向走来一个流氓。“哟，小姑娘火气还真大啊？我们就喜欢这种类型的，等会我们一起玩的时候肯定超爽的，你们说是不是，兄弟们?”一个满脸肥肉的男人说着非常不入耳的话。

“找死！”尹柳柳刚想出手修理这两个流氓时，突然又出现了几个，一共是五六个，尹柳柳知道，硬拼的话，自己只有吃亏的份，只有跑。

就在尹柳柳寻找最好的时机时，流氓的身后突然出现了一个人，手中拿着一根木棒，狠狠地朝流氓打去，一连打了两三个，矫健的身姿，转几个弯，左勾拳右勾拳，不出十分钟，便把这些流氓全都解决了。“还不快滚！”方志远愤怒道，那些流氓没有想到半路出来个程咬金，如鸟兽般散去了。

知道平日里方志远天天都会健身，但是没有想到他的身手这么好。尹柳柳将围在脸上的毛巾取下，眼泪早就流下来。“我以为，我以为你不会来了。我还以为你出了什么事情，电话也关机了，这么久了，我很担心你会出什么事情，我也不敢走，我害怕你回来的时候找不到我，我害怕，真的好怕……幸好，幸好，谢天谢地，你没有事，你出现在了我的面前。”尹柳柳情不自禁的奔跑到方志远的身前，一把抱住方志远，哭得稀里哗啦。

“我……其实……一直都在那边，想看你到底可以等我到何时。”方志远幽幽地说。

“啥?”尹柳柳怔住了。

“我一直待在那个车里，一直都在，只是你没有看见而已。”方志远指了指不远处自己的车，那上面已经被雨水侵略的不成样子，很难看，根本就不像刚到的样子。

尹柳柳整个脸都扭在了一起，完全一副根本不相信的样子。“你说，你说你一直都在附近？可是我跟你打电话的时候你的电话关机啊?”

“那是我预料中的，我将电话关机了，我不想胡乱编造个借口来欺骗你。”方志远说得那么自然，但是，他却已经不敢再注视尹柳柳的眼睛了，她的眼睛，是那么让人心乱神迷。

“啪!”尹柳柳很不客气的就给了方志远狠狠的一巴掌，那么坚决，那么生气，那么让人委屈。“你竟然是故意的？你知不知道你这样做很无聊？你这些天一直不联系我，我不知道到底犯了什么错，一个人胡思乱想。你说你要先和你的老婆离婚，好，我等你。你说你要照顾 Lisa，直到她的孩子生下来，好，我也等你。你说我们之间的感情有一些误会，需要两个人冷静思考，好，我也等你。”将这些心酸和痛苦悉数道出，她依稀记得，当初她签约的时候，森亚一再地提醒她，一定一定要做好成为坚强女人的准备，在娱乐圈，没有强大的内心，早晚会是炮灰。

可是此刻，她觉得自己坚强太久了，她其实很脆弱，不，她本来就很脆弱，只是在情爱的路上，她比任何人都努力和坚强，为什么，还是那么难？“你知不知道我真的很担心你，以为你有什么事，你知不知道，这几个小时以来，先是别人用奇怪的眼神盯着我看，认为我是神经病，后来又是这说变就变的天气，最后更是被不知道从哪里钻出来的几个小流氓骚扰，这些都不算什么，最难受的是我的内心无比煎熬，无比痛苦，我在想，你是不是出了车祸，是不是遇到了什么不开心的事情，有没有想不开，我一直都在胡思乱想，我一直都在说服自己一定不会有事，我把所有的神仙，本国的外国的都祈祷了一个遍，可是你，你竟然在安逸的车子里，有暖气，有音乐，看着我的笑话，你是不是真的感到很舒服？很解气很开心啊？我永远永远都不想看见你了。”两行愤怒的眼泪顺着尹柳柳的脸颊流下，她是那么无助，那么气愤，那么痛彻心扉。

可是方志远却紧紧地拉住尹柳柳，不让她走，他也很惊异很吃惊。“这是一件很让人生气的事情么？但是我经常对所认识的人做类似的事情，他们从来都不会打我，也不会骂我，因为他们知道，我就是这样喜怒无常的人，我就是，想挑战别人的容忍度。而且，我们都还是如没有事发生一样……”

“那是你们都疯了，你们都把折磨别人当做理所应当。我告诉你，从来没有什么事情是理所应当，也绝对不可能在伤害别人之后，就一笑而过。就如在你的胸口上刺进一把刀，很痛很痛，伤口也许会愈合，但是会留下伤疤，就算你用世界上最好的除疤药，那种痛也永远不会消失。你果真是一个大大的疯子。”尹柳柳眼底全是鄙视，全是愤怒，她更恨自己，竟然会相信这个男人会准时出现，恨自己的傻气和呆气。

甩掉方志远的大手，尹柳柳狠绝的指着方志远的脸说道：“方志远，你可以因为你儿子不要我，我不会恨你；你也可以因为你的情人而不要我，我也不会恨你；但是，你不可以这样莫名其妙的挑战我的忍耐，不要逼我恨你，我永远都不想理你了。”

方志远长长的叹了一口气，他从来没有想到尹柳柳会生这么大的气，他也是听到尹柳柳说出的话后，才深刻的体会到什么叫做担心和关心。他和 Lisa 经常这样，他有时会等 Lisa 很久，Lisa 也会等自己很久，但是 Lisa 从来都没有表现出对他的关心和担心，那是怎样的讽刺。让别人等着自己，自己觉得是应该的。等 Lisa，就算是被放鸽子，也是应该的。但是尹柳柳说没有什么事情是应该的，没有什么事情是绝对的。

正在想挽回尹柳柳时，方志远听到了身体接触地面的声音。他猛得回头，发现尹柳柳已经躺在满是雨水的地上了。“柳柳，柳柳。”方志远疯狂地喊叫着，可惜尹柳柳如一个瓷娃娃一样动也不动，也不说话。

方志远的心，顿时冷到了极点。

医院里。

“医生，她没有事吧?”方志远将尹柳柳送来好久了，值班医生才从尹柳柳的病房里出来。

“哎，你怎么可以这么不小心，你是她的男朋友？作为一个男朋友，你应该知道她现在正是例假的日子，你还让她这么辛苦，你瞧瞧她的手，都冻紫了，嘴唇都裂开了，你到底让她干了什么？你没有让你的女朋友好好休息么？要知道例假来的时候，身子的抵抗力是最弱的，她现在发烧很厉害，如果今天晚上把烧褪下来好办，不然的话，很有可能烧坏脑子!”

这位老医生是个有什么就说什么的人，直接毫不客气的指着方志远的鼻子开骂，“你们这些人啊，追人家喜欢人家的时候呢，把这些不懂事的小姑娘捧到天上去，得到人家的时候呢，就连最基本的照顾都做不到，真的是太过分了。你也算和我差不多大了，我也不反对老夫少妻，只要有能力，谁都可以老夫少妻。但是我觉得你更应该懂得怎么照顾和疼爱自己的女朋友，这样的小姑娘，你都舍得让她吃苦，就真的做过分了！”

方志远完全无理由的接受了这位老医生的说教，他也不想强调自己和尹柳柳混乱的关系，毕竟，现在把尹柳柳搞成这个样子，完全是自己的问题，完全是自己的错。“对不起，医生，我知道错了，下次一定不会了，只是希望她能够尽快好起来。”方志远从来没有对任何人低三下气过，头一次无条件的道歉。

“哎，真是的，记住了，珍惜眼前人，别到时候后悔都来不及。我已经给她打了点滴，但是她不退烧我没有办法，今天值班的护士又不在，我还要照顾其余的病人，你就好好陪你女朋友一个晚上，观察她的病情，如果烧的更厉害就来告诉我，只要退烧就好。”老医生将温度计啊，棉签啊什么的都交给了方志远，然后转了个弯，到了下一个病房。

刚到拐弯处，一个穿着护士装的小姑娘拉老医生到一旁，“张医生，你怎么叫家属照顾病人啊？而且我不是还在这里么？别告诉我你没有，我什么都听到了。”小护士瞅着老医生的脸，害怕他说谎一样。

“呵呵……你这个丫头什么都学不会，什么都做不好，耳朵居然还这么好，这个你就不懂了。不让这个看起来这么无所谓的男人看着自己的女朋友痛苦和生病，不让他忙碌一个晚上，他啊，是永远都不会珍惜和心疼他那可爱的女朋友的。”笑眯眯的老医生如一个小孩子一样，手舞足蹈。

“张医生，你完全不适合做医生，应该去做婚姻顾问。”小护士有点无语的看着这个年近半百的老医生，很是无奈。

方志远进了病房，因为这个医院里中央广场比较近，所以就来到了这里，最好的特级病房也只是一间单房。看着尹柳柳挂着点滴，一切都变的很陌生。在几个小时前，这个活蹦乱跳的小丫头还毫无怨言的等着自己，可是这一刻，她却已经病的躺在了床上，那么让人心疼。

老医生骂自己的是对的，自己真的很混蛋。

方志远来到了尹柳柳的身边，看着这个被大灰狼欺骗的小红帽。老医生说的的确没有错，可怜的尹柳柳，手都冻红了，变成了大大的红萝卜，嘴唇上也是一片紫色，方志远站起身，在饮水机那里接了一点水，用棉花签沾着水，小心的给尹柳柳的嘴唇带去点点水润。

刚要为尹柳柳盖好被子，发觉医院里的被子很厚很厚，便把自己的衣服搭在尹柳柳的身上。手刚碰到尹柳柳的身子，他觉得她浑身都是热热的，再摸了摸她的额头，滚烫的，如一团火焰一样，方志远长长的呼一口气，自己都做了些什么，对这个无辜的女孩子都做了些什么？

“甯甯，甯甯。”尹柳柳突然在睡梦中喊叫着，另一只手胡乱的抓着，方志远当然知道唐甯是谁，他很佩服那个姑娘，唐甯敢单独见自己，那个和自己的儿子发生了师生恋的姑娘，是她告诉自己，自己不过是尹柳柳前任的替身。当然，他也目睹了两个丫头在公园吵架的情形。这丫头口头说着永远都不会见唐甯了，但是在她的内心深处，她很珍视这个朋友吧。

方志远是个商人，他几乎没有朋友，每天带着一群热血青年和不同的人接触，他身边永远有一群奉承的人，但是没有朋友。他不理解小姑娘之间的姐妹情谊到底是怎样的纠结。但是此刻尹柳柳的表情很痛苦，很痛苦。伸出手，尹柳柳如救命稻草一样紧紧的抓住了方志远的手，“甯甯，原谅我，我真不是想和你吵架。只是，你真的太了解我了，你总是很残忍的让我面对现实，而我，只想逃避现实，你为什么要那么残忍的对待我呢？我不过是想过上幸福的生活，真的，那么难吗？”

“甯甯……甯甯……你还记得么？你喜欢吃蓝莓酸奶，我喜欢吃草莓蛋糕。你说过，如果你让别人给你买蓝莓酸奶，那个人就是你的真命天子，但是，到目前为止，我只让天皓给我买过草莓蛋糕。甯甯，我真的糊涂了，我不知道，我不知道我爱的到底是那个曾经对不起我的楚天皓，还是总无微不至的方志远？甯甯，为什么你那么残忍，要我面对我的内心，我自己都不知道我的内心是怎么想的，甯甯，甯甯……甯甯，你说我们还能一起吃草莓蛋糕吗？你真的以后都不再理我了吗？我们真的就这样友尽了？甯甯，我好累，我真的好累……”尹柳柳就这样有一搭没一搭地说着，声音很小很轻很细，两行泪从眼角滑落。

方志远是凑到她的嘴边，才听到了大概。

但是仅仅就是这些大概，让方志远的心都纠结到了一起。他不禁开始沉思起来。唐甯真的很残忍，她把已经很乱的局面，搞的更乱了。

“方先生，一霖什么都告诉我了，其实，其实你很清楚，你为什么会被柳柳吸引。柳柳把你当成了她的前任劈腿男友，你呢，你把柳柳当成了你对不起的前妻。你们谁也欠谁，谁也别怪谁，感情这种事情，不过是你情我愿，但是，方先生，请你好好考虑清楚，你和柳柳这样互相作为替代品，是你们想要的幸福吗？”

在自己的办公室里，唐甯毫不客气地指着自己的鼻子，说出这样的一段话。好久，好久没有任何人敢对自己说这些话了。但是，如今听了尹柳柳说的这些话，自己也理解了为什么唐甯可以那么正气凛然了。

“好热，好热，甯甯，我好热，真的好热。”尹柳柳挣扎着，仿佛要把自己的床铺都推开一样，方志远按住她，不让她有这种企图。“尹柳柳，尹柳柳，你听我说，只要你安心的睡着，不要翻被子，我保证，你的甯甯会再次回到你的身边，你们还是永远的好姐妹，你们会一起吃草莓蛋糕，你们会永远幸福下去。”方志远仿佛是在给尹柳柳催眠一样，不断的在尹柳柳的耳边重复着。

“真的?”尹柳柳意识里突然不躁动了，变得很乖很乖。

方志远才长长地舒了一口气，尹柳柳，安静的尹柳柳，真会折磨人的尹柳柳。思考再三，方志远还是睡到了床上，将尹柳柳枕在自己的怀中，这样既可以给尹柳柳最大的温度，也可以立即知道尹柳柳的病情，防止她掀被子。

“丫头，对不起。对不起啊，真的很对不起。”方志远闻到了尹柳柳身上那股淡淡的香味，心不由的冷却下来，理智下来。“我今天的确是太冲动了，尹柳柳，你要知道，你是第二个我说对不起的人，第一个是我的前妻。确实，今天我确实是故意的。当你的好姐妹告诉我才是那个替代品，当我看到公园里的那个男人，你知道，我有多么震惊和愤怒吗?”

方志远抚摸着尹柳柳的头发，叹息一声，“我的前妻，是我这一辈子最对不起的人，也是我这一辈子最爱的人。不管她离我而去也好，和我长期分居也罢，我，都没有停止过想念她。只要在结婚证书上看到我和她的照片，我觉得我依然还是拥有她的。但是，你给我出了这样的难题，我愿意为了你，放弃我的妻子，放弃我的家庭。你知道吗，尹柳柳，今天我只是单纯的惩罚你，但是在惩罚的过程中，你让我开始思考我和我前妻的种种。我并不是想看见你狼狈，也不是你口中的无聊。我只是，我只是单纯的想确定一件事，这么多年以来，都是我无偿的等待别人，无偿的对别人好，我想证明一下，在没有任何利益的情况下，到底，到底有没有人愿意无怨无悔的等待我，直到你出现。我想确定一下我的价值，确定一下我一直以来是不是都做了一些傻事情。”方志远的眼角也湿润了，现在的他，是最温柔的，他可以感受到尹柳柳有节奏的呼吸声，他的心从来没有如这一刻一样，如此平静。

“谢谢你，尹柳柳，你今天做的一切，对我来说真的太重要了，我好像想通了一些事情，你说的很对，没有什么人就是应该付出，也没有什么人应该得到一切，爱，应该是相互的。尹柳柳，你好伟大，你竟然给全世界最能干的方志远上了如此重要有意义的课。”方志远说着，然后在尹柳柳滚烫的额头上轻轻一吻，安静的闭上双眼。

不管发生了什么事情，不管自己的心情是怎样的，只要这一刻，和这个丫头在一起，嬉笑怒骂，都是那么自在，心，是那么平静。

方志远很快进入了梦乡。在门外面偷看这一切的张医生和小护士，笑着轻轻关上了门。

而当尹柳柳第二天醒来的时候，早已经没有了方志远的身影，有的，只是他写下的话。

“我的世界不能没有我的前妻，所以我找到了你；你的世界不能没有你的前任，所以你找到了我。但是，我们的世界都可以没有彼此。丫头，谢谢你出现过，让我懂得，珍惜眼前人的重要性。祝你，找到真正不能没有的人，那个人，不是我。”

尹柳柳整个人傻傻地盯着上面得字，方志远的坚决一览无遗。正如三年前，楚天皓和自己最重要的朋友一起结婚一样，她，始终没有办法选择。

第三章　我的世界不能没有你——菲菲

有时候，觉得是属于自己的东西，死心塌地这样认为的时候，那东西一定会悄悄溜走。这是我和方一霖之间爱情得出的结论。

不珍惜，哪来的本该如此呢?

其实谁离了谁，一样还是要生存下去。习惯了呗，习惯了方一霖这个温暖的怀抱，习惯了他的忍耐和宠爱。是自己的错，自己从来都把这份爱当做理所当然，总觉得时间可以定格，一切都是那么完美，总觉得自己可以和方一霖生生世世在一起，觉得不管怎么对待方志远，他始终都会爱着自己，等着自己。

错了，真的错了。

当我发觉他一点一滴的改变，他竟然吃起最不喜欢的甜食蓝莓酸奶，他的身边竟然有一个可爱的晴天娃娃，望着自己的眼神也没有那么纯粹和深情了。都没有引起我注意，当我真的注意的时候，他的心已被别人抢走了。

最悲哀的是，那个女人竟然是方一霖的老师唐甯。

其实我挺对不起唐甯的，用自己疯狂的自杀陷害她，曾经也利用自己肚子里的孩子来换得自己的爱情。在这场爱情的漩涡中，唐甯和方一霖两个都还没有大声的喊出自己所爱，便已经被我打压了。他们两个人都是为别人着想的人，为了他们在乎的人，总会压制住他们的感情。

越是这样，他们爱的越辛苦，感情却越深刻。

“小姐，小公主又闹了。”女佣抱着哭闹不停的宝宝来到我的身边，我笑了笑，这个小家伙，真是一刻都不消停。我抱住女儿，她的手好小，脚也好小，却是个会折磨人的小家伙，除了我，任谁抱她，她都会哭闹个不停，当然，除了一霖。

我还是没有和一霖结婚，我妈竟然有了方叔叔的孩子，我不知道我们的家庭到底有多么怪异，我只是觉得我和方一霖不能结婚了。

唐甯的出现让我很意外，她在医院的那段日子里，我知道，方一霖片刻不离地照顾她，我只是安静地在家里，看着我的调查报告。

我曾经找过唐甯，我找过她多少次了？

不清楚，但是我真的不讨厌唐甯，相反，我有点喜欢她。

我们都那么真挚地爱着一霖，所以我觉得，我们都是好姑娘。

“对不起，我替我妈妈说声对不起，害你住院那么久，唐老师。”

而整个过程中，唐甯都是微笑的，她紧紧地盯着我的小腹，一直微笑着，“孩子会踢你吗？”

在我和唐甯的这场拉锯战中，我很被动的，明明他们两个人很相爱，但是，我却把唐甯搞成了第三者的样子，而她，永远都是微笑着询问我，是否一切都好。

“我和我最好的朋友闹翻了，她说她永远都不想见我。她指责我，她说我没有勇气去追求我的幸福，说我不配得到幸福。菲菲，我承认，在这场混乱不堪的感情中，我是很失败的，我很是被动的，我没有努力过，我只是单纯地知道，我和一霖，不可以在一起。”

“唐老师，你想努力吗?”

“菲菲，你知道吗，我知道努力无果的感受。在我像你这么大的时候，我也疯狂过，我也爱上过一个男孩子。在感情的博弈中，我永远是付出的那一个，所以，我是那个失败者。所以，我羡慕你，也羡慕我的好朋友，可以那么肆无忌惮，可以那么无所畏惧。所以，在这场你、方一霖和我的爱情游戏中，我不配去努力，所以，我不配拥有一霖。”

“那唐老师你是要放弃一霖吗?”

“我从来没有跟你争过他。”

“唐老师，等我一下好吗，等我这一辈子结束了，我再把一霖还给你，好吗?”

我看到了唐甯眼底的慌张和不安，她当然不知道我说的是什么意思。我喜欢唐甯，我愿意一霖以后的日子，是唐甯陪伴着他。

“菲菲，我要走了，去国外，孔子学院的申请拿下来了，你要好好的。替我向一霖告别。”

这是我最后见到唐甯，那天和她说的话，最近总在我耳边不断地出现，我知道，我是要兑现我的承诺了。

我知道我很快就要死了，我现在在重病看护病房里，我知道，我在浪费时间，但是，我能随时看到一霖，我很满足。

今天，一霖还是如往常一样来到医院，带来了煲汤。宝宝又哭闹了，保姆也不知道跑哪里去了。我心里很烦，手上插着针，动不得。一霖望着我，然后望着小孩子，他的眼神在寻求我的答应，毕竟，一霖也只是个孩子。我眼神黯淡下来，也算是默认了。一霖一抱住孩子，孩子就不哭了。他和我都很惊讶，他脸上出现的，更多的是开心和骄傲。

终究，孩子是他的，这是任何人都没有办法逃避的事实。

“菲菲，你瞧我买了什么，全是小孩子的小衣服，你看你看，这呢，是春天穿的，这是宝宝晚上穿的，你看你看，这件蓝色的，是秋天穿的，我也不知道一年后宝宝会长大成什么样子，我每个号都买了。呵呵……你看你看，这件衣服女儿穿起来肯定可爱。我都想好了，小时候把她打扮的可爱一些，等到了一定年纪的时候，就把她装扮成一个最美最美的小公主。那个时候……”一霖一个人在那里兴奋的说着，手中抱着大包小包，他的笑容，从来都没有消失过。

眼中的热泪突然涌了出来，一霖看着我的失态，也慌了。“菲菲，对不起，对不起，是我自作主张，孩子的事情，你是妈妈，全部由你一个人做主，我，我……我只是……对不起，菲菲，是我不好，让你现在那么辛苦，今天我碰到医生了，他说你的病情很快就会好起来了。我和 Lisa 阿姨她们都谈过了，给咱们女儿取名就叫菲菲好不？你是她的妈妈，你要快点好起来，这是你的女儿，我可还是个孩子，我以后可是再也不管孩子的事情了。”一霖急的团团转，想靠近我又害怕再把我惹哭。

其实他哪里知道，我哪里是责怪他的意思，我是感动，真的很感动。他现在对待我和孩子，和以前怀孕的时候完全是两个样子。没错，生育前一霖对我和孩子是细心照顾，无微不至，满满的全是爱意。可是现在我才知道，现在不同的地方是怜惜。

方一霖是把我们母子当做责任，当做义务的疼爱，而他对唐甯，却是那股子强烈的爱，强烈的亲情。原来，就是出发点不同，同一件事情，感受竟然是完全不一样的。

感动与幸福，不可同日而语。

呆子一般的方一霖哪里知道我现在的感受？他急的向大门走去，“菲菲，我求求你了，你才出院，身体还很虚，你千万不要再动气了，我走，我立即就走，再也不出现在你面前，惹你生气了。我走就是。”一霖说着就逃命般的走开。

“慢着!”我大声叫着，怀抱中的宝宝睁大眼睛，笑咪咪的看着我。这个孩子，还是第一次笑成这个样子，看来她也赞成我的意见。“你赶快走。”我故意这样说着。

一霖的眼神立即暗淡下去，无力地点了点头。怎么现在才发觉，这个以前天不怕地不怕的男人竟然这么逗，这么好笑。“是啊，你赶快离开这里。回到你的家中，把你的东西都搬过来。宝宝整日都需要人照顾，你不来帮忙，想累死我啊?”我忍不住偷笑着。

“嗯？什么?”一霖也吓的站在那里。

平静的日子，竟然让我如此痴迷。和方一霖的情感之路，真的太累太累了，走过了那些风风雨雨，真的，倦了，累了，现在好好的过一下正常女人的日子，相夫教子，何乐而不为?

但是我已经没有了这样的机会，我很清楚生下这个孩子，我的身体现在成了什么样子。我笑着对一霖说，“一霖，你老实告诉我，我还有几天。”

沉默，一霖是永远的沉默。

“我知道我的时间不多了，所以，在我生命结束之前，让我，让我和你，还有我们的孩子，过一些简单的平凡日子好不好？我不知道我死去了还有没有记忆，只是，我想把这些回忆带到棺材里。”

一霖含着泪，走了过来。他的眼神灼灼，在阳光的照耀下，那么帅气和刚毅，其实幸福一直都在我的身边，只是我常常忘了转头而已。幸好，现在觉悟还来得及。一霖壮大胆子，抱住了我和孩子，“菲菲，以前是我太自私了，在你和孩子最需要我的时候，没有陪在你们身边，我对不起你和孩子。我发誓，我会用我以后的人生，给你们母女，最大的幸福。”说完便在我的脸上轻轻一啄。

我笑了。原来，幸福真的可以很简单，哪怕幸福真的那么短暂。

现在想起当初硬要绑住方一霖，一定要唐甯离开方一霖的行为，是那么残忍和可笑。

方一霖，他知道我逼唐甯离开了他，离开了这个国家，也依然愿意尽心尽力的照顾我，给了我和他最后最完美的回忆。而唐甯，从来没有怨恨过我，总是微笑着说，幸福不应该属于她，是她成全了我最后一点点梦想。够了，真的够了。放手后，我才明白，原来一切都可以云淡风轻。

爱情，是你的就是你的，你逃也逃不掉。这是我，菲菲，送给所有在爱情中苦苦挣扎的人，一句告诫。

第四章　我的世界不能没有你——方一霖

与唐甯相识后，我感受到了阳光。怎么说呢，心情很好，那个总是摆出一副天不怕地不怕的强势老师，总是给人惊喜。什么时候开始的呢，应该是看到她认真的表情开始，自己就喜欢上她了吧。

只是，只是当喜欢慢慢变成爱，我才发现，她的过去，她的隐忍，她的疯狂。我与唐甯，多么讽刺，两个完全没有交集的人，竟然会相识，相知，甚至是相爱。在唐甯的老家，看着唐甯和她的前任一起在雨中散步的时候，我有杀人的冲动。当Lisa打她的时候，我更多的感觉是心痛，甚至说是疯狂。

固执地守在她的身边，看着她笑看着她哭，便是我生活的全部。或是我的不服气吧，觉得唐甯理应是属于自己的，只是她没有看见而已，是啊，她从来都没有承认过她喜欢我，但是我始终坚信她总有一天会回到我的身边。看着普罗旺斯的薰衣草，我拍下了很多照片，她曾经说过，最想去的地方便是普罗旺斯，想去看看那里大簇大簇的薰衣草。

菲菲走了，死在我的怀里。我颓废了很久，但是我始终忘记不了菲菲临死前对我的嘱咐，“与你相识，至死不悔。只是，是时候该把你还给唐老师了，她在国外，你去找她吧，她在等着你。”

旅行了这么多城市，几乎都是唐甯曾经说过想去的城市。真的不是想忘记就能忘记的啊。回忆到哪儿啦？哦，她当老师的时候，她几乎是拿命来骂我，说我这样不会那样不会。菲菲告诉我，唐甯说她是另一个菲菲，我笑了笑，难怪，难怪她现在无所畏惧的做她想做的。应该是她已经决定好了吧，忘却了吧，才会舍弃一切从头开始么？

每次与唐甯的眼神对峙时，她都会逃避，我知道，她心虚。更多的是不想面对吧，我的心好纠结，好痛苦，爱人就在身边，自己却无能为力，只能够呆呆地望着这个越来越成熟的女孩子。

唐甯啊唐甯，和她呆在一起的时间越久，会发现她的笑容越来越少，犯傻的几率越来越小，但是为什么自己的心却越来越痛呢？我对自己没有信心，不知道唐甯的改变是为了自己，还是顾云栖……一向自信的我，只要在面对唐甯的时候，便会手足无措，便会很狼狈，便会很失败。

她说她愿意和我好好的交往，我开心极了，但是她说如果没有菲菲的话，她会考虑和我好好交往。尽管我知道，这是她得知菲菲怀孕后的反应，我知道，我怎么会不知道呢？她表现出来的成熟，是那么完美，完美的犹如演戏一样。在她老家的那些日子，呵呵，很有可能她都不知道吧，跟我在一起的唐甯，不是真正的唐甯，每次看到她的眸子，我都有一种快窒息的感觉。

我始终梦想搂她在怀中，恍然如梦。心中的不安，始终都存在。但是偏执的我，还是固执的认为，只要我们不去问，不去找，方志远的存在，会慢慢的消失掉。

向她表白，只是想结束，因为我已经犯过一次错，我爱她，我要表达出我的心意，那么，自己就有一辈子去爱她，哪怕付出一辈子才会换得她的爱情，一点点也好，我也想试一试。因为我是如此确定，顾云栖只是一个根本不懂得珍惜的失败男人，能给唐甯幸福的，只有我。

我错了，我真的错了。

海风吹拂我的面颊，放眼看去，海浪多么壮阔，为什么我的心却不能够看明白呢？放弃她，这件事居然会出现在自己身上，她的世界土崩瓦解，我没有第一时间给她安慰，给她力量，而只能远远地看着她，陪另一个女人强颜欢笑，赶她离开，这就是我的爱么？不是，我的爱太浮夸了。我希望随时都陪在她的身边，看到她完好无损的出现在我面前，可是我害怕，害怕她的眼中，再也容不下我一点点影子了。即使是演戏，她的眼眸再也不会为我流转了。

“小伙子，长的这么好看，却满脸愁容，都有少年白头了，肯定是为了感情的事情吧？”不远处有一位老者吆喝着，我笑了笑，摸了摸自己的头发，是啊，菲菲走了，唐甯走了，这些年，怎么感觉我突然那么多烦劳和忧愁，一夜变白发。自己真的是老了，心老了。“呵呵……年轻人，人生就是一段旅途，在这个站中下了一些人，不要气馁，毕竟他们陪着你度过了一段时光，最重要的是，在未来几个驿站中，会有更重要的人踏上你的车厢。”老者饶有兴趣的说。

我点了点头。可不是吗，和菲菲的错误，和唐甯的爱情，尽管很痛很痛，但是，却是那么刻骨铭心。

如果一开始，我就只求付出，不管回报的话，应该是另一种结局吧？这场爱情的战争，我并不是没有顾云栖优秀，而是错就错在自己太想得到了。执念太多，得不偿失。

我必须找到唐甯，不想她也跟菲菲一样，在我的世界消失。

只是，她在哪里？

第五章　我的世界不能没有你——唐甯

下了车，唐甯望着大大的飞机场，马上就要登机了。她只是望着，“唐甯，我们进去吧，差不多要登机了，老外不喜欢迟到的老师。你能不能够在美国好好待着，完全靠这次机会了。”同行的同学也算是个明眼人，唐甯这个样子，明眼人一看就知道她是有故事的人，而且现在心情很乱，在这段时间，千万不要出现什么问题才是。

“嗯，我知道了。”唐甯还是决定进去了，既然已经到了这里，不走，可能么？

“唐甯，唐甯！”突然出现了一个声音，飞入了唐甯的耳膜。她猛地抬起头，看着来来往往的人群，“怎么啦？”同学看见唐甯愣在那里，没有走动一步的打算。“好像有人在唤我。”唐甯说着，望着茫茫的人海，而且她肯定那是方一霖的声音。

“谁？没有啊？你不要乱说了，应该是幻听，你不是说没有人来送你吗？快进去吧，不要耽误了时间。”负责人催促道。

不是他么？真的不是他么？唐甯看了看，应该不是他，他现在不是应该守护在菲菲和孩子身边吗？怎么可能会出现在这个地方，还叫着自己的名字？唐甯叹了一个气，就在唐甯转身准备进入口的时候，方一霖从车上下来了。“唐甯!”大声的叫道，唐甯僵在那里，是他的声音，真的是他的。

她猛地转过身，方一霖穿着白色的衬衣，一件黑色的夹克，幽怨地盯着唐甯，唐甯的眼泪都快流下来了，是他，真的是他，真的是方一霖。

方一霖快速跑起来，唐甯笑着，等待着他。人有的时候就需要疯一把，不管所谓的流言蜚语，不管那些任性与责任，因为现在他的到来，抵过一切。

“啊!”突然出现了一辆车，将方一霖撞飞了。唐甯吓的捂住自己的嘴，难以置信的看着，事情就是一瞬间，便将唐甯和方一霖活活的分割开了。周围的人都悉数散开了，呆呆的看着这场悲剧，唐甯全身都在发抖，不会的，不会的，她还没有听见他说什么，便发生了这样的事情，真的太让人痛苦了。

盯着方一霖，方一霖躺在地上，“有人撞死了!”人群中不知道谁突然这么说了一句，唐甯的身子完全瘫了。“不可能的，不可能的，方一霖，方一霖你给我起来，我不许你有事，方一霖!”唐甯站上前去，盯着方一霖，死死的盯着。仿佛是听见了唐甯的声音一般，方一霖的手动了动，然后眼睛睁开了。

大家都屏住呼吸，一点一点看着方一霖慢慢的从地上爬起来，他取下墨镜，对着唐甯微微笑着。突然人群中都爆发出热烈的掌声，大家都特别开心。特别是唐甯，哭笑不得。她就知道，她就知道，方一霖不会弃自己不顾的，一定不会的。

方一霖走起路来有点闪忽，应该是伤到了脚。但是他还是坚持走到了唐甯的面前，突然半跪在唐甯的面前。“唐甯，我早就想这么做了。但是一直都为菲菲耽搁了。我知道，如果现在我不说的话，真的就没有机会了。唐甯，甯甯。我们两个人，兜兜转转了这么久，从来都是顾全大局，最大限度的让所有人开心。为什么我们就不能为自己想想，为什么一定要牺牲我们两个去成全他人呢？唐甯，我愿意用我一生的爱来呵护你，嫁给我吧。”说完，方一霖便突然从自己的口袋中取出一个盒子，里面有一颗很简单的戒指，却是唐甯一直很喜欢的款式。

他记着，他一直都记着自己说过的每一句话。

唐甯早就一个劲的在那里哭泣了，这个方一霖，真的是太讨厌了。一会儿伤害自己，一会儿又出现在自己身边，一会儿又是被车撞倒，一会儿又活过来，现在竟然在求婚。“你，你，你不是要和菲菲一起生活的么？怎么出现在这里？”

“唐甯，经历了这么多，你还看的不透彻么？现在无论怎样都不可能分开我们的，唐甯，请你嫁给我吧！”方一霖说的很恳切，他的行动已经说明了一切。他是那么桀骜不驯的男人，现在竟然屈膝在唐甯裙下，而且他脸上的真诚和深情，容不得任何一个人质疑。

其他一同前去孔子学院的同学们在一旁为唐甯感到很开心，拍着手。“嫁给他吧！”

此话一出，大家都仿佛约好一般，都拍起手来，大家起哄道：“嫁给他吧，嫁给他吧！”

一声高过一声，一声大过一声。

这样的声势浩大，这样的万众一心，逼得唐甯哭笑不得。

被别的同学一推，唐甯离方一霖更近了，现在她真的找不到更好的理由来拒绝他了。这一辈子，若是不和眼前的男人在一起的话，那么穷其一生都不可能得到幸福。接住戒指，唐甯点了点头。

大家都一起拍手庆祝，出国项目的负责人哭得更是稀里哗啦。“哎呀，这些个年轻人，真是让人嫉妒羡慕。”

方一霖站起来，亲自给唐甯戴上婚戒，在唐甯的脸颊上轻轻一吻，“甯甯，今生今世，除非你我阴阳相隔，我绝不再放开你的手。”方一霖如宣誓般紧紧握着唐甯的手，唐甯眼中全是泪水，脸上却是笑颜展开。就在唐甯觉得幸福从此降临在她的身边时，就在她成为此时此刻世界上最幸福的女人时，方一霖竟突然晕倒在唐甯的身边。

连抱着都很吃力的唐甯不住的呼喊着方一霖的名字，“一霖，一霖，一霖!”那么惊慌失措，那么害怕和担心，那么无助。当她抱住方一霖时，感受到他背后湿了一大片，看着他的头部，才知道，鲜血不知道已经流了多久。

“不！一霖，你快醒来，你快醒来啊!”唐甯绝望极了。

长长的哀嚎响彻晴空，天空中出现了一只鸿雁，凄惨悲鸣。

时间仿佛永远定格在那一刻，每次唐甯想起来，都仿佛是昨日一般，但是弹指间，已经两年了。

“你总算是醒了，你刚刚一直在喊着什么快点走，什么一霖的，都把我们给吓傻了。”

唐甯瞧着坐在旁边的同学，在看看窗外的蓝天，自己竟然在飞机上睡着了。

就那么舍不得方一霖，就那么，想要嫁给方一霖吗?

打开笔记本，唐甯写下：

后来，我才知道有一个叫方一霖的男人，后来，我才知道，有一句话叫做“女为悦己者容”。

我骗不了自己的心，当我知道这件事后，心，好痛好痛。

我知道，我爱上了方一霖，真的很想和他在一起。

我的心，便跳动的厉害。

他是我的全世界。

我只想静静地等待他。

……

三年后，同样的机场，唐甯瞧着她曾经写下的日记，心，还是那么痛。

雪，下的好大好大，让人的心，也跟着寒冷起来。

唐甯瞧着曾经来过的城市，一时间，说不出话来。

唐甯当初义无反顾地选择出国，原本只是想待两年后回国，却没有想到，人算不如天算，事到如今，家中就只剩下外婆了，外婆的老年痴呆症越来越厉害了，厉害得会遗忘很多事情，却总能记住那些让人伤心的过往，思虑再三，唐甯决定带着外婆去美国。

年初回国的时候，收到了让人崩溃的噩耗，母亲和继父在车祸中去世了。唐甯完全是回家奔丧的，她强烈地祈祷着，祈祷着一切不过是上天给她开的玩笑，越是这样，铁一般的事实，越是让唐甯心冷。

但是好在外婆活生生地出现在她的面前，一切，都好幸运，幸运地让人难以相信。却让人很心痛。

心，好沉重。

她回国这些日子，依然没有见到自己想见到的人。比如事业如日中天的尹柳柳，比如魂牵梦绕的方一霖，比如让人怜惜的菲菲。

她没有勇气去见方一霖和菲菲，三年的时间，她还是没有办法越过那道坎儿。但是她去参加了柳柳的婚礼，确切地说不应该是参加，只是在外面久久地观望了一番。

柳柳和森亚都是大明星了，他们的婚礼怎么会随随便便让唐甯进去呢。唐甯也是接到昔日伙伴的电话得知柳柳举行婚礼的，不知道怎么，唐甯很确定，或许是柳柳故意让伙伴这样做的。

“你马上要带我上飞机了?”外婆在一旁问着。

唐甯宠溺地瞧着越活越年轻的外婆，点了点头。

“为什么你还是没有对象?”

“外婆，这不是你应该关心的吧?”

“没有对象的女孩，不是好女孩。”

“其实，我也遇到过一些喜欢我的男孩子，只是，缘分不够。”

或许，她对方一霖的爱，就是一眼万年。

他们注定还是要相遇，再相爱。哪怕千山万水，山重水复。

唐甯一直坚信着。

在美国的日子，她一点也不好过。英语还行，只是，什么都很不习惯。

确实，她遇到过一些情感的纷扰，那是她刚去美国的时候，她做了一份兼职。也曾想忘记以前的一切，也曾遇到过如方一霖那样的调皮学生。

回忆是一个说书的人，一瞬间，一年前的画面，闯入脑海。

邂逅 Peter 是完全意外的，有很多相似点，也有很多偶然性。在加州，唐甯最喜欢的还是孔子学院左手边的一家书店，在周末，她会拉着寝室好友安丫头在那个地方一待就是一天。

加州的阳光很刺眼，让你看到任何东西，都感觉如此梦幻。

唐甯在到达加州的第一天，就剪了短发，从未留过短发的唐甯，再也不穿白色的裙子，总是穿着一条牛仔裤，牛仔衣，抱着几本书，穿梭在这个全新的地方。

她突然开始宿命起来，特别是她来加州前的那个梦，她始终固执地认为那是对她的一个预言，她如果和方一霖在一起，必定有人会有不好的遭遇。

唐甯，妥协了。

她曾经在初恋的时期，拼命地争取拼命地抓住，却什么都没有。而和方一霖这段剪不断理还乱的情感中，她没有努力，她知道她不得不放弃。

这里是美国。在国内的时候，大家一直嚷嚷着美国梦，唐甯却不感兴趣。只是在当时，当方一霖选择菲菲后，柳柳和自己彻底闹翻后，她才选择到美国。

“你好，我观察你一个多月了，你是教汉语的老师吗？你可以教我说流利的汉语吗？”在孔子学院的书店里，Peter 说着蹩脚的普通话盯着唐甯。就这样，Peter 变成了唐甯的学生，唐甯除了在孔子学院上课，还兼职做了汉语老师。唐甯觉得这就是命运吧，她想忘记一切，忘掉过去，重新开始，但是好像还是在重复以前的人生。

外婆突然抓住了唐甯的手，打断了唐甯的回忆，“你不是每次打电话回来，都说你在国外过得很好吗？为什么要去做那么辛苦的工作呢？”

眼睛立即就湿润了，唐甯摇了摇头，“外婆你还不清楚我的性格，我就是典型的报喜不报忧的孩子吗？再说，我可是外婆你的外孙女，我不怕吃苦的。”

唐甯笑得很美，至少在那一刻，年迈的外婆也觉得自己的外孙女，不再是那个记忆中的小姑娘了。

“所以说，我的宝贝外孙女还是要做兼职才能养活自己吗?”外婆的感动也只有一瞬间，立即恢复成小孩子的调皮模样，笑得合不拢嘴，唐甯无奈地摇着头，“外婆，这个时候，你不是应该可怜可怜你的外孙女吗？而且，外婆就算你不可怜我，你也不要插嘴好吗，你到底想不想听这个故事了?”唐甯没好气地盯着已经笑咧嘴的外婆，赌气地说道。

外婆瞄了一眼，耷拉着脸，不说话了。

Peter是一个有着阳光笑容和巧克力颜色的皮肤的加州大男孩，虽然比自己大一岁，却总是很绅士。

他和方一霖完全是两种类型的男生，认真努力，风趣幽默，不失风度。唐甯曾小心地询问过他为什么要学习难学的汉语，他露出洁白的牙齿，笑起来有深深的酒窝。“因为我喜欢亚裔女子，学好中文，好追求那些美丽的姑娘。”

或许从那个时候起，唐甯就已经感觉到了Peter对自己有意思吧。女孩子，在这方面的敏锐程度还是很高的，特别是经历了方一霖的事件后，她的心中，总是防备着。

时间就这样一点一点地走动着，如一位拥有先知能力的老者，给人不经意的岁月感。在唐甯都快要忘掉Peter的暗示时，一切又都挑明了。

那是一个雨天，唐甯依然在书店里看着书。记忆是一个缠人的恶灵，总会在现实世界的符号体系中，找到相似点，提醒着人脑中有一个叫做“回忆”的东西，而回忆，总会繁衍出恼人的伤感。

唐甯就是个典型的例子，每每看到下雨天，她都会想起过年的那周，自己和方一霖在老家的每一个瞬间，他殷勤地孝顺着外婆，他调皮地戏弄着自己，以及他在自己熟睡时流下的眼泪。唐甯有的时候真的希望能够喝到孟婆的汤药忘掉这一切伤人的纠缠和爱恋。

闭上眼睛，静静地享受着窗外细雨的声音，脑子里，总是不受控制地钻出了方一霖的画面，心里有个声音在问：他，还好吗？

猛然的，自己的额头上被什么东西啄了一下，那种感觉，很熟悉，而且唐甯也清楚，这是嘴唇触碰额头的感觉。因为有多少次，方一霖也这样，总是偷偷地亲吻自己。但是同样的行为只能有一次，而且，必须只能是方一霖。

她睁开眼，眼前的男生，真的和方一霖很像，只是，他不是方一霖。

Peter 惊慌失措地望着唐甯，不知道该如何应付，一向稳重的 Peter，竟然也会有这样的困窘。

“我还不知道美国的社交礼仪里，竟然有这样的行为。”唐甯说的很淡，表情却是凝重的，她带着怒气，转身便离开了。只剩下 Peter 在书店里，暗自神伤。

后来，安丫头找过唐甯，安丫头说了很多。无外乎 Peter 是安丫头的好友，早就对唐甯一见钟情，故意找机会接近唐甯，怎么怎么深情隐忍，怎么怎么感天动地，说的安丫头自己都快要落泪了。

安丫头是唐甯在美国最亲近的朋友，刚刚到美国的时候，唐甯是有点泄气的。她心里有阴影，爱上了自己的学生，为了疗伤才到美国，可到了美国一切似乎并未好转。幸好有室友安若沁一直鼓励自己，这个室友妹妹是个很酷很酷的女孩子，话不多，但是每次说话，都能够说中要害，让唐甯没有办法招架。

安若沁其实和唐甯的性格并不像，安若沁虽然也是亚洲人，一张瓜子脸，灵动的双眸，高挺的鼻子，齐刘海，但她的性格却是典型的美国姑娘的性格，很热情，总能和所有人打成一片。包括这份兼职，也是这个丫头介绍给自己的，在这个丫头身上，有着尹柳柳的影子。所以，唐甯又有了和尹柳柳在一起的感觉，总是和这个丫头黏在一起。

“你这样折磨自己，到底为了什么呢？你爱的那个男人，根本不知道你做的一切，这根本不值得好吗?”安丫头语重心长地说道。

唐甯闭着眼睛，咬着牙，她就知道会是这个样子，别看是在异国他乡，这个丫头的伶牙俐齿让身为文学专业出身的唐甯都甘拜下风。但是她很乐意被安丫头这样训斥，仿佛又是尹柳柳在自己身边一样，那么吵吵闹闹。好吧，唐甯承认，她真的，真的真的很想念尹柳柳。她永远都忘不了，忘不了自己带着尹柳柳去见楚天皓那天。

尹柳柳整个人都崩溃了，因为唐甯很清楚，尹柳柳根本没有意识到她把方志远当成了楚天皓。所以，当已经身为人父的楚天皓出现的时候，尹柳柳差点晕眩过去。唐甯没有办法，真的没有办法，她虽然很残忍，但是却必须让尹柳柳清醒过来。

她不允许尹柳柳在迷恋方志远的错误路上，越陷越深。

“唐甯，我恨你。你太残忍了，你就是嫉妒我，嫉妒从小就在你影子中的我现在过的比你好，比你更优秀，比你更接近幸福。所以，你把我的幸福都毁了，从此以后，我再也不想看见你。”

唐甯的字典里，有一种很固执的性格叫做自尊。当别人说出这样的话时，等于给唐甯判刑了。或许在唐甯的一生中，能够践踏她尊严践踏她原则的就只有顾云栖了。当时的痛苦几乎挑战了唐甯的极限，从此，她不允许任何人来践踏她的尊严。

所以当尹柳柳说这些话的时候，唐甯便决定永远，都不会再出现在尹柳柳的面前。不是斗气，而是成全。因为自己的存在，就在提醒尹柳柳两段不堪回首的感情，尹柳柳永远都站不起来，面对新的人生。

“唐甯姐，你又在发呆吗?”安丫头挥挥手，纳闷地盯着出神的唐甯，对于从小就在国外长大的亚洲姑娘，安丫头根本就不能理解爱情也好友情也好，会有那么大的杀伤力，可以让唐甯这样的女人，总是一个人忧伤地舔着伤口。

都快一年多了，唐甯总是这样，喜欢发呆。而且安丫头很清楚，每次唐甯发呆的时候，其实都是在想念她的过去，那些折磨她的点点滴滴。

安丫头不懂，她有谈过恋爱，也有过所谓的死党。但是她身边总会出现不同的人，变换着不司的角色，她不会像唐甯这样，死守着过去不放。

“唐甯姐，如果你自己不去寻找幸福，幸福不会来找你的。Peter，应该是你的幸福。”最后安丫头叹了叹气，摊手说道。

唐甯却始终无动于衷，她笑了笑，“他不应该把时间浪费在我的身上。”

原来书上说心如止水，真的一点都没有骗人。

可是Peter仍然没有放弃，他如一个鬼魅般，始终在唐甯的身边周旋着，只是唐甯，总是微笑，距离却保持的刚刚好。

圣诞节，整个街道都是一片节日的气氛。在国外，老外们总是有很多理由快乐和狂欢，他们的笑容，他们的快乐，他们的热闹，统统都与唐甯无关。

象征性的和孔子学院的老师们一起吃了晚饭，以头痛为理由悄悄地离开了 party，她穿着厚厚的外套，在雨雪天气中前行。

从口袋里拿出一个钥匙扣，挂着一个晴天娃娃，做工很粗糙，上面赫然刻着“一霖”的字样。

“老师，你们城镇里的过年气氛真的太浓厚了，我在家里过年，从来都没有这样兴奋过。”方一霖一手拿着糖葫芦，一手拿着烤串儿，吃的津津有味，还不住地吸着鼻涕。

唐甯忍着笑容，因为方一霖的样子真的像足了没有见过世面的孩子，对任何事情都感到惊奇，他的眼神，纯真清澈，他的笑容，能在这个寒冬中带来无限的温暖。

叹了叹气，唐甯没好气地说，“你这个样子真的很像落魄的贵公子好吗？”

“老师，你说啥？太吵了，我听不清楚。”刚好他们两个走到了舞龙灯的地方，震耳欲聋的打鼓声，还有一浪高过一浪的叫好声。

那舞龙的在前面翻滚着，龙的眼睛眨巴眨巴地跳动着，活灵活现，惟妙惟肖。不知哪里来的伙伴，将一条条板凳放在了路中央，大概有三层那么高。

一起舞龙的有两个人，一前一后，都一级一级的跳上了板凳，随着鼓点和节奏，在板凳上做着各种跳跃和姿势，如一条活生生地龙在翻腾。当鼓点的节奏越来越快速时，舞龙的两个人上演了最高潮的表演，在三层的板凳上单脚站立，一前一后跳到对面的高凳上。

围观的人们都在下面伸长脖子观望着，特别是方一霖，目不转睛地盯着，嘴中含着的冰糖葫芦都忘记咀嚼了，整个人都看傻了。

站在旁边的唐甯只是傻傻地盯着这个大男孩，她心里清楚，她和方一霖的回忆，多一秒就是一秒的幸福，她瞧着这个面容姣好的大男孩，这个比自己小却能走进自己心房的大男孩，她的内心，百感交集。

“方一霖，我喜欢你。”唐甯说出这句话后，自己就后悔了。她捂着嘴，她以为，这一辈子，她都不会对方一霖说这样的话。当初菲菲询问唐甯的时候，唐甯的回答也是模棱两可的，但是此刻，当方一霖出现在自己的家乡，出现在自己家门口时，她竟然有了说出内心真实想法的勇气。

“什么?”方一霖愣了愣，低下头，一脸迷惘地瞧着唐甯，顺便咀嚼了口中的食物。

明明是寒冬，唐甯却感觉脸上火辣辣的。“没什么。”

转身就从人群中走开了，唐甯的心，跳得很快，让她一时乱了方寸。以为自己死皮赖脸的初恋后，自己对告白也好情感也好，再也不会耳红心跳。

唐甯总是有很多以为，不自量力的以为，总会被现实无情地推翻，结果便是她的仓惶逃走。

“老师，你说啥嘛?我刚刚去看舞龙的去了，你再说一遍嘛。”跟在唐甯身后的方一霖却一脸的委屈，他丝毫不知道唐甯到底说了什么，以为此刻的唐甯在生自己的气。

实在被问烦了，唐甯停下急促地脚步，然后怔怔地瞧着一脸无辜的方一霖，“我说，你今天晚上吃了太多东西了，快把我的钱都花光了。”

“哈?”方一霖刚好把肉串吃完，熟练地从远处把竹签投入垃圾桶后，讪讪地笑了笑，“原来是这个，我都快忘记了，咱们的老师是个穷光蛋。”他四处望了望，最后眼神一亮，然后就消失了。

唐甯跟随着方一霖，看见他坐在了商贩的板凳上，跟着雕刻师傅学制作吊饰，一笔一划，认真地样子，好看到让唐甯心醉。

“当当当！诺，这是我对你刚刚抱怨的补偿，不错吧？这全是我亲手做的，有了它，你以后发愁了可以许愿，保证很灵验，这个晴天娃娃价值连城吧?”方一霖的手上布满的竹屑，憨憨的笑容，粗糙的晴天娃娃，一切都被时光定格了。

“无聊。”

说是这样说，但是唐甯却一直珍贵的保存着这个晴天娃娃。

“嘟嘟!”

一阵喇叭声，唐甯一个不留神，被什么东西推倒了，接着是一阵英文的咒骂，这时她才晃过神来。

“嘿，唐老师，你没事吧?”Peter抱着犯傻的唐甯，唐甯一句话都说不出，惊魂未定。

“老师，以后过马路还是不要发呆的好。”Peter瞧着这个看似很强大，实则却需要人保护的女孩子，细心地提醒道。

唐甯点了点头，却发现自己手中的晴天娃娃不见了。“我的娃娃，方一霖送给我的娃娃不见了!”她刚动了动身子，脚踝处却传来一阵一阵的疼痛。

“别动，看样子是崴脚了，强行走动会肿起来的。老师你待着别动，我见过那个娃娃，我去帮你找。”Peter说着，将唐甯扶到了房檐下，让她撑着伞等候着。

风很大，雪在飘。

Peter就在这附近来回地找来找去，天那么黑，Peter用手中的小电灯搜索了近一个小时。

眼看着午夜的钟声快响起了，唐甯叹了叹气，或许，是该放弃的时候了。

Peter 背着唐甯，走在泥泞的路上，两个人一直都很安静。

“老师，你比我想象中的沉哦。”Peter 突然打破了沉寂，然后嘿嘿一笑，“不过我愿意背着沉沉的老师，一直走下去。”

什么?

唐甯记得，在一个夜晚，方一霖背着他，也说了同样的话语。

“老师，你到底多少斤啊?”

“你知不知道询问女人的年龄和体重等于是踩中女人的地雷吗?”

“老师，你肉真的很多啊!”

“谁让你瘦得跟竹竿一样，拜托你们这种有钱人的大少爷好好吃饭好不?”

“老师，你快勒死我了，我不能呼吸了!”

“乱说，不能呼吸的人还能说话?”

“老师，你屁股真的很大唉，我的双手都快抓不住了!”

“那叫性感！你不知道抓大腿啊!”

“老师，还没有到你家啊?”

“左拐第二个楼就是，7 楼，没有电梯!”

“老师。”

“恩?”

“今天晚上，你很可爱，一点都不像老师，像个少女!”

一把抓住方一霖的耳朵，“你的意思是平时你把我当成老太婆咯?”

“痛痛痛，除了我妈，没有人敢揪我耳朵!”

“谁让你把我好好的星期六美好夜晚弄的一团糟!”

“老师，你轻点好不！老师！”

“老师，你的胸也太大了吧？你能照顾一下我的感受吗？我这样不容易集中精神逃命好不？”

“痛痛，好了，我不说你是大胸妹好了吧？说你是小胸妹，太平公主起驾回宫！”

方一霖啊，方一霖，那个唐甯决定放下的方一霖总会出现在自己的梦中，出现在她生命的每一个节点，头脑的每一个瞬间。

方一霖啊，本来以为只是一个自己生命过程中平凡不过的过客，一个调皮的学生，但是关于和他的点点滴滴，竟然嵌入了唐甯的生命中。

她选择了出国，选择了退出，选择了遗忘，但却始终走不出有方一霖的记忆。如今，晴天娃娃没有了，在这个突发的圣诞夜，或许，是一个讯号。

“老师，和我在一起，你真的有那么害怕吗？”Peter 将唐甯送到家门口的时候，最后忧伤地盯着唐甯，喃喃细语道：“我不介意你的过去到底怎样，不介意你的心中曾经装过多少人，但是我有信心，打造属于我们的回忆。”

重重地呼出一口气，自己上过高山下过火海，曾在最疯狂的岁月里追求过一个冰山男子的爱恋，也曾在最迷惘的时光里和自己的学生上演了一场纠结的爱恋。自己，还害怕什么呢？

和 Peter 在一起的日子，的确是美好的。Peter 是个冒险家，总是带着唐甯在各个地方走动，每每在唐甯感受到大自然的鬼斧神工之余，还会对 Peter 的无微不至和强大的安全感赞叹不已。

没有什么比给女孩子安全感更重要，这也证明，Peter 真的是个完美的情侣。

他们会在电影院里相拥，会在相互学习中逗玩，会在大雨天牵手而行。有时候，情绪大好的Peter会抱起一把吉他，在大街上随意一坐，忘情演奏，而唐宵也时不时会哼上一两句，走走停停，弹弹唱唱。

“我才不信呢？你这丫头是欺负我这个老婆子记忆不好吗？你从小除了读书，啥都不会做！还有，你的那个洋鬼子学生一点都不调皮，我不喜欢。”外婆吃了一点面包，又开始乱打岔了。

正说在兴头上的唐甯如被浇灌了一杯冷水般，很是生气。“外婆，人会变的好不？我一个人这些年离家求学，全靠自己好不？再说了，外婆你的价值观有问题吧？谁都喜欢稳重成熟的学生吧？你怎么就那么重口味，喜欢调皮的学生呢？”

“我喜欢调皮的学生，你舅舅小时候就把老师给弄疯了，所以说你舅舅最聪明。还有，我记得有一年过年的时候，不是有个学生来找你吗？那个学生也调皮可爱，跟你舅舅一样。”

“好，但是外婆，你如果再打断我，我真的就不再跟你讲这个故事了哦？”

外婆张开嘴巴，赌气地瞪了唐甯一眼后，立马捂着嘴唇点了点头。

“唐甯姐，你和Peter相处的让人羡慕。”安丫头时常会祝福唐甯，露出温暖的微笑。

别说安丫头，连唐甯自已，也觉得和Peter相处的很顺利，两个人在一起半年多，Peter总会变戏法一般让唐甯感动，他的稳健，他的才华，他的真诚，确实过于完美。

无奈的是，如此完美的男友，却总给唐甯带来一些莫名的忧虑。她不清楚到底是什么，但是每次和Peter在一起后，不管多快乐多舒服，事后她的心中，总会空荡荡好一会儿，心慌的她只能不停地喝着红酒。

她找不到原因。

Peter带着唐甯去国家森林公园旅行，这次，比以前任何一次都要正式，唐甯感觉出来了，然而也只是感觉到而已。

唐甯的体质毕竟没有美国爱运动的姑娘强健，而Peter总是很耐心地陪伴在唐甯的周围，照顾唐甯，陪着唐甯攀岩，露营的时候给唐甯唱歌，Peter是个暖男，跟他在一起，真的很安心。

“Honey，你知道你最吸引我的地方是哪里吗?”Peter挨着唐甯坐了下来，他本身有一些汉语的底子，再加上通过这么久的学习，Peter也能说出一些连贯的普通话。

唐甯接过Peter递过来的水，大口地喝了好几口后，摇了摇头。

Peter也喝了几口水后，大手一擦嘴角的水滴，然后讪讪一笑，“是你的气质，我不知道是不是应该用气质这个汉语来表达，你虽然也笑，但是眉间的烦恼是掩饰不了的，你和别的女孩子，很不一样。”

抿嘴笑了笑，“所以，拥有不怕吃苦精神的你，开始对我发起攻击了吗?”

Peter也跟着笑起来，连笑了好几声后，然后重重地叹气，“我喜欢让你的嘴边出现微笑，我喜欢，你所有的喜欢。”

“Peter，你现在的中文水平可以去当诗人了，一定要告诉别人是我把你教出来的。”唐甯打趣说。

而Peter却带着一丝苦笑，盯着唐甯须臾，然后再次叹息道，“Honey，其实你知道我想说什么对吧?每次我想和你谈心时，你都会是这个样子，让人无法继续。”

一时间，唐甯竟然不知道该怎么回答。是这样吗?

片刻的沉默后，Peter 鼓起了足够大的勇气，站起身，单膝跪在了唐甯面前，真诚说道：“Honey，你愿意在你接下来的时间里，让我，继续陪伴你，直到老吗?”

求婚?

有那么几秒钟，唐甯竟然完全没有反应过来，只是痴傻地盯着 Peter，确信 Peter 不是在开玩笑后，才恍然大悟。

“然后呢?”在飞机上，外婆使劲地摇晃着昏昏欲睡的唐甯，唐甯撇撇嘴，“外婆，你还没有听够啊? 我真的快要累死了，我们休息一下吧，不然你到美国会困的。”

“哎，我一点都不困，我只想知道然后呢?”

因为经济的原因，唐甯和外婆坐的是经济舱，现在大部分乘客都入睡了，唐甯实在是不想打扰别人睡觉，“然后就是，我拒绝了。我们两个尴尬地待了一会儿后下山，彼此再也没有见面了。”

唐甯笑着瞧着外婆，外婆先是一楞，却冷着脸，“一点都不好听!”

“好了，外婆，你怎么跟小姑娘一样，那么喜欢这些故事，好啦好啦，其实也没有那么简单，很辛苦。Peter 人真的很好，我错过了会遗憾一阵子的。不过，我和他现在也是很要好的朋友。没办法相信吧，和 Peter 做朋友，更让人舒心呢。”

外婆听了不禁撇撇嘴，“你的意思是，你放弃了一个好男人? 你会后悔的，好男人永远都不会缺女人的。”

“外婆果然是外婆，真的，什么都知道呢。在我回国之前，我去参加了他的婚礼，新娘子是安丫头，是不是很反转啊? 他们两个人现在很幸福，这才是郎才女貌真正的结局吧，真心祝福他们，他们也会是我一辈子的朋友。”唐甯给外婆盖了盖被子，

“好了，外婆，快休息吧，明天咱们就会到一个全新的世界哦。”

外婆满意地合上了眼，脸上还是带着笑意。

就在唐甯快要睡着的时候，外婆突然说了一句话。“你难道一点都不喜欢那个洋鬼子？”

唐甯愣了愣，果然，外婆虽然得了老年痴呆，但什么事情都瞒不了她。“喜欢的，我不会勉强自己做一些自己不喜欢做的事情，我喜欢过Peter。”

“那，为什么你没有答应他求婚呢？因为他是你的学生吗？”

“不，因为我心里已经住了一位学生了。还有就是，喜欢并不代表爱，适合并不代表要永远在一起。”

“那为什么我没有见过那个孩子呢？”

“外婆，你见过的。”

“是吗，我怎么记不得？又是你编造的故事吧？”

唐甯望着窗外的夜晚，上一次自己坐在这里的时候，梦到方一霖奋不顾身地来追自己。她猜中了开头，却没有想到梦境的结局那么残忍。是不是意味着，她和方一霖，根本不可能有结果？

他们，一直住在自己的心里。

Peter那天的求婚，什么都恰到好处，风景也好，情绪也好，气氛也好。如果当时唐甯答应的话，现在恐怕也已经身为人母了。

但是她真的做不到，当Peter真的向她求婚时，唐甯才猛然发现自己真的做不到。那个时候，唐甯满脑子里闯出来的画面都是方一霖，方一霖在山顶的告白，自己在梦中编织的方一霖求婚，一切的一切，似真似梦，却怎么也抛不开，怎么也忘不掉。

当时唐甯才猛然发觉，和Peter在一起的大半年时光，表面上看起来自己是平静和幸福的，其实暗潮汹涌的大门一旦打开，却怎么也逃离不了。

原来她爱方一霖，已经到了这种地步。

而唐甯的失控，让半跪着的 Peter 很是手足无措，他靠近唐甯，瞧着唐甯痛哭流泪的样子，似乎也找到了他一直找寻的答案。

“Peter，对不起，我做不到。我以为我做到了，做到了可以忘记过去忘记回忆。可是，我做不到，对不起，我做不到。”

果然，一个人可以拥有最高超的骗术，骗的了全世界，却唯独骗不了自己。

Peter 抱着唐甯，将下巴靠在唐甯的额头，“I see……”

他什么都知道，却愿意尝试一把，哪怕输得一无所有，也要倾其所有，赌一把。即使输，也要绅士的结束，然后，再开始新的人生。

唐甯不知道 Peter 和安丫头是怎么从朋友发展成为恋人的，但是她发自内心的为他们高兴。在和 Peter 分手后的一个星期，唐甯收到了一个包裹。

是一个包装得很好的晴天娃娃，是方一霖送给唐甯的那个晴天娃娃，还有一张留言：sorry，Peter。

唐甯叹了叹气，柳柳找到了森亚，她是幸福的；菲菲等到了一霖，她是幸福的；安丫头打动了 Peter，她也是幸福的。全世界都在幸福，唐甯，还在幸福的路上，她迷路了。

“外婆。”

“恩？”

“如果我说，我这一辈子都可能不结婚，你会不会生气？”

“……”外婆已睡沉了。

第六章　我的世界不能没有你——森亚

从小，崔森亚就生活在娱乐圈里，每日，瞧着形形色色的人，看着他们演绎完全不一样人生，各种表现，他都看在眼里。

很小很小，崔森亚都记不得自己有多小了，他就已经很清楚地意识到：人类是那么自私和虚伪，人们总是装成一个样子，将自己真正的内心隐藏。

但是当他第一次看到尹柳柳的时候，他感受到了温暖。或许，柳柳真的如他们所说，弱不禁风，柔柔弱弱，但是有些人说不清楚到底哪里好，只是谁都替代不了，而柳柳就是森亚的“谁都替代不了”。

如果说那次冒失的告白是因为方志远的出现而被破坏，森亚在以后的日子里，尝试过各种追求的法子。

贵为国民偶像的森亚竟然一直都没有谈过恋爱，是，从他懂事起，有很多女孩子追求过他，包括不可一世的 Linda，而他都一一拒绝了。以至于 Linda 很不开心，拒绝和他的一切商业演出，说什么来着，演艺圈的人，都太虚伪。一方面维持着全能的女神形象，一方面，却觉得自己受到了侮辱和委屈。

但是森亚很感谢 Linda，如果没有她的罢演，森亚不会再次遇到尹柳柳，遇到这个唯一让自己动心的姑娘。

森亚清楚，如果这次再不抓住机会，一辈子，恐怕都要和尹柳柳越走越远了。

今天是个很重要的颁奖晚会，而他却一直在幕后准备给尹柳柳这辈子最大的惊喜。

颁奖晚会很冗长，而森亚却能透过摄像机，看到嘉宾席上的尹柳柳。她总是那么美那么吸引他的目光。

细细数着自己和尹柳柳的风风雨雨，自己到底正式地追求过多少次呢？

第一次，是尹柳柳演电视剧杀青后，他主动邀请尹柳柳散步的时候吧。

“你说什么？晚上有没有空？”

庆功宴后，和崔森亚并排走的尹柳柳低声问着。

“恩，我想带你去一个地方。”

尹柳柳笑了笑，“去是可以的，但是不许像上次那样说那些吓唬我的话了。”

走了几步后，发现崔森亚根本就没有跟来，而是站在原地，目光中，充满了失望和受伤。“尹柳柳，你觉得，我上次的表白是吓唬人吗？”

“不，不是，我不是这个意思。”意识到自己说错了话，想收回自己的话也不行了。

……

第二次，第二次是尹柳柳接拍了第一部电影，辗转到了大荧幕，崔森亚主动去了尹柳柳的家中。

尹柳柳当时有点纳闷，这个时候了谁来啦？难道是自己的经纪人?

打开门，却是森亚。“你好。”

“嗯? 这么晚了，你怎么来了?”“我……”

“别待在门口啊，快点进来吧?”尹柳柳刚刚说出口就后悔了，家里只有她一个人，森亚曾经说过喜欢了自己十年，会不会，很尴尬?

仿佛是看到了尹柳柳眼中的后悔，森亚立即抱着手，尴尬地说道:“不了不了，我只是来告诉你一个事情的，我说完就走。”

“嗯?”尹柳柳不懂了，什么事这么晚了还来告诉自己? 有一种无形的压力，朝着尹柳柳袭来，搞得她很紧张。

“是我一整晚都没有办法睡着的事情。我……”森亚的面容突然变得很严肃很严肃，眸子里尽是比星星还璀璨的闪动。然后变花样般，他拿出了一幅画。画中描绘的是一个郁郁葱葱的场景，里面穿着蓝色长裙的长发姑娘，正在拿着画笔画着什么。那个人，就是尹柳柳。

“我……”森亚还是迟疑着，最后咬咬嘴唇，准备不顾一切说出来。“第一次对你告白的时候，我知道你很惊讶。但是这次，我是拿着我喜欢你的证据来的。看见这里的落款了吗? 大学的第一年，我发现了在学校后山画画的你，你在画着你的画，我把画画的你，画了下来。我想把这幅画送给你，柳柳，你现在，你现在单身了。我知道，我知道你很努力很努力地想做好你的工作，但是，但是我还是想郑重地告诉你，我希望追求你，让你成为我的女朋友!”森亚大声说。

而尹柳柳，如被电击般，连眨眼睛的动作都忘了，张着嘴巴望着森亚。

“追求我?”尹柳柳觉得自己的耳朵出现了问题，木讷极了。

如果说长达十年的想念是一种虚无的喜欢，但是当森亚再次邂逅尹柳柳，和她演完《最美的天使》后，森亚清晰的发现，自己已经无可救药的爱上了这个女人，在短短的这些日子里，他已经想她想的快发疯，他更是连睡眠都没有办法保证。他现在只有一个信念，一个很强烈很强烈的信念，他必须现在告诉尹柳柳，他爱她，他想和她永远在一起。

“追求？”尹柳柳还是没有反应过来，全国女性心目中的白马王子，竟然真的喜欢自己？多么滑稽。

森亚都被尹柳柳的反应搞的很不知所措了，他长这么大，从来没有对女孩子说过喜欢这样的话，而且是对同一个女孩告白了第二次。现在的他有点狼狈，心跳加速，也不知道下一刻尹柳柳会怎样答复自己，森亚紧张的样子是从未有过的，这就是恋爱吧。

一把将尹柳柳搂入怀中，“柳柳，我知道现在说这些有点失礼，但是我真的受不了了，我真的爱上了你，如果我不说出来我会后悔的，所以，请你做出回答好吗？你，愿意做我的女朋友么？我许诺会给你一段美丽的爱情。”森亚眼神是迷离的，尹柳柳身上淡淡的香味是如此醉人，森亚有一种愿将时间永远留住的强烈想法。

尹柳柳终于意识到森亚不是在演戏或者是开玩笑了，她清晰的记得以前小的时候，有个大男孩对自己表白，是为了抢走自己好不容易骗来的棒棒糖。少女的时候有个很帅气的男人对自己表白，当然，那个男人就是最后背弃自己的楚天皓。方志远，从来没有对自己告白过，他或许以为，告白是小孩子玩的游戏，他觉得成为他的女人，是那么的理所当然。现在居然又有人对自己表白了，尹柳柳摇了摇头，努力的从森亚的怀抱中挣脱出来，干笑了几声。“哈哈……森亚，你还真会开玩笑，哈哈……果然很好笑，哈哈……你是不是在练习新的电影台词？哈哈……喜欢你的女朋友们都可以组织打一个赛季的足球赛了，哈哈……真好笑，放心，我明天就忘记了，哈哈……瞧，我都困死了，再见，晚安！”

也不知道到底天南地北的说了些什么，尹柳柳猛的将门关上，大喘着气，紧紧的捂住自己的胸口，刚才自己笑的都快抽筋了，不知道森亚到底走了没有。

森亚想过尹柳柳会拒绝，也想过她的千万种反应，却没有办法想到尹柳柳会是这种回应。他呆呆地站在门外，看着无比冰冷的铁门，恍然隔世般。最后森亚竟然无奈的笑了起来，这就是自己所喜欢的女孩子尹柳柳，竟然会认为自己是在演戏？不对，她在心虚，她不知道该怎么回应。因为她的眼神已经出卖了她。森亚只能苦笑着离开这个他心心念念的地方，把自己的作品放在尹柳柳家的门口。

尹柳柳可以拒绝，但是，他的信念，必须传达。

从猫眼里确定森亚离开后，尹柳柳才放下心来。

回到自己的沙发上，喝下仅剩下半瓶的红酒，压压惊。尹柳柳就算是遇到警察的盘问也从来没有这么紧张过，果然是森亚的魅力啊。

第二次告白在尹柳柳喝下的红酒中，失败了。想到当时自己的窘迫样子，此刻的崔森亚都想笑出声来。

那第三次呢，第三次，应该有进步了吧？

“嗨，森亚，好久不见，又合作了。”即使这样，尹柳柳还是很友好的和森亚打了个招呼，但是表情已经没有以前那么自然。

“嗯，的确是好久不见，我们不见了整整一个月，大概有几千个小时不见，你也没有回我的短信，更是连电话都没有接。我，有那么可怕么?”森亚灼灼地问着尹柳柳。

尹柳柳干笑了几声，她怎么会不相信森亚真心喜欢自己十年了。如果说第一次告白是偶然，第二次告白尹柳柳看到那幅画的时候，她不得不相信这个事实。在自己最痛苦的那些时光里，原来一直都有一个男人默默地喜欢着自己。可是，经历了楚天皓的背叛，方志远的虐恋，现在的尹柳柳，对感情真的怕了。“呵呵……是吗？可能太忙了。”

森亚拉住了尹柳柳，“今天只说公事，我们好好配合把这首曲子录了吧，我听说这是你亲自填词的作品，你也不想让大家失望吧?”

尹柳柳哑言。

这次是和崔森亚为他们的作品演唱主题歌，是尹柳柳自己填词，请优秀音乐人制作的，名字叫做《天使》。

恍然一眼，那晨光中的一瞥。

若隐若现，那白衣下的容颜。

心跳跳跃，那绽放里的春天。

oh，浪漫的不是四季，而是牵手的瞬间。

你是我心中的天使，翅膀上的明天，也是记忆中的甜点。

天使，永远的天使，不求咫尺的蜜言，为了共赴天涯的心愿。

牵着我的手，我们乘着风，以幸福的名义，

到永远。

……

“ok，尹柳柳的声音很干净，崔森亚的技巧娴熟，这首歌完全是为你们而设置的，太完美了。大家也辛苦了一天了，好好休息吧，等待着大众对这首歌的检测吧。”音乐总监制笑着对大家说。

尹柳柳重重地松了一口气，毕竟不是自己的强项，唱歌和演戏还是有不同的地方，不过需要感情倒是相通的。崔森亚直勾勾地望着尹柳柳，怎么看怎么喜欢，不过尹柳柳却觉得别扭，又想起一个月前森亚说的那些话，她的脸颊，开始滚烫起来。

“你是在害怕我么？尹柳柳。”崔森亚有点受伤，如果早知道表明自己的感情，会造成自己和尹柳柳连朋友都做不成的话，崔森亚说什么都不会选择说出的。

“没有没有，只是只是……哎，森亚，我们是好朋友对吧？你看看我，没有好的背景，现在住的房子都是公司暂时分配的，长的也没有什么特色，大声说话大声笑的，我根本不值得你那样付出。而且，网上关于你，关于你有很多绯闻女友的事情，我觉得，你可以考虑那些美丽的女星。”尹柳柳觉得自己已经说的很委婉了，但是还是看见了崔森亚眼神中的失望和受伤。

崔森亚没有说话，只是眼垂的低低的，他不知道该说什么。

“哎呀，你知道我不会说话的，对不起对不起，我要走了，我和经纪人一起约好的。”尹柳柳实在受不了在这个录音棚里和崔森亚这样尴尬的说话，她想跑出去。

森亚拉住了尹柳柳，“柳柳，我希望你能给我一个机会，下个月的二十号是我的生日，我会在明珠顶楼等着你，如果你不出现，我是不会回去的。”森亚这样说着，从来没有如此的霸气和执着过，以往他都是温文尔雅的。说完便离开录音棚，将落寞的背影留给了尹柳柳。

尹柳柳呆呆的看着，心里也不好受，森亚一直都很帮助自己，自己却这么无情的拒绝他。

柳柳刷着牙，看看日历今天有没有工作，却看见了上面画了个很囧的表情在旁边，是二十号。尹柳柳才想起来今天是森亚的生日，上次去录音以后森亚基本上都没有联系过自己，今天是他的生日，不知道他是不是真的在明珠顶楼上？

尹柳柳摇了摇头。“怎么会呢？或许他只是开玩笑而已，他这么多的女朋友，今天这么重要的日子他怎么会等自己呢？尹柳柳，你不要想太多了。”她就这样安慰着自己，伸了一个懒腰。

尹柳柳最喜欢现在的生活了，又可以演自己喜欢的戏，又可以拿到公司的戏，《最美的天使》也拿到了一笔不俗的戏酬，可以吃自己喜欢的草莓蛋糕。今天她就准备到商场去疯狂疯狂，打算给自己添一些衣服，不想每次都是覃帆给自己准备这些，特别是女生的贴身衣物。不像以前的日子，吃也吃不饱，衣服都是专门为了骗人的几套。

踏上这个城市最奢侈最昂贵的商场，尹柳柳的心情无比激动，手中拿着自己的银行卡，仿佛掉到了天堂里。

oh，浪漫的不是四季，而是牵手的瞬间。

你是我心中的天使，翅膀上的明天，也是记忆中的甜点。

天使，永远的天使，不求咫尺的蜜言，为了共赴天涯的心愿。

牵着我的手，我们乘着风，以幸福的名义。

整个商场都回荡着这首熟悉的旋律，尹柳柳怎么听怎么觉得这首歌好熟悉，而且女的声音更熟悉？尹柳柳也没有管，继续选着秋冬最时尚的衣服。

“哇，好好听，这首歌真的太好听了，我还以为只有大街上才会放，没有想到这种高级商场里都会放，好激动好激动。”这间店里的两个店员在激动的讨论着，尹柳柳也没有注意，只是听到而已。

另一个女店员也笑着说。“是啊是啊，现在我朋友们的铃声都是这首歌，真的太好听了，干净，旋律又好听，特别是森亚和尹柳柳两个如此绝配的男女对唱，实在是太美太好听了。”说着也跟着哼了起来。

尹柳柳睁大着嘴，是啊是啊，这的确是自己和森亚一起演唱的《天使》那首歌，难怪啊，难怪自己觉得这么熟悉，真是糊涂糊涂，覃帆告诉自己《最美的天使》现在是国内最火收视率最高的电视剧，尹柳柳不以为然，不认为是什么大事。准确的说是她不明白什么是火的意思，她每日都待在公寓里，根本不知道外面发生了什么事情。没有想到连片尾曲都被大家喜欢，尹柳柳有点高兴，但是很快又没有了气势，应该是归功于森亚的魅力吧。

想到自从和森亚拍“甜蜜时光”的广告片开始，森亚真的一直都在帮助自己，而自己，那天却说了那样的话。

尹柳柳果断地离开了商场，坐上了出租车。“师傅，您可不可以快点啊？我赶急事。”尹柳柳不停的看着自己的手表，可是车子却没有前进的迹象。

“不好意思啊，小姐，这条路是最拥挤的，现在又是高峰期，只有等等了。”师傅也很无奈，尹柳柳看着长长的车子，都傻眼了。

时间一点一点过去，外面开始下起雨来，尹柳柳真的等不下去了，付了车费便下了车。“尹柳柳，加油!”尹柳柳对自己鼓鼓劲，然后长长的呼了一口气，脱掉高跟鞋，拿到手里，开始奔跑起来。

雨越下越大，尹柳柳也顾不得这么多，她只知道不能够让森亚一个人等，今天是他的生日，自己不能够再伤害他了。自从遇到森亚以来，一直都是森亚在帮助自己，现在是时候自己帮助森亚了。

好在尹柳柳身子虽然弱弱的，但是毅力和耐力还是可以的，花了快半个小时尹柳柳便出现在了明珠大厦下，明珠大厦可以说是这个城市的代表和标志，整个大厦都是落地式的玻璃装置，全部是用来观赏夜景和星象的，而且据说如果情侣在这里一起许下心愿的话，一定会实现的。尹柳柳以前只能够远远的望着明珠大厦，这里一般的人是进不去的，更何况是到明珠大厦最完美的设计顶楼。

“我我我我我……”尹柳柳大喘着粗气说着话，对面的保安看着这个女子，头发因为跑步的缘故乱糟糟的，脸上不知道是雨水还是汗水，整张脸脏极了，衣服也是一边高一边低，还光着脚丫子。保安摇着头，“对不起，小姐，我们这里不接受衣衫不整的宾客。”便死死的将大门关上，拒绝了尹柳柳。

尹柳柳气都还没有喘过来，便被这样无情的拒之门外，哭笑不得。

“喂，我是来找人的，我是尹柳柳，我是来找森亚的。”尹柳柳打着大大的很厚的玻璃门，突然出现了一群身着警装的保安。“小姐，如果你再这样骚扰的话，我们就直接带您去派出所。”

尹柳柳哑言，讪讪的转身离开。开玩笑，不过尹柳柳根本没有想过要放弃。她好不容易才来到这里，不能够因为这样就离开了。她远远的侦查着，寻找着机会。

突然看见一个中年妇女从大厦里走出来，推着一个大大的车子，走到不远处去倒垃圾，尹柳柳灵机一动，便走了上去，开玩笑，她尹柳柳好歹也是个有演技的女演员了，她的绝手好戏即将上演。

“大婶，大婶，求求你帮我一个忙吧？”尹柳柳突然出现在妇女前面，失声痛哭。

“哎哟哎哟，吓死我了，我还以为是谁呢，姑娘，这么晚了你干嘛啊？”那女人一看也是面慈之人，这样尹柳柳便更有把握了。“大婶，大婶，我才和我的丈夫结婚不久，我很爱我的丈夫，也才为他生下了一个小孩，可是我的好姐妹乘着我怀孕这段时间去勾引我的丈夫，您想想啊，我最好的朋友和我的丈夫搞在一起，而且我丈夫也嫌弃我了，准备离开我和孩子去那个女人的怀抱，现在他们正在明珠大厦上私定终身，大婶，大家都是女人，你说她怎么可以这样残忍的对待我呢？”尹柳柳说的声泪俱下，无比凄惨感人，动作也是要死要活的。

那中年妇女一听也心软了，连忙扶起尹柳柳，“孩子啊，我最讨厌的就是背弃老婆孩子的男人，你放心，大婶一定帮你，你要我怎么做？去骂那个不要脸的女人？”

尹柳柳感激地望着这位心好又好骗的大婶，“大婶，您真好，您一定会有福的。大婶，我只是想现在出现在我丈夫面前，告诉他，我和孩子是多么需要他，希望能够挽回他迷失的心。可是保安根本就不让我进去，大婶，您带我去吧，我的幸福就在这一线间了，求求您了。”尹柳柳顺势倒在大婶的怀抱中失声大哭。

“好了好了，姑娘，这种事情我是一定会帮忙的，我见到你丈夫我也会说他的。我倒是可以帮你，但是不知道你愿不愿意。”大婶指着不远处的专门装垃圾的小车。

就这样，尹柳柳忍受着奇臭无比的味道，一直让大婶推着她顺利的进入了安检，尹柳柳对自己今天的倒霉样感到无比的感慨。

“姑娘，你已经进来了，安全了，可以出来了。”好心的大婶到了一个安全的地方小声的说着。

“哎呀我的天啊，我快憋死了。”尹柳柳如猴子一样跳了出来，全身更脏更臭了，大婶都嫌弃的离尹柳柳几步远。“姑娘，你为了你丈夫和幸福，做出这样的牺牲，老天一定会垂怜你的。”

“谢谢大婶，我先走了。”尹柳柳说着就上了楼梯，按下了最顶楼。

“喂，姑娘，走错了。顶楼被贵宾包了，不能够随便上去的。”大婶提醒着，尹柳柳却甜甜一笑，消失在电梯中。“这个姑娘怎么看着这么眼熟呢？”大婶摸着自己的脑袋，实在是想不起来。

明珠大厦的顶楼被森亚包了下来，有鲜花，有蜡烛，有音乐，有气氛，却没有主角。森亚从早上就开始一个人亲自准备这一切，直到下午，他等着尹柳柳的出现，可是她却没有出现。时间就是一把催眠的笛子，让森亚陷入痛苦的边缘，等待的滋味让森亚痛不欲生。

望着时间，已经快十点半了，尹柳柳应该不会来了吧，森亚有点自嘲，非常不理解自己怎么会这么可怜，正准备收拾东西的时候，顶楼的电梯开了，森亚吩咐过的，任何服务员都不可以上来打搅自己，这个时候了，会是谁呢？

当尹柳柳看着电梯门缓缓打开的时候，尹柳柳感受到无比温暖，大大的顶楼，被一个圆拱形的大大玻璃罩着，玫瑰花瓣铺了满满的一地，还有闪烁着蜡烛的微光。就是在这样的情况下，森亚震惊的出现在烛光中，他看着狼狈不堪的尹柳柳，不敢相信自己的眼睛。

“你先不要过来，听我说。我现在身上很脏，很臭，我自己也受不了自己。我今天很倒霉，来这里的时候堵车，还下着大雨，我是一个人跑来的，跑来的时候保安又怀疑我的身份不让我进来，我是拜托了清洁工阿姨让我待在垃圾大桶里进来的。但是，总算，我到了。”尹柳柳不知道为什么眼泪不争气的流了下来，感觉是一种解脱。她从一直紧紧拽着的手提包里拿出了自己为森亚准备的礼物，“这是我自己画的，希望你喜欢。森亚，我以前对你态度不好，希望你能够原谅我，希望我说这句话不是太迟，生日快乐！”尹柳柳总算把自己准备的话说完了，从电梯里走了出来。

森亚早就眼中含泪了，大步向尹柳柳走去，越走越快，越走越快，只有几米的距离森亚竟然是跑着过来的，一把将尹柳柳抱在怀里，开始深情的吻着尹柳柳。尹柳柳本能的想拒绝，但是脑子里响起了曾经唐甯说过的话，“好啊，有男孩子追是好事”，她没有再拒绝森亚，只是很被动的被森亚亲吻，脑袋里一片空白。

亲吻后，森亚捧着尹柳柳有点花哨的脸，痴痴的看着尹柳柳害羞的表情。“本来是化了一下午的妆，本来还穿的很漂亮的，想打扮的美美的来见你，但是没有想到，会变成这个样子。”尹柳柳有点不好意思。

森亚想都不想，就把尹柳柳拥入怀中。“我以为你不会来了，我已经做好收拾一切的准备了，我真的以为你不会来的，感谢上苍，把你送到了我的身边，太好了，你知道么？我长这么大，根本就不相信什么是爱情，可是遇到了你，柳柳，我真的好幸福，我感受到了爱情的魅力，谢谢你给我这么一个机会，我一定一定一定会好好照顾你的。”森亚很激动。

尹柳柳没有想到自己的到来成了答应森亚的暗示，她挣扎着从森亚的怀抱中挣脱，“我不是……”尹柳柳刚说了三个字，就呆呆地望着森亚那饱含热泪的眼眶，脑海中出现了这些日子，有森亚出现的一点一滴，他的付出，他的牺牲，尹柳柳突然心软了。

尹柳柳还不是很确定是不是喜欢森亚，因为她不确定喜欢是什么滋味，也不确定爱情是什么感觉，她也没有想过，但她肯定的是自己根本不讨厌森亚，今天是他的生日，如果自己拒绝他的话，也太过分了吧。思前想后，尹柳柳才试探性的说道：“森亚，我以前没有谈过恋爱，也不知道我们在一起合不适合。我想说，我们可不可以有这样的约定，三个月，我们试着交往三个月好吗？三个月后，如果我们在一起很快乐的话，我们再做决定好吗？希望你能够理解，我对恋爱这种事情一点也不确定。”尹柳柳埋着头，不知道森亚会不会同意，但是尹柳柳真的想不出更好的折中办法，她不想伤害森亚，也不希望勉强自己。

森亚有片刻的傻眼，这还是第一次有人这样和他提议，果然是尹柳柳，什么都和别人不一样，连恋爱都是如此特别。“好，我尊重你的建议，你能够给我机会就是我最大的荣幸，你放心，我知道你这样单纯的女孩子对待感情是懵懂的，但是我保证会在三个月里让你爱上我，我有这个信心。”森亚说完便轻轻朝尹柳柳的额头上一吻。“这就是我们的约定。”

尹柳柳不知道这个决定是对是错，至少现在她不是很压抑，是啊，这是给森亚一个机会，也是给自己一个机会。

“柳柳，来，十二点还没过，我们一起切蛋糕，我实在是太幸福了，这是我这一辈子最快乐最难忘的生日。”森亚兴奋极了，拉住尹柳柳到了圆桌上，尹柳柳看到美味的蛋糕，整个人的肚子就咕咕叫了，要知道来到这里得费多大的劲啊。她也一扫心中的阴霾，兴奋的跟着森亚点蜡烛。

“好了，你快点许愿吧。”尹柳柳催促道，她的口水都快把美美的蛋糕淹没了。

“好，我的第一个愿望是希望尹柳柳幸福，第二个愿望是希望尹柳柳永远快乐，最后一个愿望是希望尹柳柳成为全世界最幸福的女人！”森亚大声对着天空说着，说也奇怪，方才还下着雨的夜空竟然出现了难得一见的月亮，如此明亮。

在柔柔的月光和暖暖的蜡烛照射下，尹柳柳痴痴地望着高兴的如小孩子的森亚，他许的三个愿望都是关于自己的，怎么可以有这么傻的人呢，将自己的生日愿望全都给了别人，尹柳柳从未有过如此被疼爱的感觉。

森亚说着抱着尹柳柳，轻吻了傻傻的尹柳柳的脸颊，然后用手机将如此幸福的画面拍摄下来，成为了定格的画面。

尹柳柳心事重重，只是觉得今天仿佛是一个梦，很纠结很传奇的梦，但愿，她永远都不会醒来。

三个月过去了，尹柳柳又提出继续试着交往半年，半年过去，尹柳柳提出再试着交往一年。今天是约定的最后一天了，崔森亚，不想再给尹柳柳任何理由等待了。

“好，最佳女主角，我们有请上届影后 Linda 和时尚圈的名人方志远先生来颁奖。”主持人的话突然打碎了崔森亚一系列的回忆。他很紧张的瞧着贵宾席上的尹柳柳，崔森亚真的没有想到，方志远会再次出现。

而尹柳柳呢，表面上非常镇静，毕竟她是一个优秀的演员，能够很好的控制自己的感情了，但是她的内心，是无论如何都没有办法控制的。在这些年里，尹柳柳去过方家几次，不知道是巧合还是人为，每次去的时候方志远都没有在。应该说尹柳柳的内心是矛盾的，复杂的，她一方面希望能够看到方志远，想知道他生活的好不好，长胖了还是瘦了，但是一方面却又害怕看见方志远，她怕她好不容易忘却的感情会突然曝光，会失控，会把好不容易搞好的局面又破坏掉。

现在方志远出现在台上，那么闪耀，那么夺人眼球。尹柳柳静静地看着他，那么近却又那么远。这就是方志远啊，魂牵梦绕的方志远啊，尹柳柳笑了，她觉得自己又仿佛活过来一样，那么真实。

“好了，下面我来揭晓本次获得最佳女演员的是……”方志远打开了信封，大家都在静静地等待，等待他们想的结果。只是这个时候，尹柳柳急了，她反倒不希望自己得奖了，她不希望从方志远的手中得到奖杯，她不敢面对方志远灼灼的眼神，和自己狂乱的心跳。

“是实至名归的尹柳柳。”方志远用最简短的话语，说出了尹柳柳的名字，他没想到念到这个名字的时候，还是觉得那么痛。

会场再一次疯狂了，大家都在为尹柳柳高兴，疯狂的呼叫着尹柳柳的名字。

尹柳柳呆住了，脑中一片空白，不知道发生了什么事情。好在经纪人起身拉住了尹柳柳，给了她一个拥抱。“傻丫头，这么关键的时候，一个人在那里犯什么傻？还不赶快去领奖?”

“嗯?”尹柳柳还是傻乎乎的。

“柳柳。”Linda 唤住了尹柳柳，尹柳柳转过头来，Linda 握住她的手，“你是最有资格得到这个奖的人，快去吧。”

哦，原来自己得奖了。得什么奖？最佳女主角?

真的吗？尹柳柳一脸惊异地上了舞台，另一边，是光彩照人的方志远面带着丝丝微笑在等候着尹柳柳，尹柳柳突然有种错误的感觉，感觉好像台下的所有人都在看着方志远和自己，看着他们两个人的故事。

尹柳柳从方志远的手中得到了奖项，方志远伸出了双手，尹柳柳握了过去，才触电般明白，自己真的得了奖，从方志远手中拿到了人生中最美丽的奖项。

崔森亚的笑容突然消失了，他觉得刺眼，尹柳柳和方志远两个人站在舞台上，那么刺眼，那么般配，两个人的笑容都是那么让人晕眩，为什么。为什么有这样的感觉？都已经过去那么久了，为什么看到尹柳柳和方志远在一起的时候，自己的顾虑，自己的担心，总会缠绕住自己，搅拌自己平静的心情?

“谢谢，谢谢大家。”尹柳柳说完话后，便开始哭泣，哭的非常厉害，她太高兴了。台下的人不断爆发出热烈的掌声，都在鼓励着尹柳柳，方志远接过了司仪递给他的纸巾，思量再三，才来到尹柳柳面前，宽慰着她，在她的耳边说了一句话，尹柳柳便没有哭了，她痴痴地望着他，接过纸巾，继续说道：“对不起，我失控了。这个奖对于我来说很重要，我记得，当初决定进这一行的时候，是亲眼目睹了崔森亚先生的一场戏，当时我完全被他完美的演技震惊了和吸引了，才有了之后的决定。可是这一路走来，真的很不容易，当初进新人训练营的时候，常常是顾不上三餐，每天都匆忙的度过，受了委屈，流了泪，还是继续努力着，只是为了心中的梦想。我不是天生就会演戏的，我付出了很多，记得当时新人测试的时候我还得过零分的成绩。”尹柳柳笑谈着这些往事。

大家都笑了。尹柳柳接着说道：“可是我成功了，我得到了手中的奖杯，得到了四个字，天道酬勤。我知道自己学习的东西还很多，这是我新的起点。最后，想告诉为坚持梦想的所有梦想者，再坚持，再坚持一点，你会得到你想要的。”说完尹柳柳深深一躬，便下了舞台。

全场报以热烈的掌声，大家都喜欢看到靠努力和实力的成长史，那样很激动人心。

接着是颁发了最佳导演，毫不疑问是《双面娇娃》的导演，他说了很多让人放松的话，特别强调尹柳柳是他遇到最有天分和灵性的演员，甚至夸奖她会是下一个千面女郎。

最后便是最佳男演员了，森亚凭着他的另一部戏成功拿到了桂冠。帅气的他出现在台上，笑了笑。“我从小就出道了，很多人都说我全靠着我这张小白脸得到什么最受欢迎男演员啊，甚至有一年颁发了一个最受欢迎的女演员奖给我，理由是我比当时的所有女演员都还要漂亮。”森亚假装很生气的说。

下面又是笑做了一团，森亚的魅力就是如此，太耀眼了。“现在，我终于得到了这个演技大奖。我想感谢的人，只有一个人。是她，让我看到了什么叫做认真的快乐；是她，让我明白人生中有很多事情都是要争取的；是她，让我看到了演戏的乐趣；是她，激发起我体内的能量；也是她，告诉我，我可以做的更好，所以，我开始努力开始认真的对待演戏，对待人生，对待生命，所以我今天拿到了这份大奖。”森亚一直死死的盯着尹柳柳，尹柳柳被他看得脸都红了，为什么森亚没有告诉过自己这些事情？现在的森亚好认真，好正经，好严肃，一点都不像以前那个翩翩公子，那么认真和深情。

敏感的媒体工作者们已经扑捉到了非常熟悉的劲爆味道，他们有种预感，这将会掀起本次颁奖礼的最高潮。

“麻烦摄影大哥，能对准尹柳柳小姐么?”森亚说着。

下面立即发出了惊叫声，森亚这么做的寓意很明显，大家都疯狂了，震惊的消息一个接着一个，他们的小心脏都快停止跳动了。

“请大家允许我，森亚，当着在场的所有人，当着全国人民，对尹柳柳小姐说几句心里话。柳柳，认识你开始，我的人生便很不寻常了，仿佛我那看似五彩缤纷的世界一时间全都倒闭了，只为你的颜色改变而改变。看见你笑，我的心里就住着太阳，看见你认真，我就会被你深深的迷住，看见你哭泣，看见你受到了委屈，看见了你受到了挫折，我恨不得为你去挡所有的灾难。森亚说着满腔的情话，那么真挚，他俊美的脸上出现了一行热泪。

而尹柳柳早已泣不成声，森亚到底要干什么，想让她在全国人民面前丢脸么？说的她这么失控？

森亚突然如变戏法般从衣服里取出了一个小礼盒，打开后，是一颗熠熠生辉的硕大钻石。“现在，我请求全国观众作为证婚人，我现在，正式向尹柳柳小姐求婚。柳柳，请嫁给我，让我成为永远照顾你一生的那个幸福男人吧。”

这下，会场真的疯了。

以前的她，沉迷于父爱之中，青春期的她，活在唐甯的影子中，而真正认识崔森亚后，她的世界才开始变得正常。但是对于很多东西她都是不懂的，不明白的，比如说爱情，她花了很多很多的时间，花了很大很大的代价还是参不透其中的道理。

现在摆在她面前的却是另一个非常陌生的名字，结婚。

仿佛是平静的河水中突然出现的涟漪，只是一层而已，但是谁料到最后一圈又一圈，一圈又一圈，搞的湖水好不热闹。尹柳柳记不清当时的会场突然放出了很美的音乐，也记不住自己周围出现了很多祝贺的人，也记不住几乎会场所有的人都齐喊着“尹柳柳，你就嫁给森亚吧”，仿佛要把这个颁奖礼堂掀开一样，振聋发聩。

记不清了，真的记不清了。

只记得森亚真挚的望着自己，他是那么期待。只记得森亚将自己抱在怀中，舞台下面立即爆发出热烈的掌声，只记得森亚小心翼翼的将那璀璨的钻石戴在自己的手指上，只记得最后森亚轻轻地吻了自己。

如做梦一般，自己竟然和森亚在所有人面前，高调的宣布结婚的诺言。

哦，尹柳柳还记得，还记得当时她一瞥，瞥到了一个男人的眼泪，不远处黑暗的地方，一个男人闪着光的眼泪，那个人，是那么熟悉，却又那么陌生。

于是乎，本来是影视界的一个盛会，完全变成了柳柳、森亚的个人 party。在一阵高过一阵的祝福声中，闭幕了。

其实森亚对于自己的求婚是没有把握的，这两年以来，自己和尹柳柳交往的很甜蜜很平静，非常顺利。但是让尹柳柳嫁给自己，他对自己还是没有自信的。所以森亚算是孤注一掷，如果成功了，他便是世界上最幸福的男人，但是若失败了，他就等着全国人民看自己的笑话。

所以现在森亚开着车，不断地看着尹柳柳，每隔五分钟的频率。尹柳柳觉得好笑，“你到底要带我到哪里去？你别老是看我啊？感觉我脸上有东西似的。”尹柳柳脸红着，森亚的眼神实在是太灼热了。

森亚开心的如一个孩子一样，瞅瞅尹柳柳，再瞅瞅。“你，来，掐我一下。”

“什么?”

“别说话，掐我一下。”森亚认真道。

尹柳柳摇摇头，不知道森亚打得是什么主意，便上前去故意使出力气掐了一下，谁让他当着这么多人的面向自己求婚，也没有问过自己愿不愿意。“啊!”森亚发出惨绝人寰的叫声，随后便开心地笑起来，笑得没心没肺的。

“见过自虐的人，没有见过比你更自虐的人。”尹柳柳笑呵呵的说。

“柳柳，我不相信，我不相信柳柳你已经成为我的未婚妻了，我觉得一切都是一个梦，我很开心，我开心的快死了。所以想确定一下到底是不是梦。”森亚兴奋得快蹦起来，尹柳柳淡淡笑着，别说森亚了，自己都觉得是一场梦，那么华丽，那么让人觉得不可思议。

在尹柳柳惴惴不安的自我怀疑中，森亚已经到了目的地。“你干嘛啊。你带我到你家干嘛?”尹柳柳认得森亚的大别墅，虽然森亚和他父亲关系不好，但是也带尹柳柳到过他们家几次。不明白这么晚了森亚带自己来这里干什么，尹柳柳还以为他们要到什么浪漫的地方呢。

森亚笑而不语，拉着尹柳柳就开始跑。

森亚拉着尹柳柳的手，两只结婚戒指就这样紧紧的挨着，那么近，仿佛天生就应该在一起。两只戒指在月光的照耀下，如两颗心一样闪亮。尹柳柳以为森亚会带自己去见他的父亲，没想到森亚根本没有进自己家的别墅，而是通过另一条捷径上了山。

“老爷，这……”管家在身后对着崔老爷欲言又止。崔家是富贵人家，在路上就有监控，知道森亚来了后便通知了崔老爷。崔老爷已经接到无数电话了，都是亲戚朋友看过电视转播打来的祝福电话。崔老爷笑的合不拢嘴，森亚这个孩子从小就难管，长大了更是想干什么就干什么，自己其实很早就想抱孙子，但是看着森亚一直没有女朋友，觉得没有办法为死去的妻子交代，直到看到了尹柳柳。森亚曾经带尹柳柳来过几次家里，看到尹柳柳后，崔老爷便知道这事可能有希望了。现在两个人在全国人民面前许下了终生，崔老爷一点责怪森亚的意思都没有，相反，是重重的解脱。

“无碍，她早晚都是我们崔家的媳妇，到禁地去也是可以的。不过难为森亚那臭小子了，这么多年，头一次去，还带着自己心爱的女人，他们母子的恩怨总算可以尘埃落定了，真是那尹柳柳的功劳啊。”崔老爷长长叹了一口气，满是苍桑的脸上，哭中带泪。

尹柳柳觉得自己到了一个不应该来的地方，她喘着粗气和森亚杀上了山，看到的是一个无比美丽的小公园。看着森亚的表情，他仿佛也是第一次来，那么迷惘和无措。不知道是不是自己的幻觉，总觉得握着的森亚的手在发抖，这到底是什么地方。

没有多久，尹柳柳便知道自己来到了什么地方，原来这里是一个墓地。不远处有一个很漂亮很漂亮的墓地，与四周的鲜花芳草相得益彰。能够有如此大的规模，尹柳柳已经猜到了这里便是森亚死去母亲的坟墓。

“累吗?”森亚突然问尹柳柳，尹柳柳有点错愕，然后摇摇头。森亚很温柔地将尹柳柳掉下来的头发搟到耳朵后，“别怕，柳柳，这是我……我……我母亲的坟墓，我想带你来见见她，好吗?”

森亚哭了，他的眼泪好脆弱，尹柳柳的心莫名的被揪了一下，好痛好痛。

她想都没想就上前去抱住了森亚，“傻瓜，我不怕，我现在是你的未婚妻了，我怎么会害怕呢？有你在身边，我什么都不会害怕的。”

森亚闻言，将尹柳柳紧紧地搂在怀中，尹柳柳的手，感受到一滴滚热的液体，那是森亚的眼泪。

那个晚上，森亚就拉着尹柳柳在他母亲的坟墓前，待了一个晚上。森亚说了很多话，说出了他对母亲的恨意，还有思恋。

下山的时候，天空已经有点泛白了。管家一直在山下候着，安排森亚和尹柳柳休息。尹柳柳再三推卸，还是被森亚横抱着进了自已家的房间。

两个人和衣而睡，一宿无梦。

幸福·尾声

第一章　森亚篇——守护幸福

十年喜欢一个人，是怎样的感受?

我父母都是演员，我从小在这样的家庭氛围中成长，自然也对演戏很着迷。但是除了演戏，让我上瘾的还有尹柳柳。

我喜欢安静的女孩子，而她安静的眸子里总能书写很多信息。美丽的女孩子有很多种，但是她的美是最特别的。高中大学，很多男生都追求过她，但是她总是冷冷的拒绝。所以，我只能远远地静静地欣赏她的美丽。

楚天皓曾经做过我的老师，是个成熟稳重的男人。我曾经以为，他一定会给柳柳带来所谓的幸福和快乐。大三那年，我接了很多戏，等我再回到校园的时候，得知了楚天皓结婚的消息。我演的戏路都是很温暖的男子，但是在生活中，我却是最失意的那一个。

栀子花开，香得让人陶醉，也会让人流泪。

我带上一份大礼，我爱的女孩变成了别人的新娘。至少，我选择祝福。

只是，去婚礼场所的时候，硕大的海报上甜蜜的新娘不是柳柳。

“楚天皓，你他妈还是个人吗?”闻声走过去，看到的是唐甯。

我知道唐甯的存在，她是柳柳如同双胞胎姐妹的存在，只是，她不知道我的存在。

“唐甯，你觉得你在婚礼上大闹，像个成年人处理的方式吗？我和天皓，还有柳柳，我们三个人已经说的很清楚了，你一个外人又知道什么呢?”我很失望，新娘是和楚天皓差不多年纪的女人，很美很成熟，却根本没法和柳柳相提并论。

“你给我闭嘴！你还真是名副其实的妖精呢。柳柳是个单纯的丫头，她那么信任你们，你们却，你们却背叛了她。楚天皓，你是男人吗？柳柳流产的时候，你却爱上了别的女人，你良心会好受吗?”

楚天皓一把抓着唐甯的肩膀，“唐甯，我跟你说过很多次了。我是个成熟的男人，我是一个需要家的男人。我和柳柳在一起三年，我一直等待她嫁给我。可是呢，她有了孩子竟然不告诉我，我甚至怀疑她流产也是故意的。我没有办法等待，没有办法和一个自私自利的女人继续浪费时间。”

“啪!”唐甯给了楚天皓一记耳光，她叹息一声，“你以为，只有你一个人在努力吗？你不配得到柳柳的爱，你们知道吗？昨天柳柳自杀了，幸好我把她从死的决心中拉了回来。”唐甯几乎绝望了，她憎恨地再望了一眼楚天皓和新娘，“我会记住你们现在的表情，我会睁大眼看清楚，你们怎么幸福。”

唐甯的眼神，真的会杀人。

打开病房的门，唐甯正在看杂志，她对我的到来，有点惊愕。

“唐甯，你好。你还记得我吗?“

唐甯显然感到很陌生，当崔森亚取下墨镜后，她才恍然大悟，“你不是和柳柳一起拍照的那个明星吗?”

“我们见过面的，三年前，楚天皓的婚礼。”

“嗯?”蹙眉思索着的唐甯瞬间嘴巴张得大大得，“你是那个，你是那天差点把楚天皓打死的男人？对，我记得你，我问过你的名字，你说你是……”

“喜欢柳柳的男人，现在也是。”我坦然说着，笑了笑。

将手中带来的栀子花放在花瓶中，我微微一笑，“我开门见山吧，我是来聊柳柳的。”

唐甯深深地看了我一眼，随即叹息道，“柳柳有你在身边，真好。”

“我？当我看到方志远和楚天皓长的那么像时，我没有好好守护她，我算是个失败的守护者。”我自嘲的冷笑一下，再次和柳柳邂逅是我没有想到的，她比以前更柔弱了，也至始至终都没有记起我，我还没有找到和她正确的相处模式，却亲眼目睹了她和方志远的拥吻。

唐甯的手，在不停地翻动着杂志，也很明显没有看杂志。“那天晚上发生了很多事情，我最近过得也很混乱，没有想到，一不留神，没有看好柳柳。柳柳不爱方志远，我很清楚，她只是还没有走出伤痛，没有走出初恋带给她的毁天灭地的伤痛，把方志远当成楚天皓了，她还没有真正醒来。”

一席话，说的我心痛。那么柔弱的女孩子，却要遭受那样痛苦的折磨和回忆，而自己却没有办法阻止。“唐甯你分析的很对，可是，我们该怎么办呢?”

沉默起来了，我知道唐甯在思考，我也思考了很久，心里有了很多计划，只是，我在等待，等待最了解柳柳的唐甯的计划。

“你，很爱柳柳吗?”很突兀的，唐甯却突然问了我这个问题。我咧嘴一笑，瞧着花瓶中的栀子花，“你有试过对一个人痴迷十年吗？心心念念，朝思暮想，而所渴望的，只是能永远守护。”

唐甯的眸子动了动，她笑了笑，“够了，这样就够了。崔先生，我相信你，三年前你差点打死楚天皓，你的恨和你的爱，我懂。三年后你再次出现在柳柳面前，出现在这里，你的信念和毅力，我佩服。柳柳到底爱不爱你，或者说会不会爱你，不是你我能探讨的，我只想将守护她的责任，交给你。”

感觉，说实话，感觉我此刻在跟丈母娘谈判一样，我想笑，但是唐甯认真凝重的样子却让我没有办法笑出声。“我不懂你的意思。”

“坏人我来做，柳柳，你继续守护。”

这是我和唐甯说的最后一句话，她在病床上，脸上手上都还缠着纱布，但是说那句话的表情，却让我一辈子都没有办法忘却。

在很多年以后，在我追求尹柳柳的那些年里，在我和柳柳结婚的那天，我也再也没有见过唐甯。我也没有再听到柳柳提到过唐甯，只是知道，每次柳柳看到世界地图时，总会怔怔地盯着某个地方发呆。

关于守护，我觉得，我与唐甯比起来，还远远不够。

我只能用我人生的第二个十年，第三个十年，无数个十年，继续守护柳柳，守护爱情，守护幸福。

第二章　志远篇——放弃幸福

商人，最重要的是利益最大化。我觉得我做的很成功，和许多人一样，我也是白手起家，在遇到所有的困难挑战之时，我永远都是成功者，这点，我很自信。

但是对于家庭，我曾经幸福过。

我有一位很有才华的太太，知书达理，我们从大学相恋，随后走到婚姻的殿堂，直到我们的儿子出生，一切，都那么幸福和快乐。但在我儿子和太太发生意外后，一切都改变了。我太太的脸上出现了一道疤痕，本来我是不介意的，她的伟大和奉献，让我很感动。可是，她的介意和有意无意的暗示，让我开始不想面对她，不想面对那个充满怨气的家。

我是个男人，我是个正常的男人，所以，Lisa 的出现，是自然而然的。她有一次来采访我，我和她，很合拍。她的睿智和火辣是和我太太完全不一样的美丽。我想，像我这般成功的男人，只拥有 Lisa 这个情人，应该也是比较忠诚了。

太太自杀被救康复后，出国了，我和她的婚姻，从那时起便已是名存实亡。一霖从她母亲离开的那一刻开始恨我，叛逆，不懂事。

我也青春过，我知道我的儿子不会糊涂到哪里去，只要给他时间成长。我以为我以后的人生就是在儿子和 Lisa 之间来回，却从未想过尹柳柳会出现。

她很像我的太太，我看到她第一眼，就有似曾相识的感觉，她的柔弱她的孤独她的安静，像足了我的太太。最开始，我只是想和这个小丫头玩玩，但是，她却一点一点地蚕食了我坚厚的阵地，我没有办法不爱她，甚至，愿意为她抛弃我的家庭和 Lisa。

柳柳毕业典礼的那个晚上可以说是个痛苦的夜晚，我的儿子搞大了菲菲的肚子，两个孩子竟然说要结婚。而柳柳，仿佛变了一个人。

“一霖，你不可以跟菲菲结婚，这是我最后的意见，除非我们断绝父子关系。”我给儿子发了一条微信后，柳柳来了，她最近拍的戏杀青了，比较闲。

“怎么样？婚纱试的怎么样？”我握着她的手，轻声问道。

柳柳的手哆嗦了一下，她继续保持沉默。

“尹小姐身材很好，试了很多件婚纱都很美呢。”Anna 在一旁笑着回答。

“是吗？那就全部买下来吧。”我轻声笑着，而柳柳始终都是怔怔的。她喝了一口水，慌慌张张回答说：“我想起来我和唐甯有约，我先走了。”

“唐甯？就是那个和我儿子相爱的老师？”我低沉着说。

柳柳顿了顿，“我，也有很多事情向她求证。”

直到她消失在我的办公室后，我才缓缓地点上一支烟，对 Anna 说：“让司机准备车子吧，我要跟去看看。还有，不要再告诉 Lisa 了，你和她之间那些事，我清楚。我不说并不代表我不知道。”

Lisa，应该很痛苦吧，关于菲菲。

我尾随柳柳到了中央花园，也见到了复原的唐甯。

而我和柳柳之间的一切，也止于这个女人。

“你骗我？甯甯，你怎么可以骗我呢？我爱志远，我真的爱他！”

“是吗？那麻烦你看看对面那个抱着孩子的男人是谁？”

我顺着她们瞧过去的方向，一个三十多岁的男人，开心地和自己的小孩子追玩，竟然和自己有七八分相似，联想到唐甯见到我的第一面叫出的名字，我，明白了几分。

“柳柳，我知道，我知道楚天皓对你的伤害很大，甚至比顾云栖对我的伤害还大，但是因为方志远和楚天皓长的太像了，你把对过去的回忆混淆了，你的情感也混乱了。所以，柳柳，你醒醒吧？你看，楚天皓都有孩子了，你跟他，早就结束了，为什么要为了一个已经结束的梦，去执着到另一个替代品上呢？”

听到替代品三个字时，我觉得是个笑话。我这个人，打了多少仗，从来没有输得那么惨过，我的自尊和我的骄傲也不允。

我走了，两个人激烈的争吵震着我的耳膜，柳柳很激动，对着唐甯大吼，“我恨你，唐甯！你就是见不得我好，你见不得我找到幸福吗？你一定要破坏我的幸福吗？”

“你是虚幻，不是幸福！”

“我受够了，唐甯，从我们认识开始，你就告诉我该做什么不该做什么，我受够了做你的影子的生活！”

“你可以恨我，你也可以永远都不见我，但是你不能嫁给一个有妻子有孩子的老男人！”

“别五十步笑百步了，你呢，你爱上的，也不是你的学生吗?别给我说那些大道理，你，跟我一样，都不是什么好东西!”

“如果你要作践自己，随便，选择权在你，是继续自我麻醉，还是开始你自己的人生，你自己选择。”

“你滚！我永远永远都不想见到你!”

两个姑娘吵的很厉害，但是，这些和我没有关系。

一周后，我开会回来，看到了柳柳发的微信。

“志远，对不起，我不能和你结婚了。”

“好。”

打完这个字后，我笑了。

或许，有些感情真的不能太执着。所以，我选择放手。

第三章　菲菲篇——回忆幸福

我是个怪女孩，我性格孤僻，脾气大，从小就没有什么朋友。

我爸爸很早就去世了，我有一个很强势的母亲，但是她有忙不完的工作，我们很少见面，她只关心我的学习，其他的，她并不在乎。

所以，一霖进入我的世界时，我的世界只剩下方一霖了。他和我完全是两个世界的人，他的世界让我着迷。抽烟，酗酒，飙车，翘课，一切都让我觉得疯狂，我疯狂地爱着方一霖，就算是世界末日，我也要和他在一起，任何人都不能够阻止。

唐甯的出现，曾让我害怕。但是我有了孩子，我有了和一霖的孩子，我也就无所畏惧了。

但是当唐甯满身是血出现在我们面前时，我看到一霖那种快要死的表情，我真的开始怀疑，我这样的执着，有什么意义呢？

唐甯出院后，我第一个找到了她。

“唐老师，我们又见面了呢，我以为，这一辈子，我们都不会再见面。”

“菲菲，我真的不是……”

“唐老师，你有家人吗?”

她没有想到我会突然这样问，她迟疑了一下，点了点头，“我有外婆，有母亲，有父亲，还有继母继父。”

“很复杂，但是也比我好。唐老师，我现在只有一霖，你可不可以在这段时间不要跟我抢一霖。不，你就算不抢，但是你的存在，已经让我很不幸了。”

“菲菲，对不起，真的对不起。”

“唐老师，你和一霖只有爱情，但是我和一霖，还有孩子。所以，我请求你离开。”

她哭了，我看出了她很想很想忍住，但是她还是哭了，她泣不成声。我只是呆呆地瞧着她，任由时间在我的指尖流过。

末了，她才拿起电话，拨了一个电话号码。

“喂，张老师吗？您好，我是唐甯。上次你跟我说去美国孔子学院工作的事情，我考虑了很久，我愿意去。我晚点会把相关申请表格发您，谢谢。”

我始终都很冷静地瞧着唐甯，唐甯最后笑了笑，“菲菲，祝你幸福。”

“这个是当然的，哪怕是一天的幸福，我也要去争取。”

“唐老师，你，恨我吗？看我，多像一个不择手段的坏女孩。”

唐甯却摇了摇头，她笑了，她的笑容有温暖人心的魅力，她突然蹲下来，牵着我的手，为我戴上了一条手链，“不，菲菲，我很喜欢你。从某种程度上来说，我很羡慕你，你对爱情的努力程度，感动了我。菲菲，记住，在情感的世界里，没有错与对，只有愿意与不愿意，我愿意退出，你愿意爱方一霖，所以，你应该拥有幸福，而且，是双倍的幸福。”

我冷静地笑了笑，直到她离开后，我才摸着手腕上的那根手链，哭得如一个泪人。

对不起，唐老师，每次你轻描淡写的话语，总能打动我内心最柔软的部分。

我会幸福的，而拜托唐老师你，也能幸福下去。

回到家里，母亲已经从医院里出来了，她如同变了一个人，完全没有了精神和力气，她泪眼婆娑地盯着我，她几乎用恳求的语气说：“菲菲，妈妈求你了，这个孩子你不能要。”

我喝着酸奶，自从我怀上孩子以后，我就特别喜欢吃酸奶，我平静地看着她，坚定地说：“我不要。”

“菲菲，你到底怎么了？你难道不明白，你这是在践踏自己？”

“那妈妈呢？妈妈无名无分地跟着方叔叔，成为了方叔叔十年的情人，妈妈不也是在作践自己吗？”我冷冷地说出这段话，然后继续吃着酸奶。

妈妈突然脚一软，整个人都瘫坐下去了，她呆呆地盯着我，“你，你知道了？”

“妈妈，我不是傻子。十年，这十年是我最敏感最好奇的年纪，我，怎么可能不知道呢？只是，那是妈妈的人生，妈妈的选择，我没有权利也没有任何理由去指责或者阻止。所以，妈妈，我要为一霖生下孩子，这是我的选择，妈妈你，不能阻止我。”

“傻女儿！你既然知道了就应该明白，方一霖靠近你，把你弄成这个样子，他是在报复我，他是在报复我呀！”

“我知道。”我怎么会不知道呢，我知道的。方一霖突然闯入我的世界，轰轰烈烈地追求我，将我带入了天堂一般的日子。然后莫名其妙的抛弃我，没有任何理由，让我处于绝望和地狱中。这是个惩罚，当我知道方一霖的父亲是方志远的时候，我就知道，这是个惩罚。但是一霖却从未告诉过我真相，因为他不想伤害我，他的复仇，因为没有告诉我实情而破灭。而我又怎么会主动去揭发呢？

“你知道你还要和他在一起？那天晚上唐甯来的时候，你也看见了，方一霖看到唐甯那个样子，恨不得要杀人。他爱的根本不是你，孩子，你要醒醒啊。”

“妈妈，其实你不用那么费尽心机的。哪怕你不安排唐甯出现，不费尽苦心让唐甯那个样子，我也知道，一霖爱的是唐老师。那又怎样？我爱的是一霖，一霖愿意和我在一起，我找不到任何反对我们在一起的理由。”

“傻子！你真是个傻子！”

“没有办法，我应该跟妈妈学的吧。妈妈也看见了，那天方叔叔带来的那位女演员可是和一霖的妈妈有几分相似呢。妈妈，方叔叔爱的一直都是一霖妈妈，你也知道的，但是，你不也一直跟方叔叔在一起吗，而且，在一起了十年。”

妈妈彻底崩溃了，我看到了她眼底的绝望和投降。

对不起，妈妈，正如你追求你自己的快乐一样，我的快乐，不想任何人去阻止。

医院里，我和主治医师两个人在办公室，气氛很凝重。

“黎小姐，我还是希望你带上你的妈妈一起来签署这份合同。”

我笑了，“医生，我已经是满十八岁的公民了，我想我做任何决定，已经具备了法律效力吧？”

医生是个中年妇女，最后还是叹息一声，“好吧，但是我再次提醒你一次，签了这份合同，等于是签遗书一样，我不是开玩笑的。”

“医生，你放心，你跟我说的很清楚了不是吗？我身子太弱了，孩子和大人，只能要一个。我坚持生孩子，我知道我难产而死的几率很高，但是，我还是选择签免责声明，我要生下这个孩子，哪怕，我会死。”

出了医院，一霖在车上等着我。

“医生说什么？”

“医生说孩子很健康，一切都很好。”

一霖宠溺地对我一笑。我感谢唐老师，一霖在认识唐老师后，他好像突然之间长大了好多，变得成熟而有担当，但是每次看到他的微笑，我总觉得，很苦涩。

“一霖。”

“嗯？”

“今天唐老师给我打了电话，说她今天下午会飞美国那边工作了。”

一霖紧握方向盘的手哆嗦了一下，他面部的表情被我抓住了，但他只是淡淡地说道：“哦。下午我们去吃甜点吧，我找到一家很棒的甜点屋，有你喜欢吃的酸奶。”

一霖，如果你现在责骂我，或者跑去找唐老师，我的内心，会好受很多。但是你和唐老师一样，顾虑的，只是我一个。

我摇开了窗户，微风吹拂我的面额。我凝视着蔚蓝的天空，上面偶尔有飞机掠过，唐老师，对不起，在我最后的生命里，让我再自私一下，让我再存攒更多和一霖的一点一滴，待我长眠地下时，可以回忆幸福。

第四章　饶婕篇——寻找幸福

我喜欢加州，我去过很多地方，但是最爱的还是加州。我喜欢沐浴在加州的阳光下，与这所孤儿院的孩子们一起幸福地度过每一天。

我爱孩子，因为我不能陪在我的孩子身边，所以，我会把自己写书的钱筹办孤儿院。而唐甯就是我在孤儿院认识的，她是孔子学院的老师，经常在节假日来我的孤儿院帮忙。她是个很美丽很成熟的姑娘，也是我的书迷。

“饶姐，孩子们都睡下了。”

她来到院子里，我已给她准备好了沙拉。

“辛苦你了，丫头。”

“没有，每次来能见到我的偶像，还能和孩子们度过快乐的节假日，我是很幸福的。”她嘴甜，也真诚。

“我不过去过一些地方，写过几本自己所见所闻的书，哪里就成了你的偶像。对了，昨天杰森给我打电话了，说你拒绝他的表白，他很伤心呢。”

她有点不好意思地笑了笑，“给饶姐你添麻烦了。”

“我倒无所谓，但是杰森很受伤。他怀疑你的性取向，因为你拒绝太多男人了。”

她嗤笑了一下，“每个被我拒绝的男人都怀疑我的性取向，无所谓，我又不是为他们而活。”

我喜欢这个爽朗姑娘的性子。“不过丫头，你已经三十了，真的不考虑嫁人结婚的事情？”

她叹息一声，“饶姐，我喜欢你曾说过的一句话，有时候等待是因为值得，不适合的两个人也不可能拥有幸福。”

她是个有故事的姑娘，她的一颦一笑都散发着魅力。在某种程度上，我很羡慕她，她心里住着一个人，那个人成为了她的信仰，所以，她充实，她等待，她，幸福。“你外婆的病好点了吗？”

她摇着头，“还是老毛病，老年痴呆越发严重了。昨天她还告诉我她看见了舅舅，舅舅都死了那么多年了，唉……”

她瞧了我一眼，“对不起，饶姐，我不是有意让你想到自己的孩子。”

“没事，那孩子说最近会来看我，我比你外婆幸福。”我从包里递给她一本杂志和一张 DVD，“喏，你让我托华人朋友办的事情，最新的一期关于尹柳柳消息的杂志，是她的专访。这是她婚后复出接受的第一部影片，我看过了，很不错。”

“真的？饶姐你太棒了！”那丫头笑得跟个小孩子一样，死死地盯着杂志上美丽的女人。我不知道尹柳柳和她到底是什么关系，但是她总在关注尹柳柳的一切。

“饶姐，我可不可以……”她疑惑地望了望我。

我笑了笑，“去吧，放映室没有人。”知道她的心急如焚，点了点头。

我继续切着水果，等会儿孩子睡醒了吃点水果沙拉最好不过。正认真地切着，一双手遮住了我得眼睛。

“猜猜我是谁?”

“我的小调皮!”

“妈咪，你一点都不好玩。”儿子背着旅行包，风尘仆仆地站在我的面前。我瞧着我的孩子，他又长高了，又变黑了，成了一个大男子吧了。“我的乖儿子，你从小玩到大了，还不烦?”

“妈。”

儿子把我紧紧地抱住。我对儿子是愧疚的，因为我对丈夫的失望，对婚姻的失望，远离家乡，去世界各地旅行来疗伤。等我觉得自己可以放下一切的时候，我已经错过了儿子最美好的成长过程。

“好儿子，从哪里疯来着?”

“纽约，才从纽约来。”

“你说要找的很重要的人，还是没有找到吗?”

正在偷吃水果的儿子眼神黯淡下来，一年了，儿子一直在美国的各个角落找寻着某个人，一个对他很重要的人，但是却始终没有任何消息。“没有，但是我不会放弃，美国还没有中国大，我不相信，我找不到她。”

“你爸爸还好吗?”我不想过多的干涉儿子的生活，他长大了，也越来越成熟了，我支持他所有的决定。

他咧嘴笑了笑，“我爸还是老样子，不过这两年他不像以前那样忙工作了，陪 Lisa 一起带小菲菲。”

“别老是 Lisa、Lisa 的，她也算是你的继母了。而且，她还是去世菲菲的母亲。”儿子又不说话了，菲菲是他的心病。

菲菲啊，我的印象中，菲菲是个很乖巧的姑娘，但是她竟然在知道自己会有生命危险的时候，给儿子生了小菲菲。菲菲去世的时候，我也去参加了葬礼，听儿子说，菲菲早就准备好了两封遗书。

一封是给我丈夫的，内容我多少都知道。另一份是给儿子的，我却无法猜到内容，但是我知道，那是一封可以让儿子悲伤一辈子的信件。

儿子继续吃着水果，给我看小菲菲的最新照片。小菲菲是我的孙女，很可爱，跟她妈妈一样漂亮，“等小菲菲长大点，你一定要给我带来瞧瞧。”

“好好。不跟你说了，我要去加州其他地方找人了。”

“这么快你又要走？儿子，要不你把你要找的人照片给我，我在加州好歹也生活了几年，我也帮你找一下。”

儿子迟疑了一下，然后缓缓地从旅行包里拿出一个文件袋，里面有很多复印的照片，边递给我边对我说，“找到了她，告诉她两句话。第一句是，方一霖已经大学毕业了，可以和你在一起了。第二句话是，听说幸福会来找你。”

我诧异于儿子说出了这么深刻的话，更惊诧于照片上的女人。

有些缘分从一开始便是注定好的，哪怕隔千重山水，只要相爱，就一定能再相逢，就像唐甯和一霖。